Mercedes Lackey
& Larry Dixon

Le Griffon Blanc

La Guerre des Mages – 2

Traduit de l'anglais (États-Unis) par Anne-Virginie Tarall

Milady

Milady est un label des éditions Bragelonne

Titre original : *The White Gryphon*

Publié avec l'accord des auteurs,
c/o BAROR INTERNATIONAL, INC.,
Armonk, New York, U.S.A.

1ère édition : février 2009
2e tirage : mars 2010

Illustration de couverture :
Laura Csajagi

Carte :
Cédric Liano, d'après la carte originale de Victor Wren

ISBN : 978-2-8112-0100-5

Bragelonne – Milady
35, rue de la Bienfaisance – 75008 Paris

E-mail : info@milady.fr
Site Internet : www.milady.fr

Dédié avec tout notre amour à nos parents,
Edward et Joyce Ritche,
et à Jim et Shirley Dixon.

CHRONOLOGIE OFFICIELLE

Par Mercedes Lackey

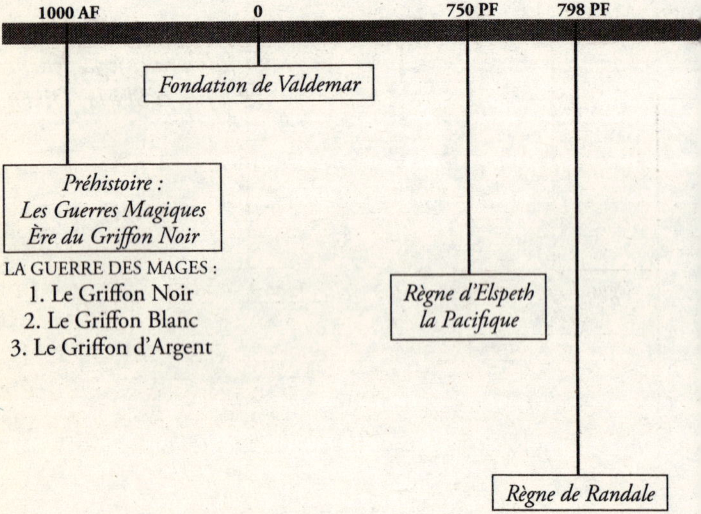

AF :Antérieur à la Fondation
PF : Postérieur à la Fondation

DE LA SÉRIE DE VALDEMAR

Le déroulement des événements selon la chronologie de Valdemar

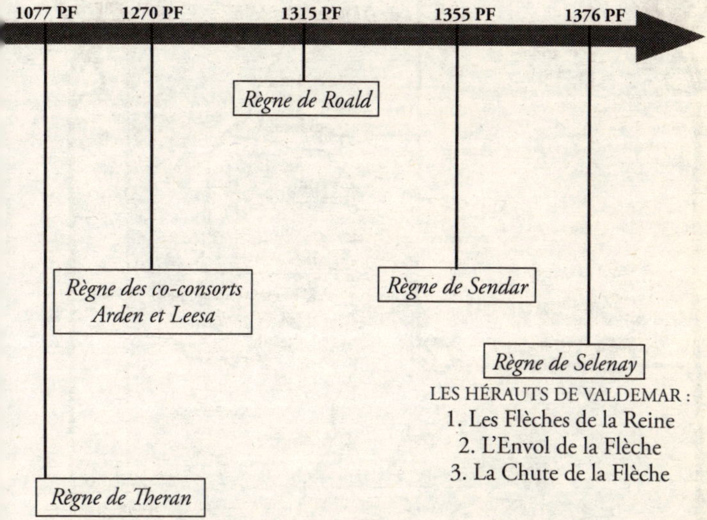

TANTARA
Au temps d'Urtho
La garde du Nord
Parcours d'obstacles
Lieu de naissance de Ma'ar (Predain)
Aires des griffons
Tour d'Urtho
Terrain d'atterrissage
Palais du haut roi Leobhan
Armée
Colons
Réfugiés
La Colline
Miot
Colons
Troupes de réserve
Tulkimas
Laisfaar
Ka'venusho
Col de Stelvi
n
w
e
s
Ka'venusho
La Route d'Évasion

Chapitre premier

Du sommet du crâne au bout des serres, de l'extrémité des ailes à celle de la queue, ce sera une sculpture de lumière.

Skandranon Rashkae posa la tête sur ses pattes et contempla sa ville. De nuit, le plus blasé des observateurs l'aurait trouvée aveuglante ; de jour, Griffon Blanc était une cité de lumière. Elle luisait dans l'écrin vert des falaises couvertes de végétation, telle une sculpture de glace, même si ces rivages ignoraient ce qu'était la neige.

Mais les orages magiques ont tout mis sens dessus dessous et cela peut changer d'une minute à l'autre.

Si ce genre de bizarrerie climatique devait se produire, les Kaled'a'in de Griffon Blanc étaient prêts.

Nous avons construit une ville faite pour durer, comme la Tour d'Urtho. Nous ne craignons rien, pas même les plus terribles orages magiques.

Pour raser Griffon Blanc, il faudrait un second Cataclysme comme celui qui avait anéanti les forteresses de deux des plus grands mages de tous les temps. Et les ruines subsisteraient… Au moins jusqu'à ce que la végétation s'en empare.

Skan secoua la tête, surpris par la tournure qu'avaient prise ses pensées.

Pourquoi es-tu soudain si pessimiste, stupide griffon ? N'as-tu pas assez de soucis comme ça pour te sentir obligé de faire jaillir un second Ma'ar de ton imagination ? Tu es venu ici pour te reposer, tu te rappelles ?

Se reposer. Il n'en avait pas eu souvent l'occasion, ces derniers temps. Il semblait que chaque seconde de chaque journée était consacrée à résoudre les problèmes de quelqu'un – en tout cas, il faisait de son mieux pour y arriver.

Il n'y eut personne pour entendre son soupir d'exaspération, audible en dépit du fracas régulier des vagues qui venaient s'écraser en contrebas.

Il baissa les yeux sur la baie en demi-lune, au-dessous de son perchoir, et sur les vagues qui déferlaient sereinement, mais inexorablement, contre les falaises. De l'autre côté de la baie, à un endroit où le pied de la falaise était protégé par une avancée rocheuse qui ressemblait étrangement au bec d'un rapace, les Kaled'a'in avaient construit un port pour leur petite flotte de pêche.

Il nous a fallu un an de terribles épreuves pour arriver ici et neuf années pour construire cette cité. Nous avons accompli tellement de choses ! Bien plus que je ne l'aurais cru, surtout si on considère que nous ne pouvions plus compter sur la magie…

Il soupira de nouveau. Pas d'exaspération, cette fois, mais de contentement… relatif.

D'où il était, que la ville ne fût pas tout à fait finie pouvait échapper à un regard non averti. Mais les choses s'étaient déjà beaucoup améliorées. Quelques années plus tôt, de nombreux Kaled'a'in vivaient encore au sommet de la falaise, dans les tentes qu'ils avaient apportées sur leurs barges flottantes.

À l'origine, ils avaient prévu de bâtir leur cité au sommet de la falaise, pas de l'y accrocher. Mais le général Judeth avait insisté pour qu'ils construisent sur des terrasses creusées à même la paroi. Comme beaucoup de Kaled'a'in, de naissance ou d'adoption, elle était déterminée à ne jamais revivre un siège. Au contraire des autres, elle avait su comment faire une réalité de ce rêve dès qu'elle avait vu les falaises de la côte occidentale.

Skan s'étonnait encore de son audace, de la volonté et de l'entêtement qui l'avaient soutenue jusqu'à l'aboutissement de son plan. Et de la persuasion dont elle avait su faire preuve pour convaincre tout le monde que c'était réalisable. Pas étonnant qu'elle ait commandé une des compagnies d'Urtho.

La roche était tendre et facile à creuser ; pourtant, elle restait assez solide pour supporter une série de terrasses, et même pour résister aux inondations, aux vents et aux vagues. C'était ce que Judeth, en digne fille de tailleur de pierre, avait vu la première. Les falaises avaient dicté la forme de la ville. Mais quand les gens avaient commencé à remarquer qu'elle ressemblait à un griffon aux ailes déployées... Certains avaient jugé ça comme un présage, d'autres comme une coïncidence, mais personne n'avait jamais eu aucun doute sur le nom qu'elle devait porter.

Griffon Blanc.

En l'honneur de Skandranon Rashkae, qui ne teignait plus ses plumes en noir et qui, depuis qu'il avait été pris entre deux Portails, était blanc comme neige. Les seules touches de noir qui lui restaient se trouvaient sur son dos, comme les marques sombres observées sur certains grifaucons, dans le Nord.

Le Griffon Blanc regarda la cité qui portait son nom avec un sentiment mitigé.

Skandranon était encore un peu gêné par la tournure des événements. Après toutes ces années passées à jouer les héros, il trouvait pourtant déconcertant que tous, des plus anciens aux plus jeunes, le révèrent comme s'il en était vraiment un. Et plus encore de se retrouver bombardé « chef » de tous les non-humains présents parmi les Kaled'a'in et d'être regardé comme un exemple par la majorité des humains.

Dire que je rêvais d'être un meneur d'hommes. Quelle bêtise !

Pour être tout à fait honnête, il n'avait jamais eu l'intention de devenir un chef en temps de paix. Il voulait être le genre de meneur capable de prendre des décisions en une fraction de seconde et d'ourdir des plans audacieux et rusés… Pas le type de chef qui arbitre les sempiternelles disputes entre les hertasis et les kyrees ou qui approuve l'emplacement du système d'égouts de la ville…

Les réunions du Conseil l'ennuyaient à mourir. D'ailleurs il ne voyait pas pourquoi tout le monde s'entêtait à croire que l'héroïsme conférait des connaissances universelles.

Il était un piètre administrateur, mais personne ne l'avait remarqué.

Heureusement, j'ai de bons conseillers qui m'autorisent à leur emprunter leurs mots sans vergogne. Et je sais quand garder le bec fermé.

Par miracle, les réfugiés et la ville en construction avaient survécu à ses décisions.

La plupart des gens possédaient désormais de vraies habitations, construites avec les blocs de calcaire arrachés aux falaises. Cette pierre était à l'origine de la lueur diffuse que semblait émettre la ville en plein soleil. Toutes les terrasses étaient creusées et entourées d'un mur fait de ce même matériau, et les rues étaient pavées avec des coquilles d'huîtres broyées qui elles aussi réfléchissaient la lumière. Il y avait assez de place pour les cinq générations à venir…

Et quand il n'en restera plus assez pour que tous les Kaled'a'in vivent ici, ce sera le problème d'un autre.

Il ne leur avait fallu que six mois pour creuser les terrasses et installer les systèmes d'égout et d'arrivée d'eau destinés à assurer le confort des habitants de Griffon Blanc. Mais c'était parce que la magie avait bien voulu leur donner un petit coup de main et fonctionner normalement. Sagement, ils avaient profité de cette période de « répit » pour faire les aménagements nécessaires en prévision d'une augmentation massive de la population.

L'eau provenait d'une source souterraine et de plusieurs ruisseaux qui jadis se jetaient dans la mer. Aujourd'hui, dûment canalisée, elle arrivait directement dans la cité. Bien sûr, il n'était pas impossible de couper leur alimentation en eau – Skan savait désormais, pour avoir survécu à tout, que rien n'était impossible –, mais ce ne serait pas facile pour quiconque s'attellerait à cette tâche. Et s'il n'était pas impossible d'attaquer la cité, chaque sentier, venant des terres verdoyantes ou longeant la côte, avait été aménagé afin qu'un seul archer puisse en défendre l'accès.

Les leçons apprises de Ma'ar n'étaient certes pas les plus agréables. Mais aujourd'hui les Kaled'a'in savaient comment les mettre à profit.

Skan leva la tête et huma l'air.

Eau salée, varech et poisson. Poisson frais… La flotte doit être sur le point de rentrer au port.

Il lui avait fallu du temps pour apprendre à reconnaître ces odeurs et pour habituer son odorat à la présence constante d'iode dans l'air. Aucun griffon n'avait jamais vu la Mer Occidentale. Quand ils l'avaient aperçue, ses éclaireurs n'avaient pas la moindre idée de ce qu'ils avaient découvert.

Oui. «Mes» éclaireurs. Il secoua la tête. *Je n'avais pas la moindre idée de ce qui m'attendait... mais j'aurais dû le voir venir. Ambredragon a essayé de me prévenir, comme Gesten et Bichehivernale. Mais les ai-je écoutés? Non! Et aujourd'hui, me voilà avec une cité sur les bras et tous les petits tracas qui l'accompagnent. Et je gaspille mon temps à résoudre des problèmes dont je me fiche pour des gens qui pourraient le faire eux-mêmes.*

Maintenant, il savait ce que voulait dire Ambredragon quand il affirmait: «Mon temps ne m'appartient pas.»

Mais je n'ai pas besoin d'aimer ça, bon sang! Je devrais passer ma vie à m'entraîner à voler ou à faire des petits à Zhaneel...

Au lieu de cela, il devait rentrer pour assister à une autre de ces maudites réunions du Conseil.

Ils s'en sortiraient très bien sans moi. Ils n'ont pas besoin de moi. Ma seule contribution, c'est d'être présent.

Sa présence, en effet, semblait détendre les autres. Or, n'était-ce pas le rôle d'un chef?

— *Papa Skan,* lança une douce voix enfantine dans sa tête. *Maman dit qu'il est l'heure de la réunion et que tu dois rentrer.*

Même sans porte-son magique pour amplifier ses pensées, la voix mentale de Kechara était aussi claire que si elle s'était tenue à côté de lui. C'était une des ironies de leur situation: la petite «mal-née» était devenue un des membres les plus importants de la communauté de Griffon Blanc.

Depuis qu'il n'était plus possible de se fier à la magie – et donc à tous les outils y faisant appel –, Kechara avait prouvé son utilité en communiquant à longues distances par la pensée avec la même force et la même clarté qu'un être doué de parole, et qui aurait été assisté d'un porte-son.

Elle servait de coordinatrice entre tous les chefs – et, plus important, entre les Griffons d'Argent, une milice pleine de ressources formée par les soldats et les combattants qui avaient emprunté le Portail des Kaled'a'in.

Pendant la guerre, le Don de Kechara, combiné à son esprit d'éternel enfant, aurait pu être un sérieux handicap. Heureusement, Urtho l'avait gardée à l'abri dans sa Tour. Mais aujourd'hui, elle était la réponse à leur besoin le plus pressant. Voilà pourquoi personne ne discutait les soins dont elle était l'objet, et peu importaient les sacrifices que cela demandait.

Kechara s'était épanouie grâce à tout l'amour qui lui était prodigué. Elle était toujours de bonne humeur et si elle ne comprenait pas un dixième de ce qu'on lui demandait de transmettre, elle s'en moquait.

Tout le monde l'aimait et elle aimait tout le monde… Avec Zhaneel pour veiller sur elle et s'assurer qu'on lui permettait de se reposer et de jouer, son existence était des milliers de fois plus belle que celle qu'elle avait connue dans la Tour.

— *J'arrive, chaton,* fit-il, résigné. *Dis à maman que je suis en route.*

Il se leva et déploya ses ailes ; le vent qui balayait le haut de la falaise joua avec ses plumes comme un petit griffon impatient. Skan respira une dernière bouffée de liberté, puis il profita d'un courant descendant.

La paroi rocheuse défila ; il déploya ses ailes avec un bruit de voile arrêtant une bourrasque – et grimaça de douleur quand ses muscles protestèrent.

Griffon stupide… griffon stupide, gras et en mauvaise condition physique. Qu'essaies-tu de prouver ? Que tu es l'égal du jeune Stirka ?

Il se mêla aux mouettes, regardant celles qui le précédaient pour avoir une idée des courants, tandis que ses articulations commençaient à protester à leur tour. Comme elles, il ne bougeait pratiquement pas les ailes quand il planait, sauf pour quelques ajustements mineurs d'inclinaison. Mais si leur vol paraissait sans effort, c'était trompeur. Cela ne demandait pas beaucoup de puissance, mais il fallait avoir un excellent contrôle de soi.

Et un corps en meilleure condition que le mien. Je devrais passer moins de temps à inspecter des constructions et plus à voler!

Il aurait pu se faciliter la tâche, monter plutôt que descendre et battre des ailes comme le vieux busard qu'il était.

Mais je me suis laissé séduire par le courant et il va falloir que je poursuive sur ma lancée. Même si je sais que je le regretterai demain matin...

Comme s'il ne se sentait pas déjà assez idiot, il n'avait pas atteint le milieu de la baie quand il s'avisa qu'il avait un public.

Ses yeux perçants n'épargnèrent aucun détail à son ego blessé. La foule était composée d'humains et d'hertasis. Comble de l'humiliation, quelqu'un avait eu l'idée de faire venir une douzaine de jeunes griffons tout excités.

Sans doute une classe de vol. Ils sont venus voir le Grand Skandranon faire une démonstration. Je me demande s'ils apprécieraient de voir l'atterrissage queue par-dessus bec du Grand Skandranon...

Avec tous ces yeux braqués sur lui, il redoubla d'efforts, quitte à avoir encore plus mal au matin. Il ne pouvait pas s'en empêcher. Il avait toujours été cabotin.

Quand il atterrit, ce fut en recourant à une habile manœuvre qui lui permit de le faire avec une grâce consommée et de se poser sur la route plutôt que sur une des terrasses. Il se réceptionna sur une seule patte de devant et tint la pose un instant, avant de tomber élégamment à quatre pattes.

Son public applaudit ; les jeunes griffons glapirent de joie et d'enthousiasme. Skan s'inclina avec une nonchalance feinte, sans trahir la douleur qui courait le long de sa hanche. Il savait que c'était passager – il avait été blessé assez souvent pour faire la différence entre une déchirure musculaire et un vulgaire bobo.

Serrant le bec, il feignit d'être aussi naturel et brillant que toujours et attendit que la douleur passe… parce qu'il serait incapable de marcher sans boiter aussi longtemps qu'elle durerait.

Stupide griffon. Tu n'apprendras donc jamais ?

Finalement, la douleur reflua. Il adressa un dernier sourire à la jeune génération et prit le chemin de la salle du Conseil… avant qu'on lui demande de faire une autre démonstration d'atterrissage.

Ambredragon prit sa place habituelle à la table du Conseil et leva les yeux vers la toile de tente qui faisait office de toit. Il se demanda combien de temps il y aurait encore de réunions avant que le vrai toit soit posé. Pour l'heure, la salle du Conseil était partiellement construite, son architecture ambitieuse requérant la participation de la magie. Or, les mages étaient déjà suffisamment occupés. Et cela faisait six mois qu'ils ne pouvaient jeter que des sorts rudimentaires.

L'achèvement de la salle du Conseil était tous au bas d'une longue liste de priorités, et Ambredragon aurait été le dernier à la remettre en question. Mais quand même… Il aurait été agréable, en levant les yeux, de voir un vrai toit, de ne plus avoir à se demander si le prochain orage surviendrait en plein milieu d'une de leurs réunions pour leur déverser le ciel sur la tête.

Le mage kaled'a'in Étoileneige, une des rares personnes en qui leur seigneur et maître Urtho avait une confiance aveugle, s'assit à côté de lui. En suivant le regard du chef des *kestra'chern*, il observa la toile de tente.

— Nous pensons que le prochain orage magique fera rentrer les choses suffisamment dans l'ordre pour nous permettre de travailler la pierre, dit-il. Cette fois, la pause devrait être de neuf mois. Ce sera amplement suffisant pour terminer tout ce que nous avons à faire… magiquement parlant, bien sûr.

Ambredragon le remercia d'un sourire.

Étoileneige avait été nommé porte-parole des mages des armées par Urtho, le Mage du Silence en personne. Depuis, nul ne lui avait contesté ce poste. Le général Judeth, ancien commandant de la Cinquième, était l'officier le plus gradé qui ait passé le Portail des Kaled'a'in avant le Cataclysme – par accident ou par la volonté des dieux, car elle était le seul commandant à apprécier les talents de ses troupes non humaines et à savoir en tirer parti.

Sur la suggestion de Skandranon, elle avait rassemblé les griffons, les autres non-humains et les anciens soldats et créé une sorte d'organisation paramilitaire. Les Griffons d'Argent de Judeth avaient servi d'éclaireurs et de gardes du corps pendant le long voyage qui les avait menés jusqu'à la Mer Occidentale. Aujourd'hui, ils assuraient le maintien de l'ordre et la garde, et ils fournissaient les sentinelles.

Ambredragon aimait et admirait Judeth.

Je l'aurais fait nommer Sœur de Clan si personne d'autre n'y avait pensé.

Les membres du clan k'Leshya comprenaient aujourd'hui tous les humains et non-humains qui s'étaient retrouvés ensemble de l'autre côté du Portail. Sans aucun heurt, les Kaled'a'in avaient adopté les soldats, les mercenaires, les *kestra'chern* et les Guérisseurs qui partageaient leur exil. La cérémonie d'adoption avait écrasé dans l'œuf les divisions claniques. À présent, les Kaled'a'in et les hors-Clan étaient unis, au moins dans l'esprit…

D'un point de vue idéaliste, c'est la vérité.

Ambredragon ne soupira pas, mais son estomac se serra un peu. La plupart des habitants de Griffon Blanc étaient des gens de bonne volonté…

Mais pas tous.

Une majorité des brebis galeuses n'avaient pas attendu la fin de leur voyage pour partir tenter leur chance de leur côté – et bon débarras ! Mais certains indésirables s'étaient montrés moins stupides et les avaient suivis jusqu'au bout. Voilà pourquoi les « troupes » de Judeth faisaient la police à Griffon Blanc.

Malheureusement, les Argents nous sont indispensables…

Dans un monde idéal, chaque individu se serait trouvé quelque chose d'utile à faire, en rapport avec ses capacités, et aurait été si occupé à créer la nouvelle société qu'il ne lui serait pas resté une étincelle d'énergie pour quoi que ce soit d'autre.

Mais ils ne vivaient pas dans un monde idéal. Il y avait parmi eux des fauteurs de troubles, des voleurs, des alcooliques, des tire-au-flanc, des exploiteurs – bref, tous les types de personnalités qu'ils avaient connus par le passé. Il y avait même des idiots qui pensaient que Skandranon était le responsable, et non le héros, du Cataclysme. Après tout, s'il n'avait pas amené l'arme d'Urtho chez Ma'ar, il n'aurait jamais eu lieu.

Ce point de vue était défendable. Si Skan avait suivi les directives du Mage du Silence, seule la Tour d'Urtho aurait explosé. Or, celle-ci et la forteresse de Ma'ar avaient sauté en même temps… Si une seule de ces places fortes de magie avait été détruite, ils n'en seraient peut-être pas là aujourd'hui et n'auraient pas souffert des orages magiques.

Peut-être, peut-être pas… Même Étoileneige ignore la réponse à cette question. Mais impossible de faire comprendre ça à des cerveaux trop obtus qui cherchent un bouc émissaire non humain. Même Judeth est incapable de les raisonner.

Comme si cette pensée l'avait attirée, Judeth entra. Son uniforme noir et argent était comme toujours impeccable. Une broche en argent, en forme de griffon stylisé, brillait sur sa poitrine. Il remplaçait les médailles gagnées au cours de sa carrière exemplaire. Selon elle, si les gens ne savaient pas ce qu'elle avait fait, aucune médaille ne pourrait les éclairer et les persuader de se fier à son jugement.

Elle sourit à Ambredragon, qui lui rendit la pareille.

— Bien, nous sommes trois – Argents, mages et Services. Je sais que Cinnabar ne peut pas venir représenter les Guérisseurs aujourd'hui. Mais où est le quatrième ?

— En route, répondit Étoileneige. Zhaneel et Kechara l'ont appelé.

— Ah.

Le sourire de Judeth devint très doux. Tous les Argents aimaient Kechara, mais Ambredragon savait que la petite grifaucon tenait une place spéciale dans le cœur de l'ancien commandant. Peut-être était-elle la seule à savoir à quel point Kechara travaillait dur pour coordonner les Argents.

— Dans ce cas… Ambredragon, as-tu quelque chose à nous dire avant que Skan arrive ?

—Oui. Aujourd'hui, je suis ici en qualité de chef des *kestra'chern* et pas des Services.

Puisque personne ne s'était proposé pour organiser les efforts en matière d'hygiène publique, d'aide médicale et d'administration de la ville, cette tâche était revenue à Ambredragon. Après tout, grâce à leur talent unique, qui faisait d'eux des partenaires sexuels et des Guérisseurs, des praticiens et des masseurs, les *kestra'chern* étaient davantage des généralistes que des spécialistes. Ambredragon avait été le représentant officieux des *kestra'chern* d'Urtho et il était le meilleur ami de Skandranon. Il avait semblé logique à tout le monde qu'il se charge des choses qui n'entraient pas dans les compétences de Judeth, d'Étoileneige ou de dame Cinnabar.

Surprise, Judeth haussa un sourcil.

—Cela concerne-t-il la justice?

—J'en ai peur.

Il hésita.

—Je crois que tu devrais attendre que je sois assis avant de continuer, Dragon, dit Skan sur le pas de la porte. À moins que vous préfériez continuer cette réunion sans moi. Je peux trouver quelque chose de plus intéressant à faire.

Le griffon adoucit ses paroles d'un sourire, indiquant que c'était une boutade, et rejoignit ses collègues conseillers.

La table du Conseil était l'œuvre d'un de leurs plus talentueux ébénistes. Aujourd'hui, l'homme était handicapé. Blessé de guerre, il ne pouvait plus marcher mais, comme beaucoup de ses concitoyens, il avait décidé de se rendre utile par tous les moyens. Il avait construit cette table par petits bouts – profitant de l'occasion pour former des Apprentis au travail du bois – qu'il avait ensuite envoyés pour la monter sur place. Comme beaucoup de choses à

Griffon Blanc, le meuble était, sous une fausse simplicité, d'une grande complexité et d'une discrète ingéniosité.

— Alors, qu'y a-t-il de si urgent pour réunir le Conseil ? demanda Skan en s'installant sur la couche spécialement conçue pour lui par les Apprentis de l'ébéniste. Je te connais suffisamment pour savoir que ce ne sont pas des broutilles... À moins que tu sois en train de devenir sénile.

Ambredragon grimaça.

— Sénile, non, sûrement pas. Mais avec un bébé de deux ans constamment dans les jambes, je risque de devenir dingue.

Skan, qui avait le même genre de soucis, hocha gravement la tête. Mais Ambredragon refusa de s'engager dans une discussion sur le rôle de parent et ses responsabilités.

— J'ai peur qu'en ma qualité de chef des *kestra'chern* je doive porter des accusations contre quelqu'un devant ce Conseil. Voilà pourquoi je voulais qu'au moins trois d'entre vous soient ici. Je vais devoir m'abstenir de voter, puisque c'est moi qui dépose plainte. Ça signifie que j'ai besoin d'un quorum de trois.

Étoileneige joignit les mains sur la table ; Judeth plissa les yeux.

— Quelles sont les accusations ? demanda le mage.

— Tout d'abord, et c'est la moindre, cet homme s'est fait passer pour un *kestra'chern*. (Ambredragon haussa les épaules.) Je ne me rappelle pas l'avoir vu au service d'Urtho, comme *kestra'chern* ou quoi que ce soit d'autre. Et je ne trouve personne qui puisse attester son apprentissage. Je sais que ses lettres de crédit sont fausses parce qu'un des noms qui y figurent est le mien.

— C'est une infraction mineure qui n'est pas du ressort du Conseil, dit prudemment Étoileneige.

— Je le sais et si c'était tout, je ne vous aurais pas réunis ici aujourd'hui. Je me serais contenté de faire passer des tests à cet homme, pour déterminer son aptitude à pratiquer l'art du *kestra'chern*. Dans le cas où il se serait agi d'un simple *perchi* ambitieux, je l'aurais orienté vers un professeur.

Ambredragon se mordilla la lèvre.

— Non, si je porte cette affaire devant le Conseil, et au cours d'une session secrète, c'est que cet homme s'est rendu coupable de véritables crimes. Il a abusé de la confiance de ceux qui sont venus le voir… et s'il s'était montré moins rusé, il serait déjà dans les geôles de Judeth.

L'expression de la femme resta neutre.

— C'est à ce point ?

— Oui. Les *kestra'chern* sont souvent confrontés à des… requêtes particulières. Il a profité de toutes les occasions qui lui étaient offertes pour infliger de la douleur à ses « clients » et leur causer des dommages physiques ou psychologiques. Simplement pour s'amuser.

— Pourquoi n'en avons-nous rien su jusqu'à aujourd'hui ? demanda le griffon, une lueur dangereuse dans le regard.

— Parce qu'il est… (Ambredragon chercha ses mots)… diabolique, Skan ! Il est rusé et ingénieux, mais surtout il est passé maître dans l'art de charmer – et de manipuler – les autres. Il a si bien réussi à manipuler ses victimes qu'il a fallu un an pour que l'une d'elles trouve le courage de venir m'en parler. Même les autres *kestra'chern* se sont laissé berner. Ils étaient incapables de dire ce qui se passait chez lui. Mais moi, je sais… J'ai senti les souffrances qu'il a infligées à au moins une de ses victimes.

— À quoi avons-nous affaire ? demanda Skan. Un Empathe maléfique ?

— C'est possible, mais je l'ignore, répondit honnêtement

Ambredragon. Tout ce que je sais, c'est que la personne qui est venue me voir avait besoin d'aide. D'autres pourraient être dans le même cas.

Ambredragon avait pris grand soin de ne pas révéler le sexe de la victime, Celle-ci n'avait pas demandé l'anonymat, mais du point de vue d'un *kestra'chern*, c'était une question de décence. Il passa les quelques minutes suivantes à raconter dans les détails ce qui était arrivé à la victime. Quand il eut fini, tous les trois rendirent un jugement unanime.

— Qui est-ce ? demanda Judeth en commençant à écrire le mandat d'arrêt.

Ambredragon soupira. Il avait espéré se sentir mieux une fois que le criminel serait reconnu coupable. Mais ce n'était pas le cas. Il avait l'impression qu'il restait beaucoup à faire avant que tout rentre vraiment dans l'ordre.

— Hadanelith, répondit-il.

Judeth inscrivit le nom du coupable.

— Hadanelith, répéta-t-elle en apposant son sceau sur le cachet. Puis-je l'arrêter dès maintenant ou veux-tu lui parler avant ?

— Vas-y dès maintenant. Je ne voudrais pas qu'il ait la possibilité de faire plus de dégâts.

— Très juste. (Elle se leva.) Skan, pourrais-tu demander à Kechara de dire à Aubri, Tylar, Retham et Vetch de nous rejoindre, Dragon et moi ?

Elle tendit le mandat d'arrêt à Ambredragon, qui le prit en dépit de sa répugnance.

— Je t'accompagne, continua Judeth. Mais ça pourrait être mal perçu : je suis un chef militaire et si j'arrête un civil… Cependant je ne veux pas qu'on croie que je refuse de me salir les mains ou que je ne suis pas apte au service parmi les Argents ; et surtout, savoir qu'un tel individu est en liberté me donne la nausée. Je déteste l'idée de t'imposer ça, Dragon, mais...

— C'est moi qui suis venu déposer une plainte contre lui. C'est à moi d'agir, Judeth... Même si c'est le genre de chose qui me fait regretter de ne plus être un simple *kestra'chern*.

— Tu n'as jamais été un simple *kestra'chern* !

— Je suppose que tu as raison, murmura-t-il alors qu'Étoileneige et Skan quittaient la salle du Conseil.

Hadanelith ôta quelques copeaux supplémentaires à la pièce de bois avant de la reposer. Encore quelques coups de ciseau et de lime – mais pas trop pour que cela reste un défi pour ses clients – et il pourrait faire les trous pour passer les chevilles et attacher les sangles.

Sculpter le bois était un peu semblable à ce qu'il faisait pour vivre. Rien d'étonnant, donc, qu'il y excellât. Il était capable de prendre le matériau brut, de le tenir fermement et d'enlever tout ce qui était en trop pour obtenir la forme qu'il souhaitait.

Telica était une de ses œuvres. Une touche par-ci, un morceau par-là, et avant longtemps elle deviendrait un autre objet proche de la perfection. Il se réservait toujours le modelage de l'esprit pour la fin.

Elle était là, nue et agenouillée sur le sol, liée par plusieurs longueurs de fil qui reliaient son cou à ses poignets et ses poignets à ses chevilles. Le fil était tout à fait banal, un détail qui rendait la situation d'autant plus réjouissante.

La moindre tension pouvait le briser. Mais le véritable lien qui retenait la jeune femme, c'était la volonté d'Hadanelith. Le dressage, qui avait fait d'elle un objet, la maintenait en place plus sûrement que des fers ou une corde. Même si sa douce peau d'albâtre ne montrait aucune trace, elle était une de ses sculptures, *à l'intérieur* d'elle-même.

Chaque fois que Telica venait le voir, elle savait qu'elle serait testée. Toutes ses filles le savaient. Il les attachait, les blessait, les caressait, les violait ou les humiliait tour à tour. Au bout d'un certain temps, elles finissaient par l'aimer... ou au moins par lui obéir. L'obéissance lui suffisait ; il préférait cela à l'amour.

Il alla se camper devant le corps immobile de la jeune femme et lui saisit la mâchoire d'une main.

— Ouvre, dit-il de sa voix onctueuse.

Elle ouvrit la bouche et il y fourra le mors en bois qu'il venait de fabriquer. Alors qu'il l'enfonçait plus profondément entre ses mâchoires, il sentit qu'il lui égratignait les gencives. Il constata aussi qu'il appuyait trop sur le palais. Bien. C'était excellent. Cela servirait son dressage. Ainsi, même quand elle aurait quitté son appartement, elle se souviendrait de ses attentions et de qui était son maître.

Qui était son maître ? Une autre délicieuse ironie. Tout le monde pensait que c'était lui, Hadanelith, qui la servait. Mais derrière ces portes, elle était sienne au même titre que ses autres créations. Il en avait six, maintenant : Dianelle, Suriya, Gaerazena, Bethtia, Yonisse et Telica. Chacune d'elles était une belle pièce, mais pas dépourvue de défauts.

Il y avait toujours quelque chose qui n'allait pas. Pourquoi ? Pourquoi s'apercevait-il immanquablement que le bois était trop vert, trop noueux ou fendu au milieu une fois qu'il avait ôté l'écorce et presque fini de sculpter une autre merveille ? Comme si le matériau, si plaisant au-dehors, ne tenait pas ses promesses. Dès qu'il avait suffisamment dégrossi la pièce et qu'il commençait à s'attaquer aux détails, les défauts apparaissaient.

Telica, par exemple, était trop calme. Il était presque impossible de lui arracher un gémissement. Il n'était pas plus exigeant qu'un autre homme, mais comme il arrivait que quelqu'un puisse avoir envie d'un fruit ou d'un plat particulier, Hadanelith voulait parfois entendre un sanglot étouffé ou un cri. À moins qu'il la blesse avec une lame ou lui plante des aiguilles dans le corps, la jeune femme restait muette. Son silence était tout autant un défaut que les balbutiements hystériques de Gaerazena ou les tremblements anxieux de Yonisse.

Cela ne pouvait pas venir de son manque d'habileté ; non, seul le matériau était en cause. Ah ! s'il avait pu, juste une fois, mettre la main sur une femme de qualité. Comme Bichehivernale…

Voilà dix ans qu'il l'observait. Ça, c'était une créature digne d'un artiste ! Elle n'était pas faite de bois, mais du marbre le plus pur, un véritable défi. Pourtant, il était de taille à l'affronter. Quel sculpteur avait peur de sa matière première ? Quel génie avait peur de son jouet ? Le summum serait de la défaire puis de la refaire entièrement, en agissant si habilement qu'elle demanderait chacun des changements qu'il lui réservait.

Quel rêve…

Mais elle ne viendrait jamais à lui. Pas tant qu'elle serait avec Ambredragon-le-parfait. Et pas tant que la cité tout entière saurait à quel point elle était heureuse avec lui. La situation était trop écœurante pour être exprimée avec des mots et tout aussi dégoûtante que l'étaient le griffon pur sucre, Skandranon, et sa femelle.

Par bonheur pour lui, tout le monde n'était pas aussi heureux de son sort dans cette cité utopique.

Il serait content de leur apprendre le goût amer de la réalité quand le temps viendrait. Surtout à Bichehivernale. Il fouillerait sous la surface lisse pour découvrir ce qui bouillait dessous. Et exhumer ses peurs.

Ce ne serait certainement pas les angoisses ordinaires de ses six créations. Non, Bichehivernale devait craindre quelque chose de fascinant, quelque chose qu'il lui faudrait chercher longtemps avant de trouver. Que libérerait-il en elle ? Ah, c'était une image intéressante : une femme creuse, vidée tranche après tranche, dont il ne restait que l'enveloppe. Était-ce faisable – et si oui, comment ? Quelle épaisseur devait-il laisser pour que son œuvre ne s'effondre pas ? Eh bien, si le bois était bon, il pourrait sûrement en retirer assez pour satisfaire à ses besoins.

Ces pensées occupaient son esprit tandis qu'il plaçait le couteau entre les jambes de Telica. Ça, et l'envie de l'entendre crier.

La lame toucha la peau laiteuse d'une cuisse.

Au même moment, une ombre passa sur la peau immobile de la jeune femme. La lumière changea quand quelqu'un – non, plusieurs personnes – entrèrent dans la pièce sans y avoir été invitées. Quel culot !

Hadanelith pivota sur les talons, son couteau à la main, bien décidé à affronter les impudents. Avant qu'il puisse émettre un seul grognement, la botte qui le frappa au visage fit tourner la situation à son désavantage, le mettant aussitôt en position de victime.

La nervosité d'Ambredragon s'était transformée en une sorte de douleur sourde qui le prenait aux tripes. Ce n'était pas parce qu'il n'avait jamais vu d'horreurs de sa vie, ni parce qu'il n'avait jamais été rendu malade par la souffrance d'autrui. Et encore moins parce qu'il craignait une confrontation violente ou le nettoyage nécessaire après ce genre d'action. La sensation qu'il avait, alors qu'ils approchaient de chez Hadanelith, ressemblait à de la peur. Il pressentait que rien de bon ne sortirait de cette arrestation. Même si, moralement, c'était la seule chose à faire. Mais il ne pouvait s'empêcher de penser qu'un jour cela leur causerait plus de mal que de bien.

Aubri semblait éprouver la même sensation que lui – même si sa mine renfrognée pouvait être due à une mauvaise digestion. À l'entendre, c'était un griffon qui n'avait jamais eu de chance.

— C'est trop calme, Dragon, siffla-t-il. Nous savons qu'il est là, alors pourquoi ne fait-il pas de bruit ?

— Je l'ignore, répondit Ambredragon. Je n'aime pas ça non plus. Judeth ?

— J'ai un mauvais pressentiment. Entrons… sans attendre.

Elle fit signe à son équipe de la suivre à l'intérieur. Ambredragon avança plus lentement, le mandat d'arrêt froissé dans son poing, redoutant ce qu'ils allaient découvrir.

Il ne vit pas Judeth flanquer un coup de pied à Hadanelith et l'envoyer valser à l'autre bout de la pièce. Mais quand il découvrit ce qui avait provoqué cette réaction, il ne protesta pas.

La jeune femme était attachée par des fils dans une des positions les plus inconfortables qu'Ambredragon eût jamais vue. Sa peau était couverte d'un film luisant de sueur et ses muscles tremblaient sous l'effort de devoir rester en place. De fines cicatrices marquaient sa peau blanche. Le couteau à sculpter d'Hadanelith étant sur le sol, à l'endroit où Judeth l'avait expédié, il était inutile de se demander avec quoi elles avaient été faites.

Le plus terrible, c'était… que la malheureuse feignait de ne pas remarquer leur présence.

Non. Elle ne joue pas la comédie. Elle n'a pas remarqué notre présence. Elle ne le pourra pas, tant qu'il ne lui en aura pas donné l'ordre.

C'était ça qui paralysait Ambredragon et qui avait allumé un brasier dans le regard de Judeth. Qu'un être *humain* ait pu faire cela à un de ses semblables.

Les cicatrices sont la moindre des tortures qu'il lui a infligées. Il faudra des mois pour qu'elle se remette du reste. Et elle aura besoin des soins d'un Guérisseur, pas d'un kestra'chern.

Les mains tremblantes, Ambredragon déroula le mandat d'arrêt et le lut à haute voix. Hadanelith ne leva pas même une main pour toucher l'hématome qui s'épanouissait sur sa joue, se contentant de regarder Ambredragon avec une haine non dissimulée.

— Tu as entendu les charges retenues contre toi. Nous avons toutes les preuves qu'il nous fallait devant les yeux, dit Judeth, martelant chaque mot comme si cela lui répugnait de devoir s'adresser à lui. As-tu quelque chose à dire pour ta défense ?

Pour seule réponse, Hadanelith lui cracha dessus. Mais parce qu'elle était debout au-dessus de lui et qu'il était allongé sur le sol, son crachat n'atteignit pas sa cible. Il tomba sur le bout de la botte de l'ancien commandant et dégoulina jusqu'au sol. Un des Argents humains serra le poing pour frapper ; Judeth lui saisit le bras.

— Inutile de te salir les mains, Tylar, dit-elle froidement.

Elle balaya l'endroit du regard, ramassa une pièce de soie coûteuse que gardait précieusement Hadanelith et s'en servit pour nettoyer sa botte, avant de la jeter dans un coin. Puis elle consentit à se tourner vers le prisonnier.

— Il y a beaucoup de choses que j'aimerais te faire, salaud, dit-elle d'une voix dénuée d'émotion. Mais nous avons des lois pour les personnes dans ton genre.

» Hadanelith, en raison des crimes qui te sont reprochés, et pour lesquels tu as été pris en flagrant délit, tu seras amené en haut de la falaise de Griffon Blanc. Puis tu seras accompagné jusqu'à la limite des terres que nous cultivons. Là, tu seras libéré de tes chaînes, et tu auras jusqu'à la tombée de la nuit pour quitter nos terres. Demain à l'aube, si tu es toujours à l'intérieur de nos frontières, celui qui te trouvera pourra débarrasser la colonie de ta présence comme bon lui semblera.

La rage de Hadanelith était visible dans son regard, mais sa voix, quand il répondit, parut aussi froide que celle de Judeth.

— Je n'ai pas droit à une arme, à de la nourriture, à…

— Tu n'es qu'un chien enragé ! Nous ne donnons ni arme ni nourriture à un chien enragé. (Judeth plissa les lèvres et le regarda.) Tu crois être intelligent, non ? Je te suggère de commencer à employer ton intelligence pour découvrir comment survivre dans une forêt avec ce que tu as sur le dos. (Elle fit signe aux Argents.) Enchaînez-le et emmenez-le là-haut avant qu'il me rende encore plus malade.

Les Argents n'avaient pas besoin qu'on leur apprenne leur métier. Il leur fallut quelques secondes pour attacher leur prisonnier.

Ambredragon s'était attendu à voir Hadanelith lutter ou les couvrir d'injures… Ce silence était terrible – d'autant plus qu'il sentait une menace planer dans l'air.

C'est un chien enragé. La forêt aura raison de lui, lentement, douloureusement, mais sûrement. Ne devrions-nous pas nous montrer cléments et le tuer nous-mêmes ?

Mais ses crimes ne méritaient pas la peine capitale, seulement le bannissement. Il ne pouvait pas être guéri, c'était clair, donc le gouvernement de Griffon Blanc devait l'éloigner de ses victimes potentielles. Restaient deux solutions : le bannissement ou l'emprisonnement. Or, la cité n'avait pas encore de prison.

Hadanelith ne quitta pas Ambredragon des yeux pendant tout le temps qu'il fallut aux Argents pour l'attacher et l'emmener. Visiblement, il le tenait pour responsable de son arrestation.

Ce qui ne fut pas pour apaiser les craintes de Dragon.

S'ils avaient trouvé Hadanelith seul, Ambredragon serait parti depuis longtemps. Mais il y avait la jeune femme. Le malaise du *kestra'chern* se transforma en nausée quand il s'agenouilla près d'elle.

Baissant ses boucliers juste ce qu'il fallait, il lui effleura le bras du bout d'un doigt pour prendre la mesure de la situation.

Une fraction de seconde plus tard, il remonta vivement ses boucliers. Il savait qu'il devait être devenu aussi blanc que Skan.

Il leva les yeux vers Judeth, qui attendait à côté de lui.

— Ce n'est pas bon, mais je peux me charger d'elle.

Il inspira profondément pour se détendre, se rappelant que ce qu'il voyait n'était pas pire que la plupart des traumatismes qu'il avait dû aider à soigner au cours de sa carrière de chef des *kestra'chern* dans les armées d'Urtho. Levant de nouveau la tête, il réussit à sourire à l'ancien commandant.

— Vas-y. Je m'en sortirai. Elle devra consulter dame Cinnabar, bien sûr, mais je peux la soulager suffisamment pour pouvoir l'emmener chez la Guérisseuse.

Une des principales qualités de Judeth était de ne jamais remettre en question les compétences d'un individu. Si Ambredragon disait qu'il pouvait faire quelque chose, elle le croyait sur parole.

— Très bien, répondit-elle. Dans ce cas… je vais suivre mes hommes. Je veux m'assurer personnellement que ce tas de *sketi* aura passé nos frontières à la nuit tombée.

Sur ce, elle tourna les talons et quitta l'appartement, laissant Ambredragon avec une fille dont il ne connaissait même pas le nom.

Et ce n'est que le cadet de mes soucis. Il faut que je trouve le carnet de rendez-vous de Hadanelith, pour avoir la liste de ses clientes. Quand il y en a une dans cet état, il y a fort à parier que d'autres sont en attente.

Tu savais que ce serait moche à voir, Dragon. Pense que ce serait encore pire pour elle si tu n'avais pas été là.

Hadanelith ne courait pas, même si ses geôliers affichaient des mines farouches et déterminées. Il s'éloigna d'eux avec une nonchalance étudiée, comme s'il faisait une simple balade, les muscles détendus et la démarche souple.

Ce n'était pas facile. Il sentait leurs regards sur sa nuque et, en dépit de l'assurance de cette garce de Judeth – il ne lui serait fait aucun mal jusqu'à la tombée de la nuit –, il s'attendait à recevoir une flèche entre les omoplates.

Mais cela n'arriva pas.

Il finit de traverser les champs cultivés, écrasant soigneusement toutes les plantes qui se dressaient sur son passage. C'était une revanche plutôt minable, il en avait conscience, mais il s'en contenterait... Pour l'instant.

À l'extrémité des sillons s'étendait la terre qui n'avait pas encore été gagnée sur la forêt. Une forêt qui recélait tellement de dangers que l'y envoyer équivalait à le condamner à mort.

Les travailleurs venaient aux champs avec des hommes chargés de marteler le sol pour éloigner les bêtes sauvages. Et parmi eux, il y avait toujours quelques-uns des Kaled'a'in capables de toucher l'esprit des animaux.

Et des archers, au cas où ce ne serait pas suffisant. Merci pour votre clémence, hypocrites! pensa-t-il.

Il ne marqua pas de pause quand il arriva à la lisière de la forêt, devant l'enchevêtrement de végétation qui tapissait le sol. Il y entra sans hésiter et se fraya un chemin parmi les buissons et les lianes, ignorant les éraflures et les piqûres d'insectes jusqu'à ce qu'il ait atteint une piste tracée par des animaux sauvages.

Alors seulement il s'arrêta, un peu essoufflé, pour faire l'inventaire de ses blessures. Il voulait recenser chaque égratignure, chaque hématome, car un jour il les ferait payer très cher aux habitants de Griffon Blanc... Avec des intérêts.

Il avait reçu un coup de pied dans la mâchoire et un autre sur la main. Le premier avait bien failli lui briser les os et le second avait laissé ses doigts engourdis. Les gardes ne s'étaient pas montrés très tendres, eux non plus. Ils avaient été à un cheveu de lui disloquer les bras en le relevant puis en le poussant jusqu'en haut de la falaise. Et ils lui avaient flanqué assez de coups de pied pour laisser des marques.

En dépit de tout ça, Hadanelith sourit. Ils s'étaient montrés si imbus d'eux-mêmes lorsqu'ils avaient décrété qu'il devait être exilé avec juste ce qu'il avait sur le dos... Et tenus par leur parole, ils n'avaient même pas pu le fouiller.

Les imbéciles.

Ils avaient présumé qu'un *kestra'chern* n'était jamais armé quand il travaillait. Mais Hadanelith n'était pas un *kestra'chern* conventionnel.

Il n'était jamais désarmé, lui.

Il commença à sortir tous ses trésors cachés, et, en premier, les stylets dissimulés dans les coutures de ses bottes.

Il allait revenir sur ses pas et rester tapi dans la jungle, à l'extérieur des bornes, quelques jours ; le temps que ces idiots imaginent qu'une bête sauvage s'était occupée de lui.

Puis il retournerait à Griffon Blanc.

Et là, il exigerait le remboursement total de la dette.

Chapitre 2

Skan ramena ses ailes et se posa sur le bord de la tanière que Zhaneel et lui avaient choisie, quand les plans de Griffon Blanc avaient été dessinés, à leur arrivée dans la baie en demi-lune. Cette fois, il atterrit plus conventionnellement. Quand personne ne le regardait, il savait se ménager. Et puis, c'était sa maison ; il avait le droit de laisser des marques de serres dans la pierre s'il en avait envie.

Avec l'aide d'une petite armée de hertasis, Zhaneel et lui avaient creusé la falaise. Puis ils avaient utilisé une partie de la roche ainsi retirée pour ériger des cloisons. Enfin, ils avaient meublé leur foyer avec tout le confort griffonique dont ils disposaient.

L'habitation avait une vue imprenable sur la mer, tout en étant parfaitement protégée des orages de la mauvaise saison par une avancée de pierre noire couverte de petites fougères et de mousse. C'était sans conteste la plus belle du genre en ville. Des feux magiques y maintenaient une température agréable en hiver et la brise marine l'aérait en été. Et il s'y trouvait assez de coussins et de couches pour en faire un nid douillet et confortable.

Parfois, le rang avait ses avantages. Pouvoir éviter d'assister à la confrontation déplaisante qui avait lieu en ce moment même avec Hadanelith, par exemple. Il en éprouvait un réel soulagement, même s'il ne pouvait s'empêcher d'être désolé pour le pauvre Ambredragon. Peut-être pourrait-il lui rendre visite plus tard, avec un petit en-cas, pour apaiser sa culpabilité ?

Je suis bien content de n'avoir pas eu à porter cette affaire devant le Conseil… Tout ce que j'ai dû faire, finalement, c'est voter en faveur de Dragon. Que m'arrive-t-il ? Moi, rechigner à me mêler du sort d'un autre ?

Les muscles de ses ailes étaient encore douloureux et il se sentait bien plus fatigué qu'il n'aurait dû l'être. Les deux vols avaient été très courts, pourtant.

Il va falloir que je passe plus de temps à danser dans les airs. Peu importe ce que ça entraînera pour mon emploi du temps. Je ne devrais pas me fatiguer aussi vite. Après dix ans de tranquillité, je devrais avoir recouvré mon endurance !

Il replia les ailes, jeta un coup d'œil aux vagues qui venaient s'échouer sur les rochers, puis poussa la porte de sa tanière. Cinnabar lui rappelait sans cesse, même après tant d'années, que le temps passé entre les deux Portails, suivi de trop près par leur fuite précipitée pour échapper au Cataclysme, avait brûlé jusqu'à sa dernière étincelle d'énergie. À cette époque, il n'était plus que l'ombre de lui-même – mais à présent il aurait dû retrouver la forme ! Ambredragon, Gesten et Cinnabar n'avaient pas ménagé leurs efforts pour qu'il y arrive.

C'est à cause de ma vie sédentaire. Je passe plus de temps à arpenter les rues qu'à faire de l'exercice ! Bien sûr, personne n'ose rien dire parce que je suis Skandranon. Mais si j'étais un autre griffon, les plaisanteries sur mon gros ventre alimenteraient les ragots de la ville entière !

Il referma soigneusement la porte et passa par-dessus un muret, une précaution nécessaire pour que les jeunes griffons téméraires ne tombent pas de la falaise – un des petits inconvénients de construire des tanières en hauteur… –, pour entrer dans la pièce principale.

Des petites lumières magiques en éclairaient l'intérieur ; un luxe, étant donné la situation. Les lumières et les feux magiques étaient tout en bas de la liste de priorités des mages. Mais Skan s'était chargé lui-même de créer la plupart de ceux qu'il utilisait, et Vikteren avait fait le reste.

Nous y revoilà ! Pas étonnant que je ne sois plus qu'une barrique emplumée. Rester sans bouger pendant des jours, à regarder fixement des pierres pour les faire briller, pendant que des hertasis et des humains m'amènent assez de nourriture pour faire exploser un cheval ! Que penserait Urtho, s'il me voyait ?

Les humains et les hertasis devaient se contenter de bougies et de lanternes. Parce que les feux magiques étaient rares, ils allaient en priorité aux Guérisseurs, puis aux griffons et aux tervardis, et enfin aux kyrees. Quand tous les non-humains auraient de quoi se chauffer et s'éclairer, ce serait au tour des humains.

Skan avait dû prendre cette décision. Cela pouvait sembler égoïste, mais c'était surtout une question de priorité et de bon sens. Les Guérisseurs avaient besoin de lampes et de feux magiques pour travailler – quant aux griffons, aux tervardis et aux kyrees, les plumes des premiers étaient inflammables et les derniers n'avaient pas de mains pour allumer une chandelle ou un feu.

Griffons grillés et tervardis à la broche, miam ! Servis à l'intérieur même de leurs foyers, devant leurs enfants – deux des recettes secrètes de Ma'ar !

C'était mot pour mot la phrase dont il s'était servi pour convaincre les membres du Conseil du bien-fondé de l'édit qu'il voulait promulguer. Comme il s'y était attendu, la mention du nom de Ma'ar, plus encore que la logique de ses arguments, avait décidé les conseillers.

Il n'avait pas apprécié de devoir manipuler ses collègues. Ce genre de ruse lui laissait un arrière-goût amer. Comme à Urtho.

Il y avait tellement de choses qu'Urtho n'aimait pas ! Les dieux bénissent sa mémoire. Je me sentais désolé pour lui, à cause de la position où les besoins des autres l'avaient placé. Il n'avait jamais désiré devenir le chef de ceux qui voulaient rester libres face à la soif de conquête de Ma'ar, mais on ne lui avait pas laissé le choix. Je me souviens du regard qu'il m'adressa un jour, un regard plein de désespoir silencieux, quand je lui demandai pourquoi il l'avait permis.

Skandranon se figea, perdu dans ses souvenirs.

Il se contenta de me répondre : « Qui s'en chargera si je ne le fais pas ? »

Aujourd'hui je sais ce qu'il subissait. Cela vous ronge l'âme… C'est drôle, tout le monde semble penser que faire son devoir élève l'âme. Un cœur noble est censé vivre et trouver la joie dans ses responsabilités. Moi, je suis de moins en moins satisfait, d'autant que je fais des choses qui me déplaisent… comme grossir, par exemple.

— Zhaneel ? appela-t-il doucement après avoir jeté un coup d'œil dans la pièce « publique » et n'y avoir pas trouvé de griffon endormi. Je suis…

Il avait parlé tout bas, espérant que, si les petits dormaient, il ne les réveillerait pas. Griffon stupide. Espoir vain.

Des glapissements aigus retentirent dans la chambre d'enfants, saluant son retour. Une seconde plus tard, deux boules de plumes et d'énergie brute se jetèrent sur lui, s'accrochant à ses pattes de devant. Tadrith choisit la droite et Keenath la gauche.

Ils n'étaient pas encore assez grands pour le faire chanceler, mais alors qu'ils s'accrochaient à lui et le mordillaient, il lui fut très difficile de continuer à avancer. Dire qu'Ambredragon et Bichehivernale trouvaient compliqué d'élever un bébé de deux ans ! Pourtant, comme les chatons, les petits griffons apprenaient très vite à courir et ils n'avaient que trois modes de fonctionnement : « jouer », « avoir faim » et « dormir ». Et ils passaient de l'un à l'autre en un clin d'œil ! Inutile d'essayer de les endormir quand ils voulaient jouer ou de leur proposer un jouet quand ils avaient le ventre creux.

Zhaneel arriva derrière ses petits. Plus belle que jamais, elle ressemblait de plus en plus à un faucon. Les marques qui ornaient sa tête délicate étaient plus visibles à présent qu'elle n'essayait plus de ressembler aux autres griffons, bâtis comme des aigles. Grâce à l'assurance tranquille qu'elle avait acquise, elle se comportait comme la « reine faucon » qu'elle était.

— Ne t'inquiète pas, je ne voulais pas les endormir, dit-elle. Nous jouions à « attraper la queue de maman. »

— Et maintenant, c'est à « s'accrocher aux pattes de papa » ! répondit-il.

Zhaneel regarda ses petits et gloussa. Avec leur plumage de jeunes oiseaux, les petits griffons ressemblaient à des boules de duvet ébouriffées. C'était particulièrement drôle, surtout quand ils étaient accrochés aux pattes de leur père.

— La réunion du Conseil s'est terminée plus tôt, dit Skan. J'en ai profité pour rentrer avant qu'on vienne m'exposer un autre problème insignifiant.

Il avait parlé sur un ton plus acide qu'il n'en avait l'intention ; Zhaneel le regarda, tête inclinée.

— Tu as la migraine ? demanda-t-elle.

Il réussit à détacher Tadrith, mais Keenath, l'aîné, était plus têtu et refusait de lâcher prise.

— Non, répondit-il d'un ton si las qu'il se surprit lui-même. Certains jours, j'en ai assez d'être le Grand Griffon Blanc, le Vieux Sage des Collines, la Réponse à Tout et le Pacificateur. Plus personne ne se souvient de moi au temps où j'étais le Vengeur des Cieux, le Séducteur de Vierges et le Passe-Temps des Guérisseurs. Ils veulent quelqu'un pour résoudre leurs problèmes et j'ai été assez bête pour me laisser piéger. J'en ai marre d'être responsable !

Il détacha doucement Keenath de sa patte avant gauche ; le jeune griffon hurla de joie. Pendant ce temps, son frère essayait d'attraper la queue de Skan.

— Tu voudrais être irresponsable ? demanda Zhaneel avec un petit sourire qu'il ne comprit pas.

— Oui, répondit-il après y avoir réfléchi un instant. Plus je croule sous les problèmes d'autrui, moins j'ai de temps pour ce qui est important à mes yeux ! Et regarde-moi !

Il se secoua, à la fois indigné et attristé.

— Je suis gros, Zhaneel ! continua-t-il. Lourd et en mauvaise condition physique ! À quand remonte la dernière fois où j'ai pris le temps de m'asseoir en compagnie d'Ambredragon et de Gesten, simplement parce que j'apprécie leur compagnie ? Quand t'ai-je enlevée pour t'entraîner dans une course aérienne ? À propos, quand avons-nous fait l'amour pour la dernière fois ? Plus le temps passe, moins il m'en reste pour réfléchir !

Zhaneel tendit la patte pour attraper son plus jeune fils avant qu'il se soit raccroché à son père.

— La ville est presque finie. Il ne reste plus aux gens qu'à décider ce qu'ils veulent mettre chez eux. Ils n'ont pas besoin de toi pour ça…

Skan soupira et secoua la tête.

— Plus la construction avance et plus ils trouvent de tâches à me confier. Au fil des mois, même si les questions sont de plus en plus triviales, ils semblent avoir besoin de mon jugement pour tout. On dirait qu'ils se sont mis dans le crâne que j'étais la seule créature capable de prendre des décisions… et peu leur importe que je sois seulement un des membres d'un Conseil qui n'en compte que cinq !

Sous le regard de Zhaneel, Skan essaya d'exprimer ce qu'il ressentait.

— J'ignore si c'est un mauvais tour du destin, mais je commence à croire que je ne suis plus moi. Comme si le vieux Skandranon était expulsé peu à peu et que ce… ce vieux machin de Griffon Blanc lui vole sa place ! Ça arrive à l'intérieur de mon corps, mais je ne peux rien faire pour l'empêcher…

Voyant que Keenath se ruait sur son père, Zhaneel l'attrapa de sa patte libre. Puis elle expédia les deux petits dans une pile de coussins. Aussitôt, ils s'attaquèrent l'un l'autre, oubliant leur première cible.

La grifaucon s'assit près de son compagnon et mordilla les touffes de ses oreilles.

— La guerre est finie, mon amour, souligna-t-elle avec une logique implacable. Il n'y a plus de missions secrètes, plus de raison de teindre tes plumes en noir pour qu'on ne puisse pas voir ta silhouette se détacher sur le ciel nocturne – bref, le *Griffon Noir* n'a plus vraiment de raison d'exister. Nous avons tous changé, tu n'es pas le seul.

— Je sais, soupira-t-il. Mais… c'était bien plus qu'une partie de moi, *c'était* moi et ça me manque ! Parfois j'ai l'impression que le Griffon Noir est mort en même temps qu'Urtho et que tout ce qui en reste, aujourd'hui, est une enveloppe vide. J'ignore qui ou ce que je suis. Tout ce que je sais, c'est que je n'aime pas ce qui m'arrive.

Zhaneel claqua du bec, irritée.

—Peut-être n'aimes-tu pas celui que tu es devenu, mais nous ne sommes pas mécontents du tout de voir que Skandranon prend enfin ses responsabilités au sérieux ! Et nous ne voudrions pas te voir oublier cette leçon.

Il secoua la tête, ravalant une réplique cinglante.

—Non, ce n'est pas vraiment ce que j'ai voulu dire. Je… Il semble que je sois passé directement d'un extrême à l'autre et qu'il ne me reste plus une seconde à moi. Je suis constamment fatigué et je n'ai jamais le loisir de prendre le temps de la réflexion. J'ai l'impression – je ne sais pas pourquoi – d'être tiré dans tous les sens et, à force, de n'avoir plus aucune substance. Ma tâche me consume !

La panique qui faisait trembler sa voix n'échappa pas aux deux petits ; alarmés, ils levèrent la tête.

—Tu vas très bien t'en sortir, répondit Zhaneel en lui tapotant l'épaule. Ne t'inquiète pas. Jusqu'ici, tu as beaucoup donné de ta personne. Être resté coincé entre ces deux Portails a failli te tuer et tu y as laissé tes forces. Tu as besoin de repos, c'est tout.

Dès que j'essaie d'exprimer ce que je ressens, c'est toujours la même rengaine !

—C'est ça le problème, grommela-t-il. Je n'arrive pas me reposer !

Les petits griffons se précipitèrent de nouveau sur lui ; il glissa à terre, les laissant le prendre d'assaut. Qu'est ce qui n'allait pas chez lui ? Il avait tout ce dont il avait toujours rêvé – une compagne adorable, un foyer sûr, la paix – et il était le chef qu'il avait voulu devenir. Ne devrait-il pas s'estimer heureux ?

En réalité, il n'était pas tout à fait le chef qu'il avait toujours souhaité être, à l'époque où il luttait contre l'attraction terrestre, les makaars, les carreaux d'arbalète, les boulets de canon et les autres armes dont disposait l'armée ennemie. Les histoires qui avaient bercé son enfance, pleines de héros et d'espoirs, ne disaient rien de la manière dont le devoir dévorait peu à peu un être. Il avait rêvé de cieux superbes où sa silhouette se serait détachée ; il aurait voulu fendre le vent au-dessus des terres sous sa protection, salué par des foules en délire.

Le problème, c'était de résoudre des difficultés en temps de paix. Un art difficile... et épuisant !

Zhaneel lui mordilla le cou, puis elle disparut dans les profondeurs de la tanière pour s'occuper des tâches qu'elle ne pouvait pas accomplir avec des bébés griffons accrochés à ses plumes. Skandranon était peut-être tombé au fond d'un abîme de désespoir, mais il avait une immense affection pour ses petits.

Il serra les poings et les envoya bouler gentiment à travers la pièce. Ils atterrirent au milieu des coussins avec des cris de joie et revinrent aussitôt à la charge, bataillant avec toute la force de leur enfantine exubérance...

Si seulement il avait eu leur insouciance...

Tout le monde était-il aussi malheureux que lui ? Il en doutait. En réalité, il n'était pas certain de savoir quand son mécontentement avait pris naissance. Aujourd'hui, force était de constater qu'il existait... et qu'il allait de mal en pis.

Aussi ardu qu'ait pu être le voyage qui les avait conduits jusqu'à cette magnifique baie, le rôle de Skan était alors bien plus simple. Il lui avait suffi de prodiguer conseils et encouragements. À cette époque, il était capable de faire un discours qui redonnait de l'espoir aux plus abattus. Judeth avait la charge de protéger les réfugiés, et Gesten et Ambredragon de les nourrir et de leur fournir un abri. Dame Cinnabar s'occupait de tout ce qui touchait de près ou de loin à la santé. À lui, tout ce qu'on demandait, c'était de jouer les figures de proue, d'être une sorte d'image des jours meilleurs.

Skandranon renifla de dédain.

En d'autres termes, stupide griffon imbu de lui-même, tu étais leur légende vivante.

Aujourd'hui, il devait prendre des décisions souvent difficiles qui le mettaient dans des positions inconfortables. Et il était la seule autorité capable d'arbitrer les conflits entre humains et non-humains… même si les parties semblaient rarement satisfaites par ses jugements.

Les humains pensaient qu'il favorisait les non-humains. Quant aux non-humains, ils s'imaginaient qu'il préférait les humains simplement parce que son meilleur ami, Ambredragon, en était un.

C'était si décevant…

Et ça le mettait dans une rage folle. Puisque tous ces individus insistaient pour qu'il trouve une solution à leurs problèmes, ils auraient pu faire semblant d'apprécier ses efforts ! Mais il y avait toujours un mécontent parmi eux.

Plus leur vie devenait facile, plus ils se créaient de problèmes ! Au début, quand Griffon Blanc n'était qu'une série de tentes perchées sur la falaise, personne ne semblait avoir le temps ni l'énergie de se quereller.

C'est ça. Nos problèmes viennent peut-être de tout ce temps libre…

Non, cela ne pouvait pas être aussi simple…

Et tout le monde ne se tournait pas les pouces.

Sans doute était-ce la malédiction qui frappait toutes les civilisations.

Je sais que les armées d'Urtho ont connu les problèmes propres à tous les rassemblements. C'est logique : dès que les gens ne sont plus préoccupés par leurs besoins les plus immédiats, ils retournent à leurs vieilles habitudes. Il suffit de prendre l'exemple de Hadanelith. Je parie qu'il y a dix ans il jouait les mêmes tours dans les rangs des perchi. *Il n'a jamais été pris parce que ses clients ne revenaient pas le voir – ou se faisaient tuer sur le champ de bataille.*

À moins que, dix ans plus tôt, Hadanelith n'ait pas été assez vieux pour exercer une quelconque profession. Ambredragon n'avait pas précisé son âge. Il était possible que son apparente jeunesse lui ait permis de prétendre avoir reçu un enseignement. S'il avait menti là-dessus, il pouvait aussi avoir menti sur son âge et son expérience. Aujourd'hui, la majorité des *kestra'chern* attachés aux armées d'Urtho étaient dispersés aux quatre vents.

Le clan kaled'a'in k'Leshya avait librement choisi de suivre les griffons et les autres non-humains, car ses membres avaient une relation très particulière avec les créatures d'Urtho. Pour des raisons pratiques, les autres clans étaient partis de leur côté : il était beaucoup moins dangereux de ne pas envoyer tous les réfugiés au même endroit. Si les Kaled'a'in devaient survivre en tant que peuple, il valait mieux que les clans se séparent pour offrir une cible la plus mobile possible. Ambredragon était là à cause de son amitié pour Skan, mais aussi parce qu'il avait rejoint k'Leshya au début du conflit. À part lui, il ne restait que les *kestra'chern* du clan et une poignée d'autres.

Quand le temps n'était plus un luxe, les gens recommençant à chercher des plaisirs qui leur rappelaient une époque dorée, certaines choses – par exemple un bon *kestra'chern* – manquaient.

Ça signifie que les individus les moins scrupuleux auront toutes les occasions de s'adonner à leurs vices… C'est logique. Probablement trop, même. Urtho était peut-être la créature la plus bourrée de principes qui ait jamais existé, mais il n'y en avait pas beaucoup comme lui – dans son camp ou ailleurs.

Avec tous les gens qui ont emprunté un Portail au hasard, au dernier moment, nous avions tort de penser n'avoir avec nous que des êtres de nature angélique. Nous aurions dû nous attendre à tout. Mais nous étions simplement heureux d'être en vie… Et plus tard, tout le monde était trop occupé pour penser à nuire, même les fauteurs de troubles potentiels.

Cette idée le déprima un peu plus. Peut-être était-il trop idéaliste, mais il avait vraiment espéré avoir laissé derrière lui les individus comme Hadanelith.

J'imagine que nous aurons des crimes, des vols, des viols, des arnaques, des disputes et les dieux seuls savent quoi encore.

Il soupira.

Ça donnera du boulot aux Argents. Je pensais que Judeth s'était arrangée pour leur distribuer des postes honorifiques… Je m'aperçois qu'elle voyait plus loin que moi.

À moins qu'elle se soit montrée moins obstinément optimiste.

Ou plus intelligente que l'Idiot Blanc.

Mais peu importaient ses raisons, le général Judeth avait bien fait son travail. Les Griffons d'Argent, avec leur broche et leur brassard permettant même aux plus éméchés de les reconnaître de loin, étaient parfaitement entraînés. Heureusement pour la tranquillité d'esprit de Skan, la broche stylisée en filigrane d'argent que leur avait confectionnée un bijoutier inspiré ne ressemblait pas au Griffon Blanc… ou Noir. Après tout, un individu ne pouvait encaisser qu'une certaine dose d'adoration.

Judeth avait pris en charge les soldats de métier et en avait fait une milice, mettant à profit leur entraînement militaire. Skan avait été soulagé de cette initiative ; ainsi, ces derniers se sentiraient utiles.

Mais j'avais pensé que nous pourrions petit à petit les réinsérer dans la vie civile. Une fois que nous n'aurions plus besoin de protection contre le monde extérieur, ils deviendraient purement décoratifs... Quel idiot.

Nous avons une police. Et elle va nous être très utile.

Pas étonnant que Judeth ait insisté pour que les Argents aillent toujours par deux, l'un étant doué de parole par la pensée. Et qu'elle ait poliment réquisitionné les talents particuliers de Kechara.

Skan n'en avait pas pensé grand-chose, à l'époque. Il avait été heureux que quelqu'un reconnaisse l'utilité de la petite femelle, bien sûr. Et il avait été reconnaissant à Judeth de soulager Zhaneel, qui n'avait pu se consacrer entièrement à Kechara que jusqu'à la naissance de ses propres petits... Après, avoir trois enfants sous le même toit à longueur de journée avait failli la rendre folle.

Même l'arrivée d'un nouvel hertasi, un jeune lézard nommé Cafri – tout à la fois le meilleur ami de Kechara, son camarade de jeu et son gardien –, n'avait pas suffi. La requête de Judeth était arrivée à point nommé.

Aujourd'hui, Kechara partait le matin et ne rentrait pas avant la nuit. Elle passait la journée dans une salle spéciale, en haut des baraquements des Argents. Mais Judeth ne l'assommait pas de travail. La « salle spéciale », qui ne l'était que de nom, avait une immense baie vitrée et une terrasse. Ouverte à la brise rafraîchissante en été, elle était bien chauffée en hiver. Et elle contenait toute une collection de jouets confectionnés par les grands-mères.

Kechara n'y était pas seule. Les couples de griffons qui servaient dans les Griffons d'Argent y déposaient leur progéniture. La petite femelle était la seule à devoir parfois abandonner ses jouets pour transmettre ou relayer un message, mais elle le faisait toujours de bonne grâce et n'en souffrait pas.

La parole par la pensée ne semblait pas lui demander d'effort, une particularité tout à fait remarquable. Elle oubliait souvent de parler à voix haute, surtout lorsqu'elle était pressée. Il était beaucoup plus facile pour elle de contacter l'esprit de son interlocuteur que de chercher ses mots.

Relayer les messages pour les Argents ne semblait pas l'ennuyer. En réalité, elle était très fière d'elle parce que, contrairement à ses camarades de jeu, *elle* avait un travail.

—*Papa Skan?* dit dans sa tête la voix joyeuse de Kechara.

Surpris, il se demanda si la petite femelle avait perçu ses pensées et présumé qu'il essayait de la contacter.

—*Papa Skan, oncle Aubri dit que tu dois savoir quelque chose.*

Skan soupira, moitié de soulagement et moitié de résignation. Il était soulagé parce qu'il ne serait pas obligé d'expliquer à Kechara le cours de ses pensées, et résigné parce que Aubri faisait partie du détachement envoyé pour bannir Hadanelith de Griffon Blanc. Quelque chose avait dû mal tourner…

—Que veut oncle Aubri, ma douce? demanda-t-il.

Il prit grand soin de ne pas trahir ses sentiments. Kechara était plus prompte encore à saisir les émotions que les pensées.

La réponse lui parvint, claire et nette.

— *Oncle Aubri m'a dit de te rapporter qu'il est sur la falaise et qu'un bateau qui n'est pas à nous approche du port. Il veut que tu le rejoignes tout de suite, s'il te plaît.*

Skan releva la tête. Un bateau ? Un bateau étranger ? Ami ou ennemi ?

— *Dis-lui que je le rejoins tout de suite, chaton*, répondit-il. *Peux-tu contacter oncle Étoileneige et oncle Tamsin et leur répéter ce que tu viens de me dire ? Et demande à Cafri de prévenir Judeth, d'accord ?*

— *Oui*, dit-elle avec un gloussement mental.

Elle aimait parler par la pensée à « oncle » Tamsin, affirmant qu'il avait un esprit « poilu, qui la chatouillait »… quoi que cela puisse vouloir dire.

— *Voilà, Cafri est parti. Je vais parler à oncle Étoileneige, maintenant.*

Sa « présence », aussi forte que si elle avait été dans la même pièce que lui, abandonna son esprit. Il bondit sur ses pieds et appela Zhaneel, qui revint dans la pièce. Il la mit rapidement au courant de la nouvelle.

— Aubri a repéré un bateau étranger. Il approche des quais.

Les yeux dorés de Zhaneel s'écarquillèrent et les plumes de son cou et de son dos se dressèrent.

— Qui ? demanda-t-elle.

Il secoua la tête.

— Nous l'ignorons. J'ai fait prévenir le Conseil. Il va falloir que nous descendions à sa rencontre. Je ne sais pas combien de temps cela prendra.

Elle hocha la tête et emmena les jumeaux dans leur chambre – la pièce la plus sûre de toute la tanière. Elle le savait, n'étant pas pour rien une enfant des Guerres des Mages. Ils ne pouvaient pas simplement penser qu'il s'agissait d'un vaisseau ami ou neutre. Ils devaient prévoir le pire.

— Fais attention à toi, lui jeta-t-elle par-dessus son épaule, les yeux assombris par une inquiétude qu'elle ne pouvait pas exprimer. Je t'aime, Skandranon Rashkae.

— Je t'aime aussi, Yeux Brillants, répondit-il.

Puis il sortit de la tanière, utilisant le muret qui entourait le porche d'atterrissage pour prendre de l'élan. Un battement d'ailes plus tard, le Griffon Blanc luttait contre le vent pour rejoindre Aubri sur la falaise.

Ambredragon mit une main en visière et regarda la voile qui dansait sur les flots, à l'entrée de la baie. C'était un geste inutile. Le soleil, qui se reflétait sur l'eau, l'aveuglait et le bateau était trop loin pour qu'il pût distinguer le moindre détail.

Mais il n'en allait pas de même pour les griffons, dont la vue était supérieure à celle des humains. Aubri ébouriffa ses plumes brunes, puis il ouvrit les yeux très grand, alors qu'un humain les aurait plissés pour mieux voir. Ses pupilles se dilatèrent, puis se contractèrent, avant de se dilater de nouveau, sous le coup de la surprise.

— Ils sont noirs, annonça-t-il, de l'étonnement dans la voix, le bec légèrement béant, tout en continuant à observer le vaisseau qui approchait lentement. Les humains qui sont à bord, Skan, Dragon, ils sont *noirs*.

— Ils sont quoi ?

Skan tendit le cou aussi loin qu'il put et ouvrit grand les yeux. Ses pupilles s'élargirent au point de rendre ses iris invisibles.

— Par... Dragon, Aubri a raison ! Ces humains ont la peau *noire* ! Pas brune, ni peinte ou colorée par le soleil... Ils sont noirs, vraiment noirs !

Noirs ? Mais...

Ambredragon cligna des yeux. Lui seul, parmi tous les membres du Conseil, savait ce que cela signifiait et était capable de reconnaître ces gens pour ce qu'ils étaient.

— Il doit s'agir de... nous sommes trop au nord...

Il avait conscience de bafouiller lamentablement, disant tout haut ce qui lui passait par la tête sans prendre le temps de réfléchir. Il se tança mentalement. Une bien terrible habitude à prendre, pour un *kestra'chern*...

— Il doit s'agir de *quoi*, Ambredragon ? demanda l'Adepte kaled'a'in.

Étoileneige le regardait fixement ; l'impatience se lisait au fond de ses yeux bleus. Il rejeta son épaisse natte blanche par-dessus son épaule, puis ajouta :

— Si tu pouvais faire une phrase entière, ça nous serait d'un grand secours.

— ... Haighlei, dit le *kestra'chern*, concentrant ses efforts sur leurs visiteurs.

Il fallait qu'il sache s'il avait vu juste.

— Aïe... quoi ? demanda Étoileneige avec une impatience non dissimulée.

— Pas « aïe quelque chose ». Des *Haighlei*, répéta Ambredragon en se protégeant les yeux de l'éclat aveuglant du soleil couchant. Des habitants des royaumes des empereurs haighlei...

» Vous savez, les Rois Noirs. Ils sont appelés ainsi parce qu'ils *sont* noirs. Les seuls humains à la peau noire dont j'ai entendu parler. Mais j'ignore comment ils sont arrivés jusqu'ici.

Du coin de l'œil, il vit, la bouche d'Étoileneige former un « oh ! » silencieux. L'Adepte tourna son attention vers le bateau qui entrait dans la baie.

— Ne sommes-nous pas trop au nord-ouest pour les rencontrer ? demanda Judeth, d'une voix inquiète.

Elle avait toutes les raisons d'être inquiète. L'Empire haighlei était vaste et puissant, même selon les critères établis par Ma'ar. Et les Haighlei étaient aussi mystérieux que puissants. Elle mit une main devant ses yeux gris fumée et, serrant les dents, suivit les regards de ses compagnons.

Ambredragon baissa le bras et haussa les épaules.

— Je ne sais pas, avoua-t-il. Je ne connais personne qui ait la moindre idée de l'importance de leurs Six Nations. Elles pourraient s'étendre de cette mer à la Mer Salée, à l'est…

La seule personne qui en savait long au sujet des empereurs haighlei, c'était Voile Argenté, l'inénarrable *kestra'chern*. Au début de la guerre contre Ma'ar – cela faisait-il vraiment vingt ans ? –, elle était partie vers le sud, pour travailler au service d'un de ces rois. Elle devait, avoir au moins cinquante ans, maintenant. Un âge pas trop avancé pour une *kestra'chern* de sa classe et de sa qualité. Et puis, c'était le genre de femme qui vieillissait toujours avec élégance.

Un poste l'attendait-il vraiment à la cour ? Prospérait-elle ? Il n'en avait jamais rien su. Les guerres avaient dévoré tout son temps et son énergie, ne lui laissant jamais assez de répit pour s'inquiéter du sort de son ancien mentor.

Ambredragon se tourna de nouveau vers le bateau, qui était maintenant dans les eaux de la baie en demi-lune. Il pouvait distinguer les détails de sa coque et l'équipage.

La flotte de pêche de Griffon Blanc était composée de petites embarcations très simples, avec une seule voile. Celui-ci était un vrai bateau, capable de transporter des dizaines de passagers et de membres d'équipage. Les quelques habitants de la cité familiarisés avec ces choses auraient peut-être pu leur dire de quel type de bâtiment il s'agissait. Pour sa part, le *kestra'chern* l'ignorait.

Il était très élaboré, même un œil non averti pouvait s'en rendre compte. Ses trois mâts supportaient plusieurs voiles rayées de rouge et de blanc. Des matelots s'affairaient sur le pont. La coque était peinte en bleu et rouge, avec une paire d'yeux à l'avant. Au milieu du bateau, une sorte de section surélevée ressemblait à une maison, avec une porte et des fenêtres.

Les hommes qui s'agitaient en tous sens étaient vêtus très simplement : pantalon blanc, ceinture de couleur et foulard bariolé noué sur la tête. Trois individus se distinguaient des autres par leur mise. Debout devant la porte de la partie surélevée, ils regardaient fixement les membres du Conseil rassemblés sur le quai. Les trois notables arboraient des costumes où se mêlaient des tons de rouge, d'orange et de jaune éclatants. Le soleil se reflétait sur leurs décorations métalliques ornées de gemmes.

Quand le vaisseau fut suffisamment près, le *kestra'chern* constata que chaque membre d'équipage portait un énorme couteau à la ceinture. Il s'inquiéta de découvrir des rangées de lances alignées derrière les trois hommes en beau costume.

Ils sont grands. Et même très *grands.*

Le bateau s'était assez rapproché pour qu'Ambredragon puisse en voir les détails. Il fut frappé par la taille de ces hommes. Le plus petit devait dépasser le plus grand des Kaled'a'in. Et leurs traits harmonieux n'étaient pas aussi aquilins que les leurs.

Ambredragon fut époustouflé par les costumes des trois… émissaires ? Le matériau était très fin, comme en témoignait la façon dont il bougeait au vent. Pourtant il était tissé d'incroyables figures géométriques jaune, rouge et orange. Leurs robes se fermaient sur le devant, mais pas au milieu, sur la gauche. Leurs cols très hauts et raides rappelaient les chapeaux cylindriques qu'ils portaient. De lourds colliers ornés de joyaux pendaient à leur cou ; leurs coiffes arboraient chacune une décoration complexe.

Bien que leur chevelure soit aussi frisée et drue que la toison d'un mouton, elle était si noire qu'elle semblait absorber la lumière. Les marins arboraient toutes les longueurs de cheveux imaginables – bien que « longueur » ne fût peut-être pas le terme exact pour des cheveux qui se dressaient en l'air au lieu de retomber sur les épaules et dans le dos de leur propriétaire. Certains les portaient si courts qu'ils leur faisaient un casque de petites frisettes serrées. D'autres ne se les étaient pas coupés depuis des mois, voire des années. Leurs cheveux se dressaient sur leur tête comme s'ils venaient d'être frappés par la foudre. Les trois hommes en costume les avaient très courts, presque rasés. Leur chapeau épousait si bien la forme de leur crâne qu'il n'était pas difficile de comprendre pourquoi ils arboraient ce style de coiffure.

Tous étaient magnifiques à regarder. Hélas, ils n'avaient pas l'air content – et Ambredragon était bon juge des expressions humaines.

Ils ne vinrent pas s'amarrer au quai mais jetèrent l'ancre dans la baie.

Puis ils attendirent. Les membres d'équipage formèrent les rangs et restèrent debout sur le pont, immobiles.

Personne ne dit mot. Le bateau mouillait et le seul bruit était celui des vagues frappant les rochers en cadence.

— On dirait qu'ils espèrent nous voir faire le premier pas, dit Judeth.

Évidemment. Pour eux, c'est nous les barbares. Les envahisseurs.

Ambredragon aurait volontiers fait venir une embarcation pour les conduire, les autres membres du Conseil et lui, à bord du bateau haighlei, mais il n'y en avait pas une seule au port. Toutes étaient sorties en mer.

— Ils ne sont pas stupides, gronda Skan. Et doivent bien voir que nous n'avons aucun moyen de venir à eux. Et s'ils ont vogué jusqu'ici, ils peuvent faire quelques mètres de plus.

Ce qui les mettra de plus méchante humeur encore, pensa Ambredragon.

Mais il ne dit rien. Les Kaled'a'in n'avaient aucun moyen de se déplacer jusqu'au bateau. Sauf en volant peut-être... Mais il refusait de suggérer que Skan pouvait y aller seul. En présence d'une force potentiellement hostile, il n'était pas utile d'offrir un otage.

De longues minutes s'écoulèrent, pendant lesquelles les Haighlei regardèrent fixement les Kaled'a'in, chacun des deux groupes attendant que l'autre se décide à bouger. Par bonheur, la situation se débloqua rapidement. Les trois chefs se tournèrent vers leur équipage et lui ordonnèrent d'amarrer le bateau au quai.

Les Haighlei manœuvrèrent avec une maîtrise qu'Ambredragon leur envia. Le capitaine et ses matelots exécutèrent leur tâche avec une économie de mouvements remarquable. Même si le quai ne leur était pas familier, il leur fallut beaucoup moins de temps pour s'y amarrer qu'il n'en fallait aux pêcheurs de Griffon Blanc.

— Ils sont bons, marmonna Judeth. Diablement bons ! il faudra que je fasse disposer quelques bancs de sable dans la baie, au cas où ils se montreraient hostiles et appellent des renforts. Ça compliquerait un peu la tâche à nos pêcheurs, bien sûr. Mais n'importe comment en cas de conflit, les kyrees et les griffons ne pourront plus tirer les filets.

Ambredragon acquiesça, impressionné par la manière dont fonctionnait le cerveau de Judeth.

Quelques instants plus tard, les Haighlei eurent installé une planche de débarquement et déroulé un tapis épais et serré, rouge et brun. Puis ils remontèrent à bord et s'alignèrent le long de la rambarde.

Tout cela sans qu'un mot soit prononcé.

Alors, et seulement alors, les trois émissaires – si telle était leur fonction – daignèrent descendre sur le quai. Puis, debout sur le tapis aux motifs géométriques, ils attendirent, les mains dans les manches de leurs longues robes légères.

Ambredragon fit un pas en avant, hésita, et se tourna vers Judeth et Skandranon. Le général hocha presque imperceptiblement la tête et le griffon approuva du bec.

Ambredragon prit la tête de leur délégation ; les autres le suivirent.

Après tout, il était le seul membre du Conseil suffisamment bien vêtu pour accueillir leurs visiteurs. Étoileneige portait un pantalon et une veste kaled'a'in très simples ; l'un et l'autre avaient sans doute connu des jours meilleurs. Judeth, dont les cheveux poivre et sel auraient pu lui conférer l'avantage de l'âge, n'arborait qu'un vieil uniforme noir, privé de tous ses insignes, avec pour seule décoration la broche des Griffons d'Argent sur la poitrine. Quant à Tamsin, le Guérisseur roux et barbu qui partageait son siège au Conseil avec sa compagne, dame Cinnabar, il était aussi peu présentable que le mage.

Seul Ambredragon conservait un semblant d'élégance, pensant qu'il ne seyait pas à un membre du Conseil de se montrer en public comme s'il venait de désherber son jardin (ce qui était le cas d'Étoileneige) ou de nettoyer des instruments chirurgicaux (ce que faisait Tamsin avant de venir). Il était donc logique qu'il assume le rôle de chef.

Il avança vers leurs visiteurs et s'arrêta, maintenant une certaine distance entre eux. Leur expression sévère n'invitait pas à un accueil trop chaleureux.

— Bienvenus à Griffon Blanc, dit-il lentement et distinctement – espérant que les Haighlei comprenaient leur langue. Nous sommes le Conseil de cette ville. Mon nom est Ambredragon…

Il présenta un à un ses compagnons ; les Haighlei restèrent impassibles. Le comprenaient-ils seulement ?

— Puis-je vous demander ce qui vous amène chez nous ?

L'homme qui se tenait au milieu retira les mains de ses manches et s'éclaircit la voix.

— Vous avez pénétré sans permission sur les terres du roi Shalaman et vous violez le territoire sacré haighlei, dit-il froidement, dans une variante un peu vieillie de leur langue. Si vous ne partez pas de vous-mêmes, nous vous y forcerons.

Ambredragon se pétrifia, abasourdi.

Dois-je leur présenter des excuses ? Suis-je censé les supplier de nous épargner ? Ou leur expliquer la raison de notre présence ici ? Que dois-je leur dire ?

Judeth fit un pas en avant et croisa les bras, imitant la posture des trois émissaires.

— Nous ne partirons pas, dit-elle, soutenant leur regard sans ciller. Nous n'avons vu aucune borne indiquant que quelqu'un pouvait prétendre avoir des droits sur ce territoire, et nous n'avons vu aucun signe d'habitation à deux jours de *vol* à la ronde. Nous n'avons pas peur des forces que peut nous opposer votre roi. Nous sommes installés ici depuis près de dix ans et nous y resterons.

Ambredragon faillit se mordre la langue en étouffant un cri.

Que fait-elle ? À qui croit-elle s'adresser ? Que...

— Dragon, souffla Skan en kaled'a'in, aussi doucement qu'un griffon en était capable. Judeth leur retourne leur bluff. Ils ne peuvent pas nous obliger à partir sans faire venir de nombreuses troupes. Or, ils sont loin de leurs villes et ça leur coûterait très cher. Ils n'utilisaient pas ces terres. Judeth sait que nous devons donner l'illusion d'être puissants ou ils ne nous prendront pas au sérieux.

Judeth, qui comprenait le kaled'a'in aussi bien que n'importe quel griffon, fit discrètement oui de la tête.

Le masque d'impassibilité de l'ambassadeur se craquela quelque peu, comme si l'idée qu'ils pouvaient rencontrer une opposition ne l'avait jamais effleuré.

— Vous partirez, dit-il, comme si cela pouvait suffire à régler la question.

— Nous restons, répondit Judeth.

Puis elle sourit.

— Mais nous sommes prêts à faire alliance avec le roi Shalaman pour la jouissance de ces terres.

Les ambassadeurs ne s'évanouirent pas devant les manières abruptes de Judeth, mais ils en furent choqués. Suffisamment pour qu'ils tournent le dos aux Kaled'a'in et confèrent entre eux à voix basse, jetant des coups d'œil par-dessus leurs épaules aux membres du Conseil.

— J'espère que tu sais ce que tu fais, Judeth, chuchota Ambredragon sans quitter les émissaires des yeux...

— J'ai travaillé avec les diplomates d'Urtho à plusieurs occasions. Je ne maîtrise pas toutes les ficelles du métier, mais je sais reconnaître un bluff quand j'y suis confrontée.

» Skan a raison. Ces gens ne peuvent pas nous jeter

dehors sans se compliquer considérablement la vie. Si nous campons sur nos positions et si nous refusons de céder du terrain, ils seront tentés de nous respecter. Je suis sûre qu'une alliance leur paraîtra préférable à une guerre. Et ils pourront toujours prétendre que c'était leur idée.

Avant qu'Ambredragon puisse répondre, l'émissaire se retourna et regarda Judeth.

— Vous avez dit : « de vol », fit-il, fronçant les sourcils. « Deux jours de vols. »

Si ce n'était pas tourné comme une question, c'en était clairement une. Au moins Skan choisit-il de le comprendre ainsi. Jusque-là, les émissaires les avaient complètement ignorés, Aubri et lui. Ce n'était pas si facile, puisqu'ils avaient la taille de petits chevaux.

— En effet, dit-il de sa plus grosse voix. Les griffons qui sont citoyens à part entière de cette colonie ont effectué des vols dans toutes les directions avant notre installation.

Il se pencha un peu vers l'homme resté bouche bée d'avoir entendu la « bête » parler. Skandranon leva les yeux, inclinant la tête de telle manière qu'il eut plus que jamais l'air d'un rapace.

— Vous seriez surpris de voir tout ce que nous sommes capables de faire, ajouta-t-il.

L'émissaire referma vivement la bouche, comme s'il avait gobé un insecte ; ses deux compagnons paraissaient souffrants, leur peau ayant viré au gris. Celui du milieu jeta un regard à ses collègues, qui se contentèrent de cligner stupidement des yeux.

Il se tourna de nouveau vers Ambredragon.

— Nous allons en parler entre nous, dit-il.

Puis, sans un mot, il tourna les talons et repartit vers le bateau avec les deux autres.

Deux marins bondirent sur le quai et récupérèrent le tapis. Mais ils ne ramenèrent pas la planche, ce qui était bon signe : ils n'avaient pas l'intention de quitter Griffon Blanc.

— Et maintenant ? demanda Ambredragon à Skan et à Judeth.

Cette dernière se contenta de hausser les épaules.

Le griffon rit doucement.

— Je crois que c'est très clair, répondit-il. Nous attendons. Et bien sûr… nous mangeons. Suis-je le seul à avoir un petit creux ? Si Aubri et moi croquons quelques os de la taille de ceux d'une jambe pendant qu'ils sont dans le port, cela pourrait les décider à se montrer amicaux.

Judeth accepta enfin de faire une concession, même si cela n'apaisa pas les angoisses d'Ambredragon. Elle suggéra que les membres du Conseil se retirent l'un après l'autre pour aller revêtir des vêtements plus conformes à leur rang et à la situation.

— Seul Dragon n'en aura pas besoin, ajouta-t-elle avec un petit sourire énigmatique. Il est toujours vêtu comme il sied à quelqu'un de sa position.

Ambredragon ignora s'il devait prendre cela comme une insulte ou comme un compliment.

Judeth suggéra également que dame Cinnabar remplace son compagnon, ce que tous approuvèrent.

Tamsin n'en fut pas le moins du monde offensé.

— J'allais le suggérer moi-même, dit-il. Cinnabar a bien plus d'expérience que moi en ce domaine !

Il réfléchit un moment avant d'ajouter :

— Je contacterai Kechara pendant que je suis en route. J'ai quelques idées qui pourraient faire avancer les choses.

Il partit en courant vers le sentier qui menait à la terrasse la plus haute. Ambredragon ne lui envia pas la montée qui l'attendait.

À la surprise de tous, Cinnabar apparut bien longtemps avant que le plus athlétique des jeunes gens ait pu arriver à destination. Une des idées de Tamsin était donc de demander à Kechara de la faire descendre sur le port sans tarder…

Elle portait une des robes de cour qui ne lui servaient désormais plus à grand-chose. La création en soie émeraude et brocart d'argent qui mettait en valeur sa blondeur était parfaitement assortie au costume en soie brun et bronze brodé et décoré de perles que portait le *kestra'chern*. Deux hertasis la précédaient ; ils apportaient des tenues plus appropriées – selon les critères d'Ambredragon – pour Judeth et Étoileneige.

Judeth soupira en voyant quel uniforme son hertasi avait choisi pour elle, mais elle ne dit rien. Le mage et elle se retirèrent dans un des hangars à bateaux pour se changer.

Les deux griffons, Ambredragon et Cinnabar, restèrent sur le quai.

Bientôt, la flotte de pêche rentrerait au port. Que penseraient les pêcheurs en voyant le bateau amarré à leur place ? Ambredragon n'en avait pas la moindre idée. Mais il faisait confiance à leur bon sens. La mer était un professeur impitoyable. Ceux qui n'avaient pas assez de jugeote n'avaient pas survécu aux deux premières années durant lesquelles ils avaient expérimenté toutes sortes d'embarcations et de techniques.

— J'ai croisé Tamsin en descendant, dit Cinnabar tout en continuant à étudier le bateau haighlei. Il m'a répété tout ce que vous avez appris. Je ne suis pas entièrement d'accord avec l'approche de Judeth. Il n'était pas nécessaire de se montrer aussi direct.

Ambredragon haussa les épaules.

—Je partage ton opinion. Mais elle s'est lancée avant que j'aie eu le temps de l'arrêter. Je ne sais pas grand-chose des Haighlei, mais ils sont protocolaires à l'extrême. Leur culture est très complexe. J'ai bien peur que nos manières les aient terriblement choqués. J'espère seulement qu'ils ne nous prennent pas pour d'incurables barbares.

Cinnabar plissa les lèvres ; à part cela, son expression ne changea pas.

—Ça pourrait jouer en notre faveur, dit-elle. À condition de profiter du choc qu'ils viennent de subir. Maintenant que nous les avons troublés avec nos manières barbares – ce qu'ils pourraient interpréter comme une marque de puissance, car rien ne leur prouve le contraire –, nous devons leur démontrer que nous sommes aussi des diplomates. Pas question de les laisser nous prendre pour des êtres inférieurs !

Ambredragon sourit, heureux de ne plus se savoir seul.

—Il n'est pas question non plus qu'ils restent à nous épier en attendant que nous fassions une erreur. Si nous les choquons et si nous les effrayons un peu trop, c'est ce qui risque de se produire. Bien sûr, si on y réfléchit, il leur serait difficile de placer un espion parmi nous… Pas sans une grande quantité de maquillage en tout cas.

Judeth émergea du hangar à bateaux. On eût dit qu'elle revenait d'une parade. Son uniforme noir et argent de coupe sévère datait de plus de dix ans, mais le petit hertasi avait su lui redonner un aspect flambant neuf. Et il était orné de toutes les médailles et décorations reçues au cours de sa carrière.

Judeth avait enfilé ses bottes montantes, qui la désignaient comme commandant de cavalerie.

— Je suis contente de te voir, Cinnabar, dit-elle avec un sourire. Ce qui va suivre n'est plus de mon ressort. Les assurer qu'ils ne peuvent pas se débarrasser de nous… ça, c'est dans mes cordes ! Mais maintenant… (elle écarta les mains, en signe d'impuissance)… je ne suis plus dans mon élément. À Ambredragon et à toi de jouer.

— Je suis d'accord avec elle, annonça Skan. Mais écoutez quand même ce que j'ai à dire : je ne crois pas que ces gens aient l'habitude des griffons – ou des autres non-humains. Pour eux, nous ne sommes que de vulgaires animaux. Il suffit de voir comment ils ont réagi en m'entendant parler !

» Si vous le souhaitez, je ne vois aucun inconvénient à me faire passer pour le responsable de cette ville. Ça pourrait les déstabiliser un peu plus encore, ce dont nous pourrions tirer profit.

— C'est une excellente idée, dit pensivement Cinnabar. À mon avis, ça les surprendrait assez pour qu'ils révisent leur jugement ; de simples barbares, nous pourrions devenir un peuple exotique. S'ils nous considèrent comme les créatures les plus étranges qu'ils aient jamais rencontrées, ils seront peut-être plus tentés de faire des concessions.

— Je suis d'accord, déclara Ambredragon.

Étoileneige sortit à son tour du hangar à bateaux. Il portait une robe en soie bleu nuit, avec de longues manches ourlées de satin blanc et une ceinture en cuir de la même couleur. Des plumes et des perles de cristal étaient tressées dans sa longue chevelure. Ainsi vêtu, il éclipsait même Ambredragon.

— Eh bien, regardez qui nous fait de l'ombre, gloussa Judeth, alors qu'Étoileneige les rejoignait. Où cachais-tu ce costume, depuis tout ce temps ?

— Dans un coffre, à sa place, répondit l'Adepte. Mais ce n'est pas le vêtement idéal pour bâtir un mur, arracher des mauvaises herbes ou crapahuter dans la jungle. (Il s'inclina devant dame Cinnabar, qui lui sourit.) Je me demande ce que nos visiteurs vont penser de notre transformation...

Ils n'eurent pas à attendre très longtemps pour le savoir. Alors que les premiers bateaux de pêche rentraient au port, les trois émissaires émergèrent de leur cabine. Ils attendirent que les marins aient de nouveau déroulé le tapis et se soient replacés le long de la rambarde, puis redescendirent sur le quai.

Les Haighlei s'aperçurent des changements survenus pendant leur absence et étudièrent longuement les Kaled'a'in. Mais ils ne firent aucun commentaire.

Skan ne leur en laissa d'ailleurs pas le loisir.

— Votre arrivée inopinée nous a pris au dépourvu, dit-il, avançant une excuse qui n'en était pas vraiment une. Ceux qui siègent au Conseil de Griffon Blanc participent aux travaux d'édification de la cité au même titre que n'importe quel autre citoyen. Nous étions donc vêtus pour la circonstance.

» Néanmoins, nous devions être présents pour votre arrivée... et nous ne pouvions pas vous faire attendre. Le Guérisseur Tamsin ayant dû s'absenter pour des raisons professionnelles, il sera remplacé par l'honorable dame Cinnabar, Guérisseuse de son état et également membre de notre Conseil.

Cinnabar inclina gracieusement la tête, reconnaissant ainsi qu'ils étaient entre personnes du même rang, ce que soulignait ostensiblement sa tenue. La signification de ce salut n'échappa pas aux Haighlei.

Ambredragon vit les deux émissaires restés jusque-là silencieux étudier leurs costumes en détail. Peut-être essayaient-ils d'évaluer leurs rangs. Il crut sentir l'atmosphère se détendre un peu, maintenant que leurs visiteurs savaient qu'ils n'avaient pas affaire à des rustres.

Celui du milieu hocha la tête.

—Nous constatons que vous n'êtes pas les pirates que nous nous attendions à rencontrer, dit-il, offrant à son tour sa fausse « excuse ». Nous voyons que vous avez construit une ville faite pour durer... Et digne de porter le nom de *cité*.

Ce qu'il veut dire, pensa Ambredragon, *c'est qu'ils ont eu le temps de jeter un coup d'œil à notre ville. Judeth a raison ; ils ne peuvent pas nous déloger sans livrer bataille.*

—Nous constatons que vous êtes des individus civilisés et responsables, ajouta l'homme placé à la droite du premier. Nous avons noté les plans audacieux de Griffon Blanc et la manière dont vous traitez la terre. Nous nous attendions à rencontrer des brigands et nous nous retrouvons face à des bâtisseurs. (Il sourit, révélant des dents très blanches.) Nous aurions grand besoin de sentinelles pour garder notre frontière nord...

Ambredragon lui rendit son sourire ; Skan s'inclina légèrement.

—Je suis de cet avis, moi aussi, dit le griffon. Quand pourrions-nous rencontrer votre monarque et ouvrir les négociations ?

—Immédiatement, si cela vous convient, répondit l'émissaire. Nous serions heureux de transporter une délégation de deux personnes, accompagnées de leurs familles. Une délégation composée, si possible, d'un humain et d'un être... comme vous. Notre bateau ne peut pas en recevoir davantage, mais d'autres peuvent vous suivre, si tel est votre désir. Nous sommes autorisés à attendre ici que vous soyez prêts à partir.

À ces mots, Ambredragon leva un sourcil élégamment. Ou ces émissaires avaient plus de pouvoirs qu'il n'y paraissait, ou ils avaient un moyen particulier de communiquer avec leurs supérieurs.

La dernière supposition était sans doute la bonne. Si leur magie différait de celle des Kaled'a'in, ils pouvaient avoir recours à des procédés de communication très simples.

Skandranon ne recula pas devant ce nouveau défi.

— Nous serions heureux de vous offrir l'hospitalité de nos maisons pour la nuit, afin de vous donner un avant-goût de celle que vous serez en droit d'espérer un jour. Au matin, Ambredragon, moi et nos familles respectives serons prêts à vous suivre. Nous sommes aussi impatients que vous de conclure cette alliance.

— Parfait, dit l'émissaire.

Pour la première fois, ses collègues et lui posèrent le pied hors de leur tapis.

Quittent-ils leur territoire pour pénétrer sur le nôtre ?

Quoi que puisse signifier ce geste, ils semblaient prêts à les suivre dans la cité.

Aucun d'eux n'est vieux et ils semblent en bonne condition physique… Nous pourrons en profiter pour leur faire remarquer nos fortifications.

Chacun des émissaires resta à côté d'un des membres du Conseil. Celui du milieu marcha en compagnie de Skan. Celui de gauche chemina près d'Ambredragon et le troisième, qui était resté silencieux, près de Judeth.

Le compagnon d'Ambredragon, plus mince et légèrement plus grand que ses deux collègues, faisait une tête de plus que le *kestra'chern*, pourtant loin d'être petit selon les critères kaled'a'in. Son costume rouge, noir et orange brodé de fils d'or était fait d'un tissu très léger. Peut-être de la soie. Sa démarche et la façon dont il se comportait montraient qu'il était beaucoup plus détendu qu'à son arrivée. Alors qu'ils se dirigeaient vers la cité, Ambredragon pensa qu'il était certainement habitué à franchir de longues distances. Peut-être ces gens n'avaient-ils pas de bêtes de somme ?

— Puis-je vous poser une question ? demanda le *kestra'chern*. Comment se fait-il que vous connaissiez notre langue ? Nous avons entendu parler des empereurs haighlei et de leur puissance, mais nous ne connaissons pas la vôtre.

— Oh, répondit l'homme avec un sourire. C'est très simple. Nous avons eu beaucoup de *kestra'chern* venus du Nord au fil des règnes. Nous en avons un en ce moment même.

— Vraiment ?

Ambredragon se demanda si…

— C'est une femme remarquable et de grand talent. Elle est devenue la confidente du roi Shalaman. Puisqu'il n'est pas marié, elle lui sert également de Compagne Royale. Il en a même fait un de ses principaux conseillers. Nous l'appelons Ke Arigat Osarna. Dans votre langue, ça se traduit par Voile Argenté.

À ces mots, Ambredragon faillit s'étouffer.

Chapitre 3

Bichehivernale referma les rideaux en voile bleu pâle sur le passage qui menait au balcon. La chambre qu'Ambredragon et elle partageaient, dans le palais du roi Shalaman, avait une magnifique terrasse. Elle laissa les portes ouvertes, pour permettre à la brise – qui ne tarderait pas à devenir irrespirable – d'entrer, puis elle se retourna avec toute la grâce d'une dame née pour vivre à la cour.

Sa robe lui allait à ravir. En soie crème, elle mettait son teint en valeur. Des rubans de la même couleur, parsemés de perles de bronze et de plumes écrues, étaient nattés dans ses longs cheveux bruns. Une mèche lui effleura la joue quand elle se tourna vers Ambredragon et lui sourit ; elle la repoussa d'un geste gracieux.

Puis avec l'aisance d'une petite fille, elle s'élança entre les rideaux de gaze bleu ciel qui entouraient le lit, et atterrit sur les coussins. Elle leva un regard brillant vers son compagnon.

— Une servante pour le bain, une autre pour le ménage, *deux* nounous pour s'occuper de Brisechantante ! Nous mangeons à la table du roi et disposons d'une suite de cinq pièces ! Gesten lui-même se contente de superviser le travail des serviteurs haighlei ! Je pourrais m'habituer très vite à cette vie…

» C'est bien mieux que désherber le jardin le matin, soigner les petits bobos des griffons l'après-midi et consacrer le peu de temps qu'il me reste à courir après une gamine de deux ans pleine d'énergie et fascinée par le vide!

Ambredragon s'assit à côté d'elle en souriant et tendit la main pour lui caresser la joue.

— Deux nounous, c'est exactement ce qu'il nous fallait. Elles vont nous permettre de nous retrouver un peu. Comment se fait-il que Brisechantante choisisse toujours le moment où nous…

— Je la soupçonne d'être une Empathe, répondit Bichehivernale. Après tout, elle tient de toi pour tout le reste, alors je ne vois pas pourquoi elle n'aurait pas hérité de tes dons. Et tu sais comment sont les enfants: ils se prennent pour le centre du monde. Alors, quand maman et papa s'intéressent l'un à l'autre…

Ambredragon soupira.

— Une explication parfaitement rationnelle. Mais ça ne nous dit pas comment faire pour l'empêcher de nous interrompre sans cesse.

— Oh, mais les nounous s'en chargeront! Alors, tu pourras passer tout le temps que te laisse ta fonction de diplomate en ma compagnie…

— Cette mission diplomatique est tout autant la tienne que la mienne, même quand tu sautes sur le lit, lui rappela-t-il avec un grand sourire.

Elle n'a certainement jamais eu le droit de s'abandonner à faire ça quand elle était adolescente.

Il lui ébouriffa tendrement les cheveux.

Bichehivernale est dans son élément. Cet après-midi, elle a prouvé qu'elle était aussi noble que n'importe quelle dame de cette cour.

Il leur avait fallu deux semaines pour rejoindre la capitale du roi Shalaman, Khimbata. Un bateau plus grand était en route pour Griffon Blanc, où il arriverait très bientôt, pour embarquer le reste de la délégation. Pour l'instant, celle-ci se composait d'Ambredragon, Bichehivernale, Skandranon, Zhaneel, Brisechantante, Keenath et Tadrith, et de trois hertasis, Gesten, Jewel et Corvi.

Jewel et Corvi s'occupaient de Skan et de sa famille. Si désormais Gesten servait – et sermonnait – exclusivement Ambredragon, cela ne l'empêchait pas de fourrer sans cesse son nez dans les quartiers de Skan, pour s'assurer que ses congénères prenaient « bien soin du vieil oiseau ».

Les premiers jours à la cour avaient été consacrés à leur installation dans des suites contiguës situées dans le palais. L'architecture de Khimbata était étrange et fascinante, même pour des individus habitués aux magnifiques bâtiments qu'Urtho, le Mage du Silence, avait érigés sur ses terres. Tout ici privilégiait le *naturel*, avec une préférence marquée pour le bois.

Les façades des habitations étaient toujours décorées, leurs courbes harmonieuses couvertes de mosaïques et de bas-reliefs représentant des plantes, différents animaux, des oiseaux. Même à l'intérieur, il était rare de trouver une ligne droite. Les coins et la ligne de démarcation entre les murs et le plafond, légèrement incurvés, formaient des arches. Les pièces étaient donc toujours un peu plus hautes au centre, où s'accrochait une lampe en forme de globe ou de fleur.

Les chambres à coucher étaient toutes dans des tons pastel. Des rideaux en voile les protégeaient des rayons du soleil ; d'immenses ouvertures invitaient l'air à entrer. Les matériaux étaient légers, souples et doux au toucher.

Khimbata se nichait au cœur de la jungle. De tous les royaumes haighli, c'était le plus au nord.

Ambredragon préférait ne pas savoir à quoi ressemblait l'été dans les régions du Sud. L'une d'elles au moins était un désert ; il y régnait une température telle qu'elle pouvait tuer un homme – s'il se montrait assez fou pour rester à découvert.

Dans les salons, les couleurs vives primaient. Les Haighlei, aussi à l'aise dans la jungle que dans une habitation, laissaient entrer la végétation entre leurs murs. Des plantes à larges feuilles étaient placées de manière à recevoir les rayons du soleil, on trouvait souvent à leur pied un bassin ou une fontaine où paressaient des poissons. De petites créatures aux grands yeux ronds grimpaient aux branches ; des oiseaux multicolores y faisaient entendre leurs chants ou se moquaient des humains qui passaient par là.

Grâce aux oiseaux, Ambredragon se sentait à l'aise au milieu de cette architecture étrangère. Ils ressemblaient aux minuscules oiseaux-messagers que les Kaled'a'in avaient apportés de chez eux. Si les oiseaux de Khimbata étaient plus gros, ils étaient capables eux aussi de reproduire le langage humain. Le *kestra'chern* avait réussi à en apprivoiser un tout rose avec une crête rouge et un autre bleu et vert.

Les Haighlei portaient des costumes aussi colorés que leurs habitations. La soie, le lin et le coton, d'une finesse extraordinaire, étaient teints pour la confection de tuniques longues et fluides, de pantalons amples, de robes élaborées… Pas un vêtement n'avait moins de trois couleurs.

Pour l'occasion, Ambredragon avait ressorti ses costumes les plus sophistiqués et les plus colorés. Quant à Bichehivernale… Sans l'aide de Cinnabar, elle aurait été bien ennuyée. Mais comme toujours, la Guérisseuse avait fait preuve d'un bon sens à toute épreuve. Quand il avait été décidé d'évacuer la Tour, elle s'était servie de sa garde-robe de cour pour rembourrer le plancher de sa barge flottante. Les étoffes coûteuses étant impropres à la confection de bandages, elle n'avait eu aucun remords à les fourrer au fond de ses bagages. Mais elle n'avait pas disposé ses toilettes n'importe comment. Toutes étaient ressorties intactes de leur périple.

Et cela représentait un nombre considérable de robes dont la plupart ne convenaient pas à une Guérisseuse vivant dans une ville en construction.

Les deux décennies écoulées depuis le début de la guerre n'avaient pas épargné les tissus les plus fins. Mais Bichehivernale étant plus petite et plus menue que Cinnabar, les toilettes avaient pu être reprises. Jewel et Corvi avaient passé les deux semaines de la traversée à retailler frénétiquement – et joyeusement – les magnifiques étoffes pour que les robes conviennent à leur nouvelle propriétaire. Les hertasis adoraient fabriquer des vêtements et ils avaient rarement eu l'occasion de le faire depuis la guerre contre Ma'ar, l'exil et la construction de leur nouveau foyer.

Bichehivernale, aussi élégante que son compagnon, portait ses toilettes avec toute l'assurance de la dame de haute naissance qu'elle avait été. À la seule différence qu'aujourd'hui elle n'avait plus à satisfaire aux exigences de sa famille. Les regards critiques se posaient désormais sur Ambredragon. Elle n'avait qu'à sourire et lui murmurer ses conseils, si tel était son désir.

Et elle adorait ça !

Ambredragon songea à sa compagne et eut un sourire moqueur. Bichehivernale appréciait le luxe et les fastes dont elle était entourée pour la première fois en près de vingt ans. Depuis une décennie, elle lavait le linge et la vaisselle, faisait le ménage – avec l'aide de Gesten et d'Ambredragon, certes, mais quand même… Avant cela, elle avait mené la rude existence des *trondi'irn*, au sein des armées d'Urtho. Le Mage du Silence lui-même avait vécu une vie monacale comparée à celle de la cour.

— Voile Argenté va-t-elle nous rendre visite, cet après-midi ? demanda Bichehivernale.

Ambredragon scruta le visage de sa compagne, essayant d'y voir une trace de jalousie. À son grand soulagement, il n'en repéra aucune.

Pourtant, le contraire ne l'aurait pas surpris. Son ancien mentor était une de ces femmes à l'ossature délicate, sur lesquelles l'âge semblait ne pas avoir de prise et qui, une fois atteinte leur maturité, semblaient devoir garder leur perfection jusqu'à la fin. Les longs cheveux de la *kestra'chern* étaient devenus gris dès l'adolescence. Loin de se laisser abattre par ce qui aurait pu être un handicap pour quelqu'un de sa profession, elle en avait fait une marque de reconnaissance et en avait tiré son nom.

Voile Argenté était aussi belle et gracieuse que lorsque Ambredragon l'avait connue. Il n'aurait pas été anormal que Bichehivernale se sente menacée par le lien qui unissait le professeur à son apprenti, deux êtres d'une beauté exceptionnelle.

— Que penses-tu d'elle ? demanda-t-il prudemment. Je veux ton opinion, pas ce que tu crois que je veux entendre.

— Je l'aime bien, répondit Bichehivernale, songeuse. Si on peut dire qu'on « aime bien » quelqu'un d'aussi indépendant. Je voudrais qu'elle m'apprécie, elle aussi, sans qu'elle se sente obligée d'être polie avec moi… et pas seulement parce qu'elle est ton ancien professeur et ton amie. J'aime l'écouter parler, elle est fascinante. Et j'espère que je vieillirai aussi gracieusement qu'elle.

Ambredragon hocha la tête.

— Pour répondre à ta question, oui, elle viendra, si ça te convient.

— À l'heure de la sieste… C'est l'heure idéale pour se rencontrer et feindre d'être occupés, même si tel n'est pas le cas. Quand nous sommes arrivés ici, j'ai trouvé absurde que tout le monde s'arrête de travailler au milieu de la journée… Maintenant, je n'arrive pas à imaginer qu'on puisse s'activer sous cette chaleur.

— Oui, c'est l'heure idéale pour se rencontrer, souligna Ambredragon. Surtout si notre « pourquoi, maman ? » est au pays des rêves. Si nous ne pouvons pas dormir dans la journée, autant en profiter pour nous tenir compagnie.

Gesten apparut dans l'embrasure de la porte.

— La petite s'est endormie et Voile Argenté est arrivée, dit-il. Préférez-vous le salon ou le jardin ?

Ambredragon se tourna vers Bichehivernale, signifiant que c'était à elle de décider.

— Le jardin, répondit-elle. J'espère que les fontaines rendent l'air plus respirable.

À cette heure, même les pierres fraîches du sol ne parvenaient pas à faire oublier l'atmosphère étouffante. La chaleur s'accumulait à la mi-journée et s'abattait sur le royaume jusqu'à la tombée de la nuit.

Gesten haussa les épaules.

— C'est leur rôle, dit-il, philosophe. Je ferai apporter des rafraîchissements.

— J'aimerais que tu nous serves toi-même, dit Ambredragon. Je ne voudrais pas que nos paroles ou notre comportement puissent être mal interprétés.

Gesten acquiesça, puis il s'en fut. Ils savaient que leurs serviteurs haighlei rapportaient tout ce qu'ils entendaient et voyaient à leurs supérieurs, qui eux-mêmes devaient faire un rapport à leurs maîtres. C'était une des raisons qui avaient poussé Bichehivernale à choisir les jardins. Le bruit des fontaines couvrait celui des conversations.

Discrétion, discrétion… C'est mieux que devoir affronter les bateaux de guerre des Haighlei.

Les Haighlei toléraient leur présence. Mais jusqu'à quel point ? Seule Voile Argenté pouvait le leur dire. C'était en tout cas ce qu'elle leur avait laissé entendre, quand elle avait proposé cette rencontre…

Bichehivernale sourit à Ambredragon puis se leva et défroissa sa jupe. Le *kestra'chern* imita sa compagne.

Ensemble, ils se dirigèrent vers le petit jardin, dans la cour de leur suite. Le palais de Shalaman occupait presque tout le Domaine Royal. Les suites, dont les pièces étaient reliées entre elles par des couloirs, s'imbriquaient les unes dans les autres, chacune ayant son jardin privé. L'ensemble donnait l'impression que des graines avaient été éparpillées aux vents et que les bâtiments avaient été construits autour d'îlots de verdure.

Chaque jardin était planté d'un grand arbre pour donner de l'ombre et comptait des bassins et des fontaines. Théoriquement, cette architecture devait laisser circuler l'air, rafraîchi par l'eau courante. Dans un pays aussi chaud, les constructions n'étaient pas faites pour conserver la chaleur mais pour s'en préserver.

Leur jardin, principalement aquatique, était constitué d'un complexe de fontaines et de bassins reliés les uns aux autres, avec une collection impressionnante de nénuphars, d'iris d'eau et de roseaux à fleurs. De gros poissons noir et rouge ou doré et blanc glissaient paresseusement sous la surface limpide. Au centre, un arbre se dressait, suffisamment grand pour ombrager toute la cour.

Gesten avait installé une table en bois et trois chaises longues. Vêtue d'une robe en lin, des bracelets d'or ciselé à ses bras et ses chevilles, Voile Argenté promenait gracieusement ses doigts dans l'eau. Nourrissait-elle les poissons ? Ils étaient toujours avides de ce genre d'offrandes.

La *kestra'chern* se leva en les voyant arriver. Son visage fin et délicat s'illumina.

Elle les embrassa tous les deux, puis ils s'assirent pendant que Gesten leur servait des rafraîchissements et des tranches de fruits dressées sur un plateau. La brise qui soufflait au début de la journée était tombée. Bichehivernale saisit un des éventails de feuilles de palmier tressées. C'était une des nombreuses commodités du palais. Les servantes en laissaient des piles dans tous les coins.

— Fait-il jamais froid dans ce pays ? demanda-t-elle avec l'accent du désespoir.

Voile Argenté secoua la tête.

— Au cœur de l'hiver, il arrive qu'il fasse frais, la nuit... Avant de venir, je n'aurais jamais pensé que la neige me manquerait à ce point.

— À Griffon Blanc, nous en avons tous les hivers, répondit Ambredragon. Si vous croyez pouvoir vous libérer, venez nous rendre visite. Nous serions ravis de vous accueillir.

— Impossible. Je suis un des principaux conseillers de Shalaman. À part moi, il n'y a que Leyuet, l'Oracle de Vérité, et Palisar, l'Interlocuteur des Dieux. (Elle toussota.) Je crains que leurs conseils ne soient très orientés, en certains domaines. Je préfère être là pour m'opposer à leurs plans. À ce propos, il faut que je vous parle de la situation, ici...

—Oh ? Je suis flattée de l'intérêt que vous portez à notre bien-être, répondit Bichehivernale.

Voile Argenté éclata d'un rire aussi doux que le murmure des fontaines.

—Quelle discrétion, Bichehivernale ! dit-elle sans la moindre trace de moquerie. Dans quelle cour du Nord êtes-vous née ? Il m'a fallu de nombreuses années pour apprendre la discrétion.

—Chez certains, c'est un Don inné, intervint Ambredragon, épargnant une réponse embarrassante à sa compagne.

Mais il s'amusa beaucoup de cette joute verbale. Cela lui rappelait les conversations que son professeur et lui avaient eues à l'époque où ils fuyaient devant les armées de Ma'ar. Aujourd'hui, c'était encore mieux, car ils étaient devenus des égaux.

Je ne voudrais revivre cette période de ma vie pour rien au monde, mais je suis heureux de l'avoir vécue. En réalité, je suis surtout reconnaissant aux dieux de m'avoir permis d'apprendre sous la tutelle de Voile Argenté.

Elle l'avait recueilli quand il n'avait plus rien ni personne. Alors qu'il était à la dérive, elle avait découvert qu'il pouvait devenir un excellent *kestra'chern*. Qui d'autre aurait accepté de former un parfait étranger ?

Voile Argenté inclina gracieusement la tête.

—Oui, mais il est parfois nécessaire de lever le voile et d'oublier la discrétion. (Elle se pencha, ses yeux gris-violet s'assombrissant un instant.) Il faut que je vous donne une idée du monde dans lequel vous venez de débarquer.

—Il me déconcerte, avoua Ambredragon. J'ignore comment me comporter et je finis toujours par ne rien faire, plutôt que risquer de commettre un impair.

Il regarda Bichehivernale, qui hocha la tête.

Voile Argenté s'éventait doucement.

— Votre instinct vous a parfaitement conseillé. Car le plus sûr, ici, c'est de ne *rien* faire. N'avez-vous pas noté quelque chose d'étrange à la cour ? Des phénomènes *physiques*, je veux dire. Des détails qui auraient pu vous sembler familiers.

Ambredragon fronça les sourcils, car c'était le cas, même s'il ne parvenait pas à savoir pourquoi il avait cette impression.

— Il y a ici d'étranges rappels de notre *passé*, dit Bichehivernale. Je les retrouve dans certains vêtements ou dans des coutumes, et même dans certains plats qui sont servis au palais. Mais rien de tout cela n'appartenait au Nord que nous avons quitté.

— Précisément, dit Voile Argenté. Cela appartenait au Nord d'il y a des années, voire des décennies ou même des siècles. C'est ce qui m'a donné la clé pour comprendre ces gens, ils abhorrent et en même temps adorent le changement !

Ambredragon secoua la tête.

— Je ne suis pas sûr de comprendre...

D'un geste, Voile Argenté l'interrompit.

— Les Haighlei sont un peuple farouchement opposé au changement. Leurs coutumes n'ont pas changé depuis des centaines d'années. Pour eux, notre mode de vie, avec ses évolutions constantes, est presque un blasphème. Car si les dieux voulaient que les hommes changent, ne le décréteraient-ils pas ?

Elle haussa les épaules.

— Non seulement ils n'aiment pas le changement, continua-t-elle, mais leurs textes sacrés l'interdisent. Le changement ne survient que par décret divin.

Bichehivernale fronça les sourcils.

— Si tel est le cas, comment se fait-il que certaines de nos coutumes aient survécu ici ?

— Bonne question, dit Voile Argenté, visiblement contente. Le changement, si séduisant parce qu'il est interdit, les attire terriblement.

» Il y a bien longtemps, quelqu'un a dû se rendre compte que la société haighlei, si elle restait figée, pourrirait de l'intérieur. Cette personne a fait modifier les écrits sacrés dans ce sens. Un rituel a lieu tous les vingt ans, pendant une éclipse. Plus le soleil est caché par la lune, plus il y aura des changements. Mais aucun changement *radical* n'a lieu : tout se joue au niveau des détails.

» Voilà pourquoi vous pouvez voir ici des choses que vous n'avez connues au Nord que dans les livres d'histoire. C'est aussi pour ça que la profession de *kestra'chern* existe dans ce royaume...

— Mais les *kestra'chern* haighlei imitent ceux de nos contrées qui vivaient au siècle dernier ? avança Ambredragon.

— Voire avant... Ici, un *kestra'chern* appartient à une maison, dont il est un membre privilégié. Il se doit d'être cultivé. Autant dire que les gens du commun n'en voient jamais.

Elle désigna ses amis du bout de son éventail.

— Votre présence est *tolérée*. Vous serez acceptés par le peuple haighlei seulement si Shalaman décide de vous inclure à la liste des changements décidés au cours de la prochaine Cérémonie de l'Éclipse. Malheureusement, vous n'avez pas beaucoup d'amis... L'Interlocuteur des Dieux est ouvertement opposé à votre présence. D'autres montrent une certaine curiosité à votre égard, mais ils ont peur des troubles que vous pourriez apporter.

Ambredragon hocha la tête.

— Je comprends. Alors, la question est : comment nous faire des alliés ?

— En usant habilement de persuasion… Par chance, vous avez Skandranon avec vous. C'est une telle nouveauté que personne ne réalise encore vraiment ce que vous représentez.

» J'ai été acceptée grâce à ce que je suis. Vous devez être prudents, Ambredragon. Il ne faut pas offenser les Haighlei, ni leur donner une seule raison de vous prendre pour de vulgaires barbares.

— Que pouvez-vous nous dire de plus ? demanda Bichehivernale.

— Les Haighlei sont un peuple très *littéral*. Leurs paroles expriment toujours leurs pensées, ni plus ni moins. (Elle réfléchit un instant.) Si vous demandez à un Haighlei de garder votre animal, il le fera, mais il ignorera le voleur qui s'empare de votre bourse.

Ambredragon hocha la tête, essayant d'assimiler ce qu'il venait d'entendre.

— Et la Cérémonie de l'Éclipse ?

Voile Argenté sourit.

— Eh bien, elle commence, se déroule et prend fin pendant l'éclipse…

Zhaneel souffrait autant que les Haighlei de la chaleur engourdissante. Suivant leur exemple, elle faisait la sieste et même les jumeaux et Brisechantante consentaient à dormir en plein midi.

Depuis la naissance de ses petits, elle avait beaucoup de sommeil en retard et elle appréciait de pouvoir se rattraper un peu. Que Skandranon fourre son nez partout si ça l'amusait ! Elle préférait rester allongée sur une pile de coussins ou sur la pierre nue, dans le jardin de leur suite.

Elle était justement dans cette position quand un serviteur entra, ignorant sa présence. Les jumeaux dormaient à l'ombre, roulés en boule comme une paire de chatons. Le bruit de l'eau leur faisait l'effet d'une berceuse. L'homme les vit et s'approcha d'eux.

Ce qui était une très mauvaise idée. Les petits pouvaient se réveiller en sursaut et avoir une réaction instinctive de défense. Or, leurs serres étaient de la taille de celles d'un aigle.

Zhaneel leva la tête et s'éclaircit la voix.

Le serviteur sursauta et la regarda une seconde avec de grands yeux écarquillés, dont le blanc ressortait singulièrement autour des iris foncés. Puis il recula en balbutiant quelque chose dans sa langue.

Elle ne comprit pas un traître mot, mais elle imagina sans peine le contenu de son discours.

Gentil coco. Ne me mange pas, coco…

Elle baragouina quelques-unes des phrases qu'elle avait apprises :

— N'ayez pas peur. S'il vous plaît, ne réveillez pas les petits.

L'homme la regarda, sous le choc.

— Je ne mange pas les créatures douées de la parole, ajouta-t-elle.

Le serviteur s'enfuit en poussant un cri.

Zhaneel reposa la tête sur ses pattes en soupirant.

Pauvre idiot. Personne n'a-t-il pris la peine de prévenir les serviteurs à notre sujet ?

Les Haighlei n'avaient pas trop de préjugés. Ils étaient habitués à voir de gros carnivores, mais pas à les entendre parler. Tôt ou tard, Skan et elle réussiraient à les convaincre que les griffons n'étaient ni dangereux ni imprévisibles.

Jusque-là, ils continueraient d'avoir peur d'eux.

Même ceux qui nous acceptent comme des créatures intelligentes ont parfois du mal à nous traiter en égaux. Heureusement, ici, ce n'est pas mon problème mais celui de Skan ! Tout ce que j'ai à faire, c'est me montrer charmante. Et ce vaurien prétend que je le suis toujours ! Lui doit déployer tous ses charmes, en plus de jouer le rôle de « Skandranon, roi de Griffon Blanc ».

Quelqu'un s'éclaircit discrètement la voix, ce qui fit sursauter Zhaneel.

— Makke ! s'écria-t-elle, alors que la femme entrait dans le jardin. Puis-je vous inviter à venir bavarder un instant ?

Makke était très vieille. Zhaneel se demandait pourquoi elle travaillait toujours. Les cheveux entièrement blancs, les épaules voûtées par l'âge et les travaux, son visage noir était tout ridé. Mais elle restait forte et alerte.

Zhaneel avait découvert qu'elle parlait leur langue quand Makke lui avait demandé si les petits avaient besoin de linge ou d'objets particuliers pour leur toilette. Depuis, c'était elle qui s'occupait de leurs chambres et faisait leur lessive. Adorant les bébés griffons, qui le lui rendaient bien, elle était une des rares personnes capables de les faire tenir tranquilles en leur racontant une histoire.

Zhaneel et Gesten pensaient s'être fait une véritable amie dans cet étrange palais.

— Il me reste beaucoup de travail, dit Makke. Je suis venue pour vous poser une question.

— Venez vous asseoir un instant ! insista gentiment Zhaneel. J'ai plus besoin de compagnie que de sols parfaitement propres. J'aimerais beaucoup en savoir davantage sur cet endroit, pour ne pas commettre d'impair.

—Mais les petits ont perdu des morceaux de tuyaux de plumes et...

—Et ils recommenceront, même quand vous aurez balayé une troisième fois. Venez à l'ombre. Il fait trop chaud pour travailler. Tout le monde au palais fait la sieste.

Makke se laissa persuader et rejoignit Zhaneel au bord du bassin. Elle prit un éventail, et soupira d'aise.

—Je suis venue vous dire, dame griffon, que vous avez effrayé un autre jardinier. Il jure que vous avez bondi sur lui en grognant. Il s'est enfui et maintenant il dit qu'il ne vous servira pas, à moins que vous consentiez à quitter le jardin pendant son travail.

—C'est lui qui est entré pendant que j'étais dans le jardin, répondit Zhaneel. Vous étiez dans la pièce à côté, Makke. M'avez-vous entendu grogner ? Je préférerais que vous me parliez d'autre chose que d'idiots qui ont peur de leur ombre.

—Je trouvais que son histoire ne tenait pas debout, dame griffon. Quand le Surveillant me posera la question, je le lui dirai.

Zhaneel et Makke restèrent un moment silencieuses.

—C'est vous qui devriez être surveillante, Makke, dit Zhaneel. Vous connaissez notre langue et vous en savez plus que les autres serviteurs. Vous pourriez faire comprendre aux gens que nous ne sommes pas des monstres mangeurs d'hommes.

Makke se contenta de secouer lentement la tête en lissant sa tunique safran et son pantalon jaune, l'uniforme des serviteurs du palais.

—C'est impossible, dame griffon. Le Surveillant est né à ce poste et je suis née au mien. Les choses sont ainsi et le demeureront. S'il vous plaît, ne dites pas cela devant les autres. Ils pourraient vous soupçonner d'impiété. Moi, je sais que ce n'est pas vrai, parce que j'ai servi la Nordiste Voile Argenté. Mais d'autres ont l'esprit plus étroit.

Zhaneel la regarda, penchant la tête, étonnée. Voilà qui était nouveau.

— Pourquoi ? Pourquoi serais-je taxée d'impiété pour avoir dit cela ?

Makke s'éventa un long moment sans répondre. Elle aimait réfléchir avant de parler. Zhaneel la laissa faire, car elle la connaissait suffisamment pour savoir qu'elle ne dirait rien avant d'être prête.

— Tout est décrété, déclara-t-elle finalement. Les empereurs, ceux que vous appelez les Rois Noirs, sont au-dessus des mortels. Au-dessus d'eux, il y a les dieux. Les dieux ont leur place, leurs tâches à accomplir et leur hiérarchie.

» Or, ce qui est bon pour les dieux l'est aussi pour les hommes. Les mortels ont donc leur place, leurs tâches à accomplir et leur caste, avec les empereurs tout en haut et les collecteurs d'offrandes et leurs semblables tout en bas de la hiérarchie. Les dieux restent à leur place, donc il en est de même pour les humains. Seule l'âme peut changer de caste, car chaque dieu fut un jour un mortel qui s'est élevé grâce à sa piété et à son travail.

» Un individu naît dans une caste et à un poste, et il vit et meurt ainsi. Il peut faire de son mieux pour apprendre, et même devenir un lettré, mais il ne sera jamais un lettré en titre. S'il se montre très diligent, il pourra s'élever. Par exemple, la femme de chambre d'un petit noble deviendra celle d'un conseiller ou d'un dignitaire étranger. Mais elle restera toute sa vie une femme de chambre.

— Il n'y a pas de changement possible ? demanda Zhaneel.

C'était entièrement nouveau pour elle, mais ça expliquait beaucoup de choses.

— Uniquement si l'empereur le décrète, avec l'accord de l'Oracle et de l'Interlocuteur des Dieux. Un tel changement de statut doit recevoir l'approbation des dieux avant qu'un simple mortel puisse y prétendre. Quand un talent, une profession, un art ou une science nous arrivent d'ailleurs, une nouvelle caste est créée et elle ne subit plus aucun changement.

» La profession de *kestra'chern*, par exemple. J'ai entendu dire qu'Ambredragon en est un.

— Et il est bon ! confirma Zhaneel. Très bon. Peut-être même plus que Voile Argenté. Il était l'ami d'Urtho, le Mage du Silence.

Pour Zhaneel, il n'y avait pas de meilleure référence.

— Pourtant il n'a pas de rang, il offre ses services à qui il veut *et* il est un de vos ambassadeurs. (Makke secoua la tête.) Ici, ce genre de chose n'a pas cours. Les *kestra'chern* sont classés selon leurs talents, leurs connaissances et leurs potentiels. Un *kestra'chern* d'un certain rang peut seulement offrir certains services et servir les nobles d'un certain rang.

» Aucun *kestra'chern* ne peut offrir ses services à une personne qui est au-dessus ou au-dessous du rang qu'il a le droit de servir. Voile Argenté m'a dit que les choses se passaient ainsi, dans le Nord, il y a cinq cents ans, quand l'empereur murasa Shelass a fait de cette profession une nouvelle caste. Je la crois, parce qu'elle est sage et cultivée.

Zhaneel cligna des yeux. Elle emmagasina les informations afin de les répéter à Skan à son retour.

Personne ne peut monter ou descendre dans la hiérarchie ? Quel est l'intérêt de bien faire son travail ?

— Nous sommes en quelque sorte gouvernés par nos scribes, continua Makke, un peu tristement. Tout doit être porté par écrit. Chacun de nous – même les fermiers les plus pauvres ou les balayeurs de rue – a un dossier, dont un Scribe Royal est responsable. Plus une personne a un rang élevé, plus son dossier est épais. Celui de l'empereur occupe une salle d'archives. Mais il est né pour être empereur et il ne peut pas abdiquer. Il a été destiné à cette position dès le jour de sa naissance et il mourra dans les robes impériales. Moi, je resterai une femme de chambre jusqu'à ma mort, même si, pour satisfaire ma curiosité, j'ai autant étudié que la plupart des nobles.

— Et qu'en est-il de l'accumulation de biens ? demanda Zhaneel. Si vous ne pouvez pas vous élever dans la hiérarchie, ne pouvez-vous pas au moins gagner assez d'argent pour vivre dans le luxe ?

Ça justifierait que les gens travaillent aussi dur…

Mais Makke secoua la tête.

— Un individu peut accumuler un peu de biens, en fonction du rang qu'il occupe, mais il arrive un moment ou ça devient inutile. Dès qu'il a tout ce que la loi lui permet de posséder, il n'a plus aucune raison de faire des économies. Une fois qu'un individu a une maison, des vêtements et les biens que la loi lui autorise, que lui reste-t-il ? Les mets de luxe ? La compagnie d'un *mekasathay* talentueux ? Se faire divertir par des saltimbanques ? Apprendre pour le seul plaisir d'accumuler les connaissances ?

» Il vaut mieux donner cet argent aux temples, pour prouver sa générosité et sa piété, afin que les dieux vous permettent de renaître dans une meilleure caste. J'ai fait beaucoup de dons aux temples… En plus de dispenser le savoir, les prêtres parlent aux dieux des vertus de ceux qui apportent des offrandes. Tous mes cadeaux sont soigneusement enregistrés et je continuerai aussi longtemps que je serai en vie.

— Tout ça est très étonnant, dit Zhaneel. Je ne connais personne qui accepterait de vivre sous de telles contraintes !

Makke sourit.

— Oh, mais nous ne voyons pas ça comme des contraintes.

— Makke ? lança Zhaneel, soudain inquiète. Ces choses que vous m'avez dites... est-il interdit d'en parler ?

— Je pourrais être punie pour vous avoir dit certaines choses *de la manière* dont je l'ai fait. Mais on ne punit pas une vieille femme pour s'être montrée trop bavarde.

Elle sourit.

— Exprimer sa façon de penser est un des avantages de l'âge, non ? Si quelqu'un qui parle votre langue m'a entendu, il pensera que je suis gâteuse. Et si on me demandait pourquoi je vous ai dit tout ça, je prétendrais l'être. (Le sourire de Makke se fana.) Certains pensent déjà que mon amour des livres et des connaissances est la preuve d'un esprit dérangé.

— Tout cela dépasse ma compréhension et mon expérience... Il me faudra du temps pour y réfléchir. Dans l'intervalle, que devons-nous faire pour éviter de commettre une erreur fatale ?

— Fiez-vous à Voile Argenté. Elle savait comment fonctionnait la cour avant d'arriver ici et elle est parmi nous depuis assez longtemps pour en connaître tous les pièges. Elle peut vous protéger de n'importe quel désastre... et surtout de l'embarras. Moi, je ne peux rien faire. Je ne connais pas assez les hautes sphères.

— Parce que nous pouvons plus facilement éviter les désastres que les sources d'embarras potentielles ? avança Zhaneel.

Makke acquiesça.

Dans une société comme celle-ci, l'embarras serait certainement aussi mortel pour notre cause qu'un véritable incident. Ces gens sont tellement étranges!

—Il me reste une chose à vous dire. Puisque nous sommes seules, c'est le moment de vous avertir. Gesten m'a laissé entendre que le seigneur griffon maîtrise un peu la magie...

Zhaneel fit oui de la tête; quelque chose dans l'expression de Makke l'avertit de ne pas s'en montrer trop fière.

—Dites-lui qu'il ne doit pas jeter de sort sans la permission du roi Shalaman et de Palisar, l'Interlocuteur des Dieux. (Makke jeta un coup d'œil autour d'elle pour s'assurer que personne ne les avait entendues.) La magie est strictement contrôlée par les Interlocuteurs, autrement dit les prêtres.

Zhaneel claqua du bec.

—Comment est-ce possible? Les mages sont les individus les plus indépendants que je connaisse!

Makke se contenta de hausser les sourcils.

—C'est facile. Quand un enfant naît avec le Don, les prêtres l'enlèvent à sa famille avant qu'il ait atteint l'âge de sept ans. Ses parents reçoivent une juste compensation. Élevé par les prêtres, l'enfant devient un religieux et un lettré honoré de tous. Je dis «il», mais ils prennent aussi les filles, qui terminent leurs études à seize ans, car elles s'y appliquent avec plus d'ardeur que leurs camarades de l'autre sexe.

—Ça n'explique pas comment les prêtres peuvent les garder sous contrôle.

—Grâce à l'enseignement qui leur est dispensé! On leur apprend l'obéissance dès leur première année de formation.

Je le sais... Ma fille unique est devenue prêtresse et on m'a tout expliqué.

» C'est grâce à cela que j'ai pu m'instruire, parce qu'il était nécessaire que je la comprenne quand elle reviendrait. Les enfants sont surveillés de près. Si l'un d'eux est un menteur, un voleur ou s'il use de ses pouvoirs sans permission et blesse ses camarades, il est...

Makke hésita, puis elle choisit ses mots avec soin.

— Il est renvoyé de l'école et du monde de la magie.

Une pensée horrible traversa l'esprit de Zhaneel.

— Makke ! s'écria-t-elle, des soupçons dans la voix. Vous n'êtes pas en train de me dire que les prêtres le tuent, n'est-ce pas ?

— À une époque, c'est ce qu'ils faisaient. La magie est un pouvoir redoutable qui ne peut pas être laissé entre n'importe quelles mains. Mais c'était jadis... Maintenant, les prêtres se contentent d'ôter ses pouvoirs à l'élève, puis ils le renvoient chez lui. (Elle haussa les épaules.) Mais il serait préférable pour lui qu'ils le tuent.

— Pourquoi ?

— Réfléchissez, dame griffon. Il ne peut plus pratiquer la magie et se retrouve en disgrâce. Tout le monde sait qu'il a une tare, donc personne ne lui fait confiance. Quand il deviendra un homme, aucune femme ne voudra l'épouser. Et il ne se verra jamais confier un poste important au sein de sa caste. S'il est issu d'une caste modeste, il sera employé toute sa vie aux basses besognes, et toujours sous surveillance. S'il vient d'une haute caste, il restera oisif jusqu'à sa mort, là encore sous stricte surveillance.

Makke secoua la tête, fataliste.

— Je connais un de ces individus. Quelle vision terrible ! Et quelle honte pour sa famille, car même s'il est adulte, il n'a pas plus de responsabilités qu'un bébé. On ne le voit pas beaucoup, mais la plus vile servante est plus heureuse que lui. Pourtant, il est d'une très haute caste... Personne n'est à l'abri de ce genre de destin.

Zhaneel secoua la tête.

— N'y a-t-il rien que cet homme puisse faire ?

La servante haussa les épaules.

— La meilleure solution serait pour lui d'accumuler des biens pour en faire don aux temples, afin que les dieux lui accordent de renaître purifié de ses défauts. Mais il vaudrait mieux qu'il meure... Que sont les individus sinon la somme de leur travail ? Comment quelqu'un peut-il être un homme s'il ne travaille pas ?

Zhaneel n'était pas convaincue. Mais au moins, les Rois Noirs semblaient défendre un système politique incapable de produire un monstre comme le Kiyamvir Ma'ar ! C'était déjà cela.

Je crois que presque toutes les mesures sont bonnes si elles peuvent empêcher un fou comme Ma'ar de prendre le pouvoir. Presque. À condition que le système soit sans faille.

— Les prêtres font-ils parfois... une erreur ? demanda-t-elle soudain.

— Vous voulez savoir s'ils ont déjà disgracié un enfant sans tare ? Non, pas à ma connaissance, et j'en ai vu partir beaucoup pour le temple. Renvoyer un enfant de l'école n'arrive en fait pas très souvent. Cet homme dont je vous ai parlé... Il ne possède pas une once de compassion. Il utilise tous ceux qu'il rencontre, sans se soucier de leur sort. Si sa mère vivait encore, il se servirait d'elle sans hésiter. Beaucoup de gens des castes inférieures ont eu à pâtir de sa mauvaise nature.

Zhaneel se mordilla le bout d'une serre.

— Il reste une chose, continua Makke, avec une répugnance visible. Je n'avais pas l'intention de vous en parler, mais il le faut, car je vois bien que ce que je vous ai dit vous a perturbée.

— De quoi s'agit-il ?

La vieille femme baissa encore la voix.

— Il y a une forme de magie interdite entre toutes. Je ne dirais rien si je ne pensais pas que votre peuple puisse la considérer comme une chose banale. Or, si on vous prenait à la pratiquer, il n'y aurait pas de traité. Jamais. Ni maintenant ni dans le futur. Possédez-vous la magie qui permet de regarder dans les esprits et d'entendre les pensées ?

— Ça se pourrait, répondit prudemment la grifaucon, soudain aussi en alerte qu'au cours de ses missions de surveillance.

Elle lutta pour que ses plumes, qui la démangeaient furieusement, ne se dressent pas sur son dos. Cette question la mettait très mal à l'aise.

— Je ne suis pas certaine de comprendre ce que vous voulez dire, ajouta-t-elle. Votre peuple et le mien n'ont pas la même définition de la magie. Pourquoi me posez-vous cette question ?

— Parce que cette magie est interdite ! Seuls les prêtres peuvent la pratiquer. Et uniquement ceux qui sont appelés à remplir certains devoirs auprès des dieux. Je n'exagère pas. C'est de la plus haute importance !

— Comme Leyuet ? demanda Zhaneel, surprise.

Elle n'aurait jamais deviné que l'Oracle de Vérité Leyuet était un prêtre. Il n'en avait pas l'air, contrairement à Palisar.

— Oui.

Makke se tourna vers Zhaneel et planta son regard dans

le sien, comme une mère humaine s'apprêtant à sermonner une enfant désobéissante.

— Cette magie est impure, dit-elle avec une conviction absolue. Elle permet aux mortels de voir ce que seuls les dieux ont le droit de connaître. Même un Oracle ne regarde pas très profondément et seulement de manière à découvrir la vérité… Il sonde l'âme, qui n'a pas de mot, ni d'esprit.

» Si votre peuple maîtrise cette magie, ne le mentionnez pas. Et surtout, n'en faites pas usage.

Nous ferions bien de ne jamais mentionner Kechara. Et Ambredragon a intérêt à se montrer discret au sujet de ses autres pouvoirs.

Pendant que Zhaneel essayait d'assimiler ce que Makke lui avait dit, la vieille servante se leva, lissa sa tunique et posa l'éventail en feuilles de palmier tressées.

— Je dois y aller, dit-elle. On permet aux gens de mon âge de se reposer, mais le travail ne se fera pas tout seul. Et je ne voudrais pas le confier à un imbécile comme ce jardinier… Il pourrait s'imaginer que Jewel et Corvi rêvent de le tailler en pièces, avec leurs griffes.

Jewel et Corvi n'ayant pas, à proprement parler, des « griffes », mais des ongles soigneusement limés, Zhaneel se mit à rire. Makke sourit et s'en fut.

Les petits griffons semblaient bien partis pour dormir tout l'après-midi. Zhaneel s'allongea sur la pierre nue.

Elle ferma les yeux, mais le sommeil la fuyait.

Ainsi, Makke est une lettrée sans titre ! Pas étonnant qu'elle ait l'air de connaître des secrets.

Plus que jamais, la grifaucon était heureuse que Gesten et elle aient sympathisé avec la vieille servante. Après Voile Argenté, elle était sans doute leur source d'information la plus fiable.

Ça explique pourquoi elle a pris la peine d'apprendre notre langue. Elle devait se poser beaucoup de questions sur Voile Argenté et sur le Nord. Le meilleur moyen d'avoir des réponses, c'était de les poser directement à la kestra'chern. *Ce qui doit lui avoir demandé beaucoup de courage…*

Très observatrice, Makke avait dû se rendre compte que Voile Argenté était gentille avec ses serviteurs. Alors, elle s'était dit qu'elle ne prendrait pas mal ses questions…

Bien sûr, une lettrée – même amateur – se devait d'être intriguée par les griffons et les hertasis. Voilà pourquoi elle avait accepté les offres d'amitié que lui avaient faites Gesten et elle.

Et quand elle a vu à quel point nous étions ignorants au sujet des Haighlei…

Zhaneel sourit.

Makke avait un puissant instinct maternel. Il suffisait de la voir avec les jumeaux. Nul doute qu'elle les trouvait adorables, même s'ils ne ressemblaient pas du tout à des bébés humains. La vieille servante avait peut-être décidé de les adopter, de devenir pour eux une sorte de grand-mère…

Elle a dit « ma fille unique ». Était-ce une façon de dire « mon enfant unique » ? Les Haighlei permettent-ils à leurs prêtres de se marier et d'avoir des enfants ? J'en doute. Je me demande si sa fille a honte d'elle. Après tout, ce n'est qu'une simple femme de chambre. Même si beaucoup de prêtres prêchent l'humilité, je n'en ai jamais connu aucun qui l'apprécie.

Si Zhaneel avait vu juste, Makke pouvait la considérer comme une fille de substitution.

Je vais lui demander des conseils au sujet des jumeaux… même si je n'ai pas l'intention de les suivre ! Mais ça lui donnera le sentiment d'être utile.

Zhaneel se retourna sur le flanc droit, pour le rafraîchir au contact du marbre.

Ces avertissements au sujet de la magie sont très inquiétants. Depuis le début du Cataclysme, nous ne pouvons pas beaucoup nous servir de notre Don ; peut-être même ne le pourrons-nous pas de notre vivant…

Elle avertirait Skandranon, qui se chargerait d'en discuter avec Ambredragon.

Quelle part de magie de l'esprit entrait dans le travail du *kestra'chern* ? Se reposait-il plus sur celle-ci, ou sur ses observations et ses connaissances ? Zhaneel l'ignorait. Mais mieux valait que Dragon se montre très prudent avec ses dons. Idem pour Bichehivernale, même si elle n'était pas aussi douée que son compagnon.

Il faudra que je demande à Makke ce que son peuple pense du Don de guérison. Les Haighlei seraient-ils capables de l'avoir interdit aussi ?

Surtout, il ne fallait pas parler de Kechara. Si les Haighlei étaient opposés à toute forme de lecture de la pensée, ils seraient horrifiés par les capacités de la pauvre petite !

Et qu'elle soit simple d'esprit les révolterait davantage encore. Car elle est mal-née, nous ne pouvons pas le nier. Qu'elle ait vécu aussi longtemps et en bonne santé est un véritable miracle !

Ils tairaient donc son existence. Et qui pourrait la deviner ?

Je dois réfléchir à tout ça un moment…

Nos hôtes pourraient demander comment nous communiquons aussi rapidement avec Griffon Blanc. Skan devrait prier le roi de lui permettre de « communiquer magiquement » avec le Conseil, ce soir. Puisqu'ils le font, ils devraient accepter sans problème. Skan est malin. S'ils posent trop de questions, il pourra toujours leur parler d'oiseaux-messagers ou de quelque chose dans le genre... Ce ne serait pas un vrai mensonge. Ainsi, quand nous recevrons une réponse de chez nous, ils ne seront pas trop étonnés.

Et si les Haighlei envoyaient des ambassadeurs à Griffon Blanc, il ne serait pas utile de leur parler de Kechara...

Elle est toujours avec les petits des Argents et sa chambre ressemble à celle d'une enfant. Pourquoi s'intéresseraient-ils à elle ?

Pourquoi un ambassadeur s'intéresserait-il à un enfant ? Il lui tapoterait probablement la tête, mais n'engagerait pas la conversation. Et Cafri serait là pour éloigner les importuns et protéger Kechara. Ça ne serait pas la première fois qu'il l'empêcherait de marcher sur le bout de ses propres ailes !

Tout était réglé au goût de Zhaneel. Elle sentit la fatigue la gagner et cessa de lutter. Mais non sans s'être promis de parler de sa conversation avec Makke à Skan et de lui faire part de ses réflexions.

Le contact de la pierre l'ayant rafraîchie, elle s'endormit.

Chapitre 4

Bichehivernale était dans son élément au milieu des Haighlei en rouge, orange, jaune soleil, or et ambre. Malgré sa peau très pâle et sa robe de style nordique, elle paraissait être des leurs, tel un lis au milieu d'un parterre de dahlias. La robe de soie blanche et émeraude que lui avait donnée Cinnabar était aussi surprenante, au milieu de cette cour, qu'un costume haighlei pourrait l'être dans une cour du Nord.

Une cour du Nord...

S'il en existait encore... Les bribes d'informations qui avaient filtré jusqu'à eux indiquaient que le Cataclysme était plus étendu que les Kaled'a'in ne l'avaient cru.

Nous étions si préoccupés par notre survie que nous n'avons jamais pensé aux terres que nous avions quittées, songea-t-elle en saluant une jeune noble et sa mère. *Nous savions que la Tour et le palais étaient détruits, mais nous n'avons jamais réfléchi aux conséquences de cette situation sur les autres pays.*

Sans Ma'ar, les royaumes qu'il avait conquis – enfin, ceux qui avaient survécu au Cataclysme – étaient retombés dans le chaos et les guerres tribales qui les déchiraient avant l'accession au trône du Kiyamvir.

Bichehivernale ne pouvait s'empêcher d'éprouver à ce sujet une satisfaction douce-amère. S'ils n'avaient pas écouté si avidement les discours d'un dément, ils n'en seraient jamais arrivés là. Après avoir été au sommet de la civilisation, ces royaumes étaient retombés au niveau de barbarie de leurs ancêtres. Leurs cités étaient en ruine parce qu'ils avaient suivi et soutenu un fou.

Mais au-delà de l'empire de Ma'ar, le Cataclysme avait fait des ravages. Surtout au sein des nations qui se reposaient beaucoup sur la magie. Des réfugiés avaient atteint l'Empire wtasi, au bord de la Mer Salée, et les nouvelles étaient terribles.

Beaucoup de pays utilisaient des Portails pour l'acheminement des vivres, surtout dans les villes. Sans Portail en état de marche les gens avaient commencé à mourir de faim, le chaos s'était installé. Et le pire restait encore à venir. Les autorités n'avaient pas eu le temps de ramener l'ordre ; des hordes sans foi ni loi avaient envahi les cités, pillant et tuant les habitants.

Bichehivernale espérait que ces hordes n'étaient composées que des troupes de Ma'ar… Mais elle savait que certains de leurs compagnons d'armes auraient pu se conduire de la même manière que leurs anciens ennemis.

Il est si facile de considérer ses ennemis comme des monstres sans visage… Mais la plupart d'entre eux n'étaient que de simples soldats. Et comme tous bons soldats, ils suivaient les ordres.

Il lui avait fallu du temps pour parvenir à cette conclusion – qui ne la satisfaisait toujours guère… Mais c'était une des choses qu'elle avait apprises en vivant avec Ambredragon : chercher la vérité et l'accepter sans ciller, quelle qu'elle soit.

À cause du Cataclysme, il n'existait désormais plus un seul gouvernement digne de ce nom. L'organisation se faisait à l'échelle des villes et des places fortes. Certaines techniques artisanales ne requérant pas de magie devaient être réapprises ou redécouvertes, ce qui prenait du temps. Selon les Haighlei, toute civilisation avait disparu dans le Nord.

C'était aussi l'opinion du clan k'Leshya.

Ils n'avaient eu aucune nouvelle des autres clans kaled'a'in et personne n'espérait plus en recevoir. Les k'Leshya étaient allés beaucoup plus loin que les autres. Urtho ne leur avait pas construit un Portail, mais deux, à une distance maximale l'un de l'autre. Distance trop grande – sauf pour Kechara – pour essayer de les contacter par la pensée. Quant aux oiseaux-messagers, ils ne pouvaient pas voler aussi loin.

Nous devons nous débrouiller seuls. Avec un peu de chance, les autres clans font de même. Notre avenir est à Griffon Blanc et nous lui avons donné des fondations solides.

Bichehivernale évoluait au milieu de ces hommes et de ces femmes et s'accoutumait à eux. Un jour, quand ils ne seraient plus des étrangers, ce serait peut-être sa peau et ses vêtements *à elle* qui lui sembleraient incongrus. Elle évoluait parmi eux comme un de ces gracieux poissons d'argent qui partageaient les bassins avec leurs grands congénères colorés. Inconsciemment, elle imitait leurs mouvements souples et mesurés.

Après tout, c'était à ça qu'on l'avait formée, avant qu'elle devienne la *trondi'irn* Bichehivernale, au service de la Sixième Armée d'Urtho, le Mage du Silence.

À l'époque où elle avait encore un autre nom, elle avait un titre, un rang et elle connaissait par cœur les danses de la cour.

Aujourd'hui, avoir un rang n'était plus un fardeau, et cela lui seyait fort bien. Son nom était à elle, sans qu'y soit attachée la chaîne invisible d'une longue et noble lignée. Son titre ? Il était sien ! Elle avait gagné le droit de le porter, comme son nom.

La vie de la cour lui était aussi familière que le contact de la soie contre sa peau. Puisqu'il s'agissait d'une cour comme tant d'autres – où les habitants de Griffon Blanc étaient considérés comme une présence hostile –, la réticence et la malveillance se dissimulaient derrière la politesse, et la peur derrière la civilité. C'était son rôle de découvrir ce qui se cachait derrière les poses et la prétention.

Souvent, elle se sentait comme une épée qui se glissait dans un vieux fourreau confortable ou comme une lame chauffée à blanc qui pénètre dans un bloc de glace. Elle était Bichehivernale, la *trondi'irn*, mais également bien plus que la femme que connaissaient ses compagnons réfugiés. Elle n'avait pas utilisé ses anciens talents depuis très longtemps, mais ils faisaient toujours partie d'elle-même. Elle utilisait des « muscles » oubliés et savourait la sensation que cela lui procurait.

À sa grande surprise, Ambredragon, dans ce nouveau contexte, s'était contenté de sourire et de lui conseiller de suivre son instinct.

— J'ai côtoyé des nobles, j'en ai réconforté plus d'un et je sais comment me comporter avec eux. Mais je n'ai jamais été l'un d'eux. Tu étais noble et l'éducation que tu as reçue fait de toi une personne que je ne pourrai jamais être, mais que je devrai me contenter d'imiter. Ton assurance est innée, tu n'as pas à feindre.

» Crois-moi, ça se voit. Alors, vas-y et montre à tout le monde à quel point tu es de haute naissance. Et apprends-moi comment faire de même. Après tout, tous les prétextes sont bons pour t'admirer !

Tel un faucon aux longes coupées, il l'avait laissée voler, sachant qu'elle reviendrait vers lui. Et elle le ferait, bien sûr, car comme un vrai fauconnier et son oiseau, ils étaient inséparables.

Ou peut-être sommes-nous davantage à la manière des éclaireurs kaled'a'in et de leurs oiseaux-liges, qui utilisent la parole par l'esprit pour communiquer.

Elle se demanda ce que les Haighlei penseraient des oiseaux-liges, car ils n'avaient pas beaucoup d'animaux domestiques…

Ils ont des moutons, des chèvres et du bétail… Plus ces créatures bizarres à qui il ne faut pas beaucoup d'eau pour traverser les déserts. Ainsi que des ânes pour tirer leurs carrioles. Et des chiens de la taille de nos poneys ! Quelques chats sauvages, mais pas de chats domestiques, ni de chevaux ou d'oiseaux de proie.

Elle sourit et échangea quelques banalités avec l'ambassadeur de l'Empire khimbata, laissant une partie de son esprit dériver. Les chats seraient pour les Haighlei une source d'émerveillement. Les élégants ne pourraient pas s'empêcher d'adopter aussitôt les « petits tigres » que les Kaled'a'in avaient amenés de chez eux.

Car il fallait penser aussi en termes de commerce et d'échanges… Les Kaled'a'in ne se porteraient pas plus mal avec de vraies charrues car, en dépit de sa bonne volonté, le forgeron qui les fabriquait à Griffon Blanc avait dû se montrer un apprenti fort peu assidu. Il leur faudrait aussi de vrais bateaux pour remplacer les coques de noix qu'ils utilisaient, au cas où la flotte serait prise un jour dans une tempête. Et des semences adaptées à ce climat, pour que leurs récoltes soient enfin à la mesure de leur labeur.

En retour, ils pouvaient introduire des chevaux et des chats en terre haighlei. Ventlion, le chef du clan k'Leshya, serait heureux de voir s'ouvrir un vrai marché pour ses chevaux de selle.

Pour le moment, au grand désarroi de Bichehivernale, ils étaient très souvent utilisés comme bêtes de somme.

De plus, les Kaled'a'in et leurs *adoptés* comptaient de nombreux artisans dans leurs rangs. Les bijoux haighlei, par exemple, étaient beaux et coûteux, mais trop massifs. Sans être de facture grossière, ils n'avaient pas la finesse de ceux que fabriquait le bijoutier de Griffon Blanc. Les Haighlei aimeraient-ils ce style ? Ils avaient admiré les bijoux de Bichehivernale, c'était donc probable…

C'est étrange… Je me sens ici chez moi, comme si j'étais née dans cette société rigide, structurée et pourtant si subtile et raffinée…

Plus le temps passait, plus elle se sentait à son aise.

Les Haighlei régnaient sur un territoire plus vaste qu'aucun monarque du Nord n'en avait jamais rêvé. Deux royaumes – ou plutôt empires – se partageaient ce continent, entre la Mer Salée et la Mer Orientale. Quatre autres, plus au sud, divisaient un autre continent, relié au premier par une mince bande de terre. Les Haighlei appelaient leur monarque indifféremment « roi » ou « empereur ». Ce qui était très étrange aux oreilles nordiques de Bichehivernale.

Un autre membre de la cour la salua. Puis Bichehivernale sourit chaleureusement à Voile Argenté, bizarrement soulagée de ne plus être le seul visage pâle. La *kestra'chern* avait les cheveux dénoués, comme toujours, et portait une robe en soie argentée.

— Vous vous débrouillez très bien, petite sœur, dit-elle d'une voix douce. Je vous ai écoutée et observée. Ambredragon est respecté grâce à sa position et à sa profession, mais en vous, on reconnaît une personne de pouvoir.

Bichehivernale rougit d'embarras autant que de plaisir.

—Skandranon l'emporte sur nous tous. En restant lui-même, il impressionne plus la cour haighlei que nous ne pourrions le faire avec les paroles les mieux tournées.

Voile Argenté secoua la tête.

—Vous vous sous-estimez, ma chère. C'est un de vos défauts, je crois… Mais sachez que mon peuple, lui, ne vous sous-estime pas. Ces gens savent reconnaître une personne de pouvoir quand ils en voient une. Du plus modeste au plus noble, ils vous respectent.

Sur ces mots, elle disparut dans la foule et la danse de la cour les emporta chacune de son côté. Bichehivernale continua de sourire et de murmurer des banalités, tout en s'interrogeant sur le véritable sens des paroles de Voile Argenté. *Elle* ne se considérait pas comme une personne importante, même en tant qu'un des ambassadeurs de sa cité. Mais la *kestra'chern* avait raison. Il fallait reconnaître que les Haighlei la traitaient avec déférence.

Pas comme une noble mais comme si elle était de sang royal.

Comme le roi Shalaman.

Le roi était là, assis sur son trône. En fait de trône, il s'agissait plutôt d'un banc doré, en forme de lion, avec la tête à la droite du roi et la queue à sa gauche.

Le monarque portait une peau de lion drapée sur une épaule. Le reste de son costume paraissait simple en comparaison de ceux que portaient certains courtisans : une robe safran serrée à la taille par une ceinture tressée de centaines de fils d'or. Son pectoral, lui aussi en fils d'or tressés, arborait une tête de lion stylisée.

Shalaman regardait droit devant lui et Bichehivernale se surprit à admirer sa prestance. Il était difficile de croire qu'il avait plus de soixante ans. Si elle n'avait pas été certaine de ce chiffre, elle l'aurait pris pour un guerrier en pleine force de l'âge dont les cheveux avaient blanchi prématurément. Ou, puisqu'il était un Adepte, elle aurait pensé qu'il avait trop puisé dans l'énergie des nodes.

Apparemment, il suffisait au roi de faire acte de présence à ce genre de rassemblement. Il n'était pas censé se mêler aux courtisans. Mais elle avait le sentiment que rien ne lui échappait. Et si d'aventure cela arrivait, il avait des conseillers tout aussi observateurs que lui.

Eh bien, donnons-leur l'occasion de lui dire que dame Bichehivernale est charmante, cultivée et parfaitement énigmatique.

Cette idée la fit sourire. Elle se tourna donc vers un autre courtisan. Un sourire ne devait pas se perdre. Surtout pas ici et en pareil moment.

Palisar regardait la danse des courtisans d'un œil, gardant l'autre rivé sur son empereur. Qu'il observât le groupe dont faisait partie l'étrangère à la peau blanche ne lui avait pas échappé.

— L'étrangère… murmura Shalaman à l'Interlocuteur des Dieux. Elle semble à l'aise parmi nous.

— Oui, Sérénité, répondit prudemment Palisar.

Il se fichait de ces étrangers, mais mieux valait ne pas le dire devant Shalaman. Pas tant que Voile Argenté, qui les honorait de sa présence, resterait sa favorite.

Il était prêt à faire une exception pour Voile Argenté parce qu'elle était *kestra'chern* et qu'elle avait servi loyalement le roi pendant des années. Elle aimait ces étrangers et c'était d'autant plus compréhensible que l'un d'eux avait été son élève. Quant à leur audace, elle était pardonnable puisqu'ils avaient bâti leur ville sur un territoire tellement loin au nord qu'il en devenait presque inhabitable.

Pourtant...

Ça n'en fait pas nos égaux. Je veux bien qu'ils deviennent nos clients, nos vassaux par alliance, mais ensuite qu'on les renvoie chez eux...

Voilà ce qu'espérait ardemment Palisar.

Mais les paroles que Shalaman lui adressa faillirent le pousser à lui révéler ses véritables sentiments.

— J'aimerais que vous lui apportiez les Lis du Lion, afin de lui faire part du plaisir que j'éprouve à la voir s'adapter aussi bien à ma cour. Et invitez-la à venir se promener avec nous dans les Jardins Royaux, demain, si tel est son bon plaisir.

La Royale Expression resta indéchiffrable. La Royale Voix demeura calme et pensive. Shalaman aurait pu être en train de prier Palisar de lui commander une nouvelle peau de lion, plutôt que de lui demander de bouleverser toutes les princesses bien nées de la cour et de choquer la majorité des courtisans. D'accord, le roi était le fils des dieux, mais là...

... même le fils des dieux ne pouvait régner longtemps en violant toutes les lois !

Ses années d'expérience permirent à Palisar de garder une expression neutre. Mais il ne put s'empêcher d'exprimer ses réticences...

Mieux vaut exprimer quelques réserves que de crier du roi que son comportement nous conduira au désastre !

— Est-ce bien sage, Sérénité ? murmura-t-il. N'est-ce pas un peu tôt ? Cela pourrait être interprété comme une marque de favoritisme. Vous avez d'autres alliés, que vous n'avez jamais invités à votre promenade dans les jardins... Et il y a ici d'autres dames, bien plus respectables, à qui vous n'avez pas encore envoyé les Lis du Lion.

C'est de la démence! Comment pouvez-vous songer un seul instant à courtiser cette étrangère quand trois douzaines de princesses haighlei n'attendent qu'un geste de votre part? Vous allez offenser les autres rois! Qu'a donc cette femme que Voile Argenté n'a pas au centuple?

Mais il connaissait déjà la réponse… Bichehivernale était semblable à Voile Argenté, mais différente sur trois points. Nouvelle. Plus jeune. Et la candidate idéale pour sceller une alliance.

— Je connais mes autres alliés, mais pas ces étrangers, dit Shalaman. Mes alliés sont mes alliés et il me suffit, pour renforcer les traités, de marier leurs filles à de hauts dignitaires de ma cour. Après tout, c'est pour ça qu'elles sont ici. Et toutes ces « dames respectables » ne m'intéressent pas assez pour que je leur envoie les Lis du Lion.

» Parlez à dame Bichehivernale, donnez-lui les Lis du Lion et rapportez-moi sa réponse.

C'était un ordre. Palisar ne pouvait pas désobéir. Le cœur serré, il prit les lis dans leur vase en cuivre posé à côté du Trône du Lion sur une table en ébène. Les lis immenses aux corolles à multiples pétales d'un bel or vieilli répandirent leur parfum sur son passage.

Il n'y avait que trois lis dans le vase, car Shalaman ne cherchait pas de conjointe. Trois fleurs étaient un gage de l'intérêt du roi. Quatre… exprimaient plus que son simple intérêt.

Une douzaine, associée au Collier de Fiançailles d'ambre, d'or et de bronze, équivalait à une demande en mariage.

L'Interlocuteur des Dieux amena les lis, le cœur lourd; les dames, sur son chemin, le regardèrent approcher avec espoir, puis se rembrunirent quand il les dépassa. Il s'arrêta devant Bichehivernale, cette pâle créature à l'aspect maladif semblable à une version incolore et maigrichonne des fleurs elles-mêmes. Tous les courtisans avaient suivi la progression de Palisar sur le plancher lustré. L'étrangère, elle, avait dû se retourner pour voir ce qui se passait.

Quand il lui présenta les lis, une lueur de surprise passa dans son regard puis disparut, et la jeune femme s'inclina gracieusement devant lui.

Au moins, elle sait se montrer polie. Plaise aux dieux qu'elle soit sotte et sans ambition ! Une seule conversation, et Shalaman sera lassé.

— Dame Bichehivernale, dit-il, sans dévoiler ses sentiments, l'empereur vous envoie les Lis du Lion. Il m'a demandé de vous féliciter de vous être si bien adaptée à sa cour. Et il vous invite à sa promenade, demain après-midi, dans les Jardins Royaux.

Il lui tendit les lis, espérant qu'elle allait les laisser tomber, un terrible présage qui ôterait au roi l'envie de la courtiser. Mais elle sourit et les prit sans qu'il se passe rien. Visiblement, elle ignorait le grand honneur qui lui était fait et ce que cela signifiait.

Bien sûr, il ne lui dirait rien.

Moins elle en sait, plus il y a de chances qu'elle fasse quelque chose qui déplaira à Shalaman.

— Dites à l'empereur que je ne suis pas digne de son intérêt ni du compliment qu'il me fait, mais que je lui suis reconnaissante de permettre que son soleil brille sur le pauvre lis du Nord que je suis. J'accepte son invitation avec grand plaisir, même si je ne mérite pas un tel privilège.

Palisar sourit à contrecœur. Comment avait-elle su quelle réponse faire ? Un mélange parfait d'humilité et de courtoisie… Et ce… cette phrase : « permettre que son soleil brille sur le pauvre lis du Nord que je suis »… Un jeu de mots subtil grâce auquel elle se comparait aux fleurs elles-mêmes...

Une comparaison qui lui avait traversé l'esprit aussi !

C'était intelligent... Brillant, même.

Il s'inclina, puis retourna à côté de l'empereur. Une douleur diffuse commençait à naître au niveau de sa tempe gauche. Quand la cour se séparerait, elle serait devenue un véritable supplice. Il avait toujours des maux de tête lorsque quelque chose allait de travers, et il aurait parié que c'était la première migraine d'une longue série.

Palisar reprit sa place, mais Shalaman ne parla pas tout de suite. Il regardait Bichehivernale qui tenait gracieusement le bouquet de lis. La jeune femme ignorait délibérément les regards envieux que lui jetaient les autres dames, trop mal éduquées pour dissimuler leur ressentiment sous un masque de circonstance. Quand le roi se décida à parler, sa voix était neutre, comme s'il demandait quel temps il faisait dans les jardins. Mais Palisar ne fut pas dupe. Shalaman connaissait l'art de la dissimulation comme personne.

— Eh bien ? demanda-t-il. Qu'a-t-elle dit ?

Palisar lui répéta les paroles de l'étrangère.

Un long silence suivit. Puis Palisar entendit un bruit qui aggrava aussitôt son mal de tête : Shalaman riait doucement.

Comment font-ils pour éclairer si bien ce jardin ? Ils n'utilisent pas de lumière magique, mas il y fait plus clair que par une nuit de pleine lune ! Il faut que nous apprenions à les imiter. Griffon Blanc mérite ce genre d'éclairage.

Skandranon regarda le Grand Jardin – plus qu'un simple jardin, même s'il était à l'ombre des arbres géants qui poussaient partout. C'était un amphithéâtre naturel où poussait une herbe drue, avec des bancs sculptés savamment disposés au milieu des arbres et des parterres de fleurs. Une des portes du palais donnait sur toute cette splendeur.

Le griffon se tenait dans son encadrement.

Comme toujours, la cour du soir était suivie par d'autres rassemblements. Même si le roi n'avait pas obligation d'y assister, il le faisait très souvent, car la sieste permettait aux Haighlei de veiller tard dans la nuit. Mais Skan connaissait des moyens plus intéressants, pour trouver le sommeil, que de parader à une rencontre officielle… Surtout avec tous ces charmants jardins privés.

Un jour, nous aurons peut-être tout ça à Griffon Blanc… Des grottes et des jardins où flâner et se donner rendez-vous. Je vois déjà les hertasis, les tervardis, les kyrees, les humains et les griffons essayer de profiter de ce genre de merveilles. Et peut-être quelques Haighlei ?

Ce soir, il devait y avoir une soirée dansante en l'honneur des ambassadeurs de Griffon Blanc. Mais c'était un spectacle, pas un rassemblement où les invités dansaient.

Lors d'une soirée dansante haighlei, les invités regardaient évoluer des professionnels. Tous les danseurs royaux seraient présents. Il y en avait environ deux cents. Ils commençaient leur carrière à cinq ans et la finissaient quand l'âge les privait de leur grâce…

Au milieu de ces artistes, quelques courtisans feraient de la figuration.

Intéressant… Skan ne connaissait pas beaucoup de gens – à part des *kestra'chern* et quelques *perchi* – qui eussent pris des cours de danse.

Selon Dragon, avant la guerre, il y avait des troupes de danseurs. Alors, nous avons dû connaître ce genre de spectacle, dans le Nord…

Mais les danseurs royaux étaient différents… Ils

appartenaient au roi, comme les mages appartenaient aux prêtres, dansant seulement devant le monarque et sa cour. Quand ils devenaient trop âgés, ils apprenaient le métier à la jeune génération. Épouser un danseur royal était un grand honneur, même si le mariage ne pouvait pas être consommé avant que le danseur ait un remplaçant.

Les quatre ambassadeurs seraient assis au sommet d'une pyramide tronquée, qui devait servir de point focal au ballet. Skan était plutôt déçu de n'avoir pas l'occasion de montrer ses talents. Quel spectacle il aurait pu donner !

La prochaine fois… Le maître de ballet a promis que je ferai partie de son futur spectacle. Il réfléchit déjà à des figures aériennes.

Le maître de ballet tenait déjà un titre : *La Danse du Phénix et du Dragon*. Une vieille légende haighlei… Skandranon jouerait les rôles du Phénix, de l'Esprit de l'Air et de l'Esprit du Feu ; les danseurs incarneraient le Dragon, symbole de l'Eau et de la Terre.

Il lui suffisait de penser à ça pour se sentir tout excité. Comme il était impatient !

Le spectacle de ce soir lui donnerait une idée de la manière dont ces gens dansaient. Ainsi, il pourrait s'adapter à leur style.

Je leur paraîtrai peut-être trop étrange. C'est tout aussi bien que je ne puisse pas danser ce soir.

Les autres l'avaient précédé. Le protocole voulait qu'il prît place le dernier. Quatre danseuses royales arrivèrent, vêtues de robes amples et fluides, dans les tons de bleu et de vert, avec des petits chapeaux cylindriques. Ces très jeunes filles ne devaient pas avoir plus de onze ans.

Elles le regardèrent avec solennité et s'inclinèrent devant lui jusqu'à ce que leur front touche terre.

Il s'inclina en retour, aussi bas, et avec la même grâce, se penchant sur une de ses pattes de devant jusqu'à ce que ses muscles le fassent souffrir.

Elles prirent place autour de lui, formant un carré dont il était le centre. Puis ils traversèrent le jardin.

Le brouhaha des conversations était audible de toutes parts. Skan sentit les yeux des courtisans posés sur lui. Comment voyaient-ils le Griffon Blanc qui paradait sur l'herbe verte ? Le trouvaient-ils dangereux… ou beau ?

Les deux ? Je l'espère… Je sais que je suis beau, mais je ne me suis pas encore senti dangereux, aujourd'hui.

Les danseuses s'effacèrent quand ils atteignirent la pyramide. Il continua seul, montant au sommet de l'étrange édifice. Prenant place à côté de Zhaneel, il comprit pourquoi occuper la plate-forme était un tel honneur : de là, on pouvait voir les danseurs *et* les figures colorées qu'ils formaient.

Ça va être fascinant. D'ici, j'étudierai leurs pas mieux que sur les gradins.

Alors qu'il s'asseyait, une tache de couleur attira son regard. Zhaneel était grise et brune, Bichehivernale portait une robe vert et blanc et Ambredragon était en vert… Alors d'où venait ce jaune d'or ? Curieux, il tourna la tête et vit que Bichehivernale tenait un bouquet composé de trois lis jaunes.

Intéressant… Elle ne les avait pas en arrivant à la cour. C'est donc là qu'on a dû les lui donner. Si seulement je n'avais pas été si occupé à parler avec Leyuet ! On dirait que j'ai raté quelque chose. Je me demande qui les lui a offerts…

Ce devait être Ambredragon, cet incorrigible romantique. Mais où avait-il trouvé ces merveilles ? Skan n'en avait jamais vu de semblables, et il savait qu'elles ne poussaient nulle part dans les jardins. Gesten l'aurait su. Le hertasi était toujours en train de fouiner à la recherche de plantes qu'ils pourraient emporter à Griffon Blanc.

Avant qu'il ait pu questionner Bichehivernale, les musiciens commencèrent à jouer. La musique haighlei ne ressemblait pas à celle des Kaled'a'in'ou des ménestrels et des bardes des cours du Nord. Comme les danseurs royaux, les musiciens royaux étaient pris en main dès leur plus tendre enfance. Leur uniforme différait des costumes traditionnels des Haighlei : pas de manches longues qui auraient pu les gêner pour jouer.

Il y avait une dizaine de tambours différents, en plus des cymbales, des clochettes et des triangles… Une bonne moitié des musiciens se composait de percussionnistes. L'autre jouait d'instruments à cordes ou de flûtes.

Comme il fallait s'y attendre, la musique était très… percutante. Skan fut heureux qu'ils ne soient pas assis plus près.

On doit devenir très vite sourd, à ce régime… Je plains la pauvre créature qui assisterait à un tel spectacle avec mal à la tête ! Mais quand tous ces « boums » s'harmonisent, c'est grandiose. J'adore ça. Ça me rappelle…

Skandranon réalisa soudain ce que ça lui rappelait. C'était viscéral. Les vibrations le prenaient aux tripes et remontaient dans sa poitrine, résonnant jusque dans ses os. C'était comme le sexe. Comme danser dans les airs et s'accoupler, quand le sang battait à ses tempes et que le monde tremblait.

Quand j'étais plus léger, fort et viril. Si rapide ! Et d'un beau noir lustré.

Que de souvenirs !

Les danseurs prirent la pose, bras droit levé, bras gauche arrondi, penchés en arrière au point que son propre dos lui fit mal.

Il s'absorba dans la danse, oubliant tout le reste.

— Tu t'es bien amusé ? demanda Zhaneel avec un sourire coquin.

Ils venaient de rentrer et jetaient un coup d'œil aux jumeaux avant d'aller se coucher. Skan bâilla. Le spectacle avait duré longtemps ; ensuite il avait fallu féliciter les danseurs et les musiciens royaux et le maître de ballet. Il était minuit passé.

Mais il avait adoré ça !

Les petits griffons étaient roulés en boule dans leur nid de coussins, formant un amas à deux têtes, quatre ailes et un nombre indéterminé de membres – autrement dit, ils avaient adopté leur position de nuit normale. Le jour, la chaleur les incitait à s'étaler à plat ventre sur la pierre fraîche. Pour l'heure, ils avaient l'air de boules de duvet.

— Oui, j'ai beaucoup aimé, répondit-il alors qu'ils abandonnaient les jumeaux à leurs rêves et se dirigeaient vers leur chambre à coucher.

Les serviteurs s'étaient retirés après avoir tout arrangé à leur convenance. Les portes donnant sur la terrasse étaient grandes ouvertes, les rideaux tirés pour laisser entrer le plus d'air possible.

Je me demande si Zhaneel est d'humeur à faire un peu d'exercice.

Skan s'étira langoureusement.

— Ces danseurs royaux sont étonnants. Je ne me rappelle pas avoir vu…

Quelqu'un frappa à leur porte. Skan et Zhaneel échangèrent un regard surpris ; un de leurs serviteurs apparut et alla ouvrir.

Qui ça peut être ? Ça ne peut pas attendre demain ? À

moins que quelque chose soit arrivé à Ambredragon ou à Bichehivernale…

Le serviteur échangea quelques mots avec l'intrus, puis s'effaça pour le laisser entrer. Leyuet, Oracle et conseiller du roi, se tenait sur le seuil, accompagné d'une dizaine de gardes du palais, armés jusqu'aux dents.

Je n'aime pas ça.

—Veuillez me suivre, dit-il, sa voix trahissant son trouble. Maintenant.

Skan se leva et foudroya l'homme du regard.

Il vaut mieux que je joue les personnages importants terriblement contrariés. Je m'en sortirai peut-être à l'esbroufe.

—Pourquoi ? gronda-t-il. Il est minuit. C'est l'heure de dormir. Je suis l'ambassadeur et le roi de mon peuple. Qu'est-ce qui vous amène ici, en pleine nuit, avec des gardes armés ? Que peut-il y avoir de si urgent ?

Un moyen pour essayer de nous séparer ? Sommes-nous désormais leurs otages ? Dragon a-t-il eu tort de faire confiance à Voile Argenté ?

Leyuet avait seulement l'air terriblement fatigué et très effrayé. Mais pas par Skandranon.

—Suivez-moi, insista-t-il. S'il vous plaît. Ne m'obligez pas à vous y forcer. Je dis ça dans votre intérêt.

—*Pourquoi ?* répéta Skan.

—Parce qu'il y a eu un meurtre, dit enfin Leyuet. Il a été commis par une créature ailée… ou grâce à la magie. Peut-être les deux.

Zhaneel dut rester dans leur suite, sous bonne garde. Skan fut heureux qu'elle n'ait pas à l'accompagner, même s'il doutait qu'elle puisse dormir avant son retour. La nuit s'annonçait longue, très longue.

Dire que nous étions si en forme !

Il n'était pas en état d'arrestation. Par chance, ses compagnons et lui avaient un alibi : tout le monde – des nobles aux quelques serviteurs qui avaient pu se glisser dans l'amphithéâtre-jardin – avait pu les voir au ballet.

Son arrestation était symbolique. Elle durerait le temps de tirer une demi-douzaine de témoins de leur lit. Ils jureraient qu'il était au spectacle et n'avait pas quitté sa place, puis tout le monde retournerait se coucher. Comme l'exigeait le protocole, en tant qu'ambassadeur d'une puissance étrangère, il serait le premier à prendre la parole pour sa défense. Souvent, cela permettait à l'ambassadeur concerné de rejeter la faute sur un de ses collaborateurs, sauvant ainsi la face.

Assis sur son trône, le visage impassible, Shalaman présidait la séance. Six Haighlei à moitié endormis – un danseur, une servante, trois courtisans et l'ambassadeur d'un royaume voisin – jurèrent l'avoir vu, chacun à un moment différent de la soirée, dans le jardin. Ces gens ne laissaient vraiment rien au hasard.

Quand le dernier témoin se retira, Leyuet écouta son roi, puis il se tourna vers Skan pour traduire.

—Le roi aimerait avoir votre opinion sur cette affaire. Il vous prie de nous accompagner sur les lieux du crime. Comme vous nous l'avez fait remarquer, vous avez des ailes et vous êtes un mage. Le roi pense que vous pourriez nous apporter des éclaircissements.

Comme si j'avais le choix ! Si je refuse, ils trouveront ça suspect et ils sont déjà bien trop soupçonneux de nature.

Mieux valait faire bonne figure. Il s'inclina, comme il l'avait fait devant les danseuses.

—Dites au roi que je serais heureux de vous aider à trouver qui a pu commettre ce meurtre.

Il fit de son mieux pour avoir l'air aussi calme et digne que Shalaman.

L'innocence de Skan ayant été prouvée, le roi attendit l'arrivée de Palisar, de Voile Argenté, d'une poignée de prêtres et de quelques gardes armés de lances. Puis ils se dirigèrent vers une des tours où logeaient les nobles de haut rang.

Les couloirs étaient déserts, mais pas parce que les gens dormaient. Skan sentait des yeux dans son dos alors qu'ils progressaient en bon ordre. La peur était presque palpable. Les résidents du palais savaient que quelque chose de terrible venait de se produire. Des rumeurs devaient déjà circuler.

J'espère que j'ai l'air d'un enquêteur, pas d'un prisonnier en état d'arrestation.

Ils montèrent l'escalier en bois, vers le sommet de la tour. Enfin, ils arrivèrent à l'étage qu'occupait la victime, le dernier de la tour à toit plat. Pour y arriver, il fallait emprunter l'escalier. Leyuet le fit remarquer alors qu'ils entraient.

Ils n'eurent pas à chercher le corps… ou plutôt, ce qui en restait. Il était toujours dans le salon.

Skan ne connaissait pas la victime. Quand Leyuet lui avait dit son nom, il ne lui avait pas semblé familier. Il aurait pu reconnaître le visage de la morte… si ce qui en restait le lui avait permis.

Le problème, c'était qu'il ne restait que des débris… Le corps de la victime avait été taillé en lambeaux ; des morceaux de chair sanguinolente étaient accrochés aux murs et étalés sur le plancher. Si les gardes pâlirent, seuls Leyuet et Palisar durent s'éloigner. Le roi, qui avait pourtant dû voir son lot de carnage, fut visiblement ébranlé par l'atrocité du crime. Le visage de Voile Argenté devint aussi pâle que sa robe, mais elle garda son calme. Skan se demanda comment elle faisait.

Il est vrai quelle a rassemblé ses Apprentis et qu'ils ont traversé les lignes de Ma'ar, après avoir franchi les terres qu'il avait « pacifiées ». Elle aussi doit en avoir vu d'autres.

Skan parcourut lentement la pièce, évitant de marcher sur les lambeaux de cadavre, mais notant comment et où ils étaient tombés. Heureusement, la pièce n'était pas très meublée, ce qui lui facilita la tâche.

— J'espère que Votre Sérénité ne m'en voudra pas de me montrer direct, dit-il. Je suis un guerrier. J'ai vu des choses bien pires. Voile Argenté doit vous avoir parlé de Ma'ar et des guerres que nous avons livrées. Je présume que je suis là autant en ma qualité d'ancien combattant que de mage ailé.

Voile Argenté traduisit cette déclaration au roi, qui acquiesça et répondit.

— Sa Sérénité dit que la victime a été vue à la cour, ce soir, et qu'elle est partie au moment où vous êtes entré dans le jardin. Elle était farouchement opposée à un traité et l'a clamé haut et fort avant de se retirer.

Charmant. C'était un ennemi, ce qui me replace sur la liste des suspects.

— J'ignorais tout de cette femme et de ses griefs contre nous. Mon rôle n'est pas d'interférer dans les affaires des Haighlei. C'est votre peuple, pas le mien, Votre Sérénité. C'est donc à vous de connaître leurs opinions et d'en tenir compte ou pas. J'ai agi honorablement et j'espère que cela me servira plus encore que tous les beaux discours diplomatiques.

Shalaman eut un petit sourire quand Voile Argenté traduisit. Skan retourna à son examen du lieu du crime. Puisqu'il en avait la permission tacite, il utilisa sa vision magique, même s'il n'espérait pas en tirer grand-chose.

Parfois, elle fonctionnait correctement. Le plus souvent, elle ne lui laissait voir qu'une sorte de brume impénétrable. De temps en temps, rarement, elle ne lui montrait *rien*. Cela pouvait vouloir dire qu'elle ne fonctionnait pas… ou qu'il n'y avait rien à voir.

Cette fois, il eut droit à la variante « mer embrumée » qui recouvrait tout.

Skan examina les fenêtres ouvertes et ne trouva rien. Pas la moindre trace de sang ni de serres. Or, un griffon aurait atterri sur le rebord et s'en serait servi pour décoller.

Il rapporta ses trouvailles – ou plutôt, ses non-trouvailles.

—Un mage aurait-il pu faire ça ? demanda Leyuet.

—Oui, répondit Skan. S'il a pu rassembler assez d'énergie pour surmonter les difficultés à pratiquer la magie – des difficultés que les prêtres de Votre Sérénité ont dû rencontrer –, il a pu perpétrer son crime à distance. Mais il peut aussi avoir été commis *physiquement*. À mon avis, le corps a été mutilé après la mort.

Il révéla ce qui l'avait amené à une telle conclusion : le peu de force des jets de sang et l'immobilité de la victime.

Leyuet traduisit en dépit de la nausée qui l'envahissait.

Je ferais bien d'apprendre très vite leur langue. Si je dois être jugé, je ne tiens pas à devoir faire confiance à un traducteur.

—J'ignore si c'est l'œuvre d'un mage ou non, conclut-il. Le meurtrier a eu amplement le temps de disparaître avant que le corps soit découvert. La victime s'était retirée avant le spectacle et elle avait renvoyé ses serviteurs. Le tueur peut avoir volé vers cette fenêtre ou *grimpé* jusqu'à elle. Le mur extérieur est dans l'ombre et aucune tour de garde ne lui fait face. S'il est audacieux, il peut même avoir emprunté l'escalier !

Il haussa les épaules.

— Je suis désolé de ne pas pouvoir vous aider davantage.

Leyuet acquiesça pendant que Voile Argenté finissait de traduire, puis il s'adressa au roi. Quand Shalaman répondit, ses deux conseillers écoutèrent en silence.

— Skandranon, dit la *kestra'chern*, traduisant les paroles du monarque, il me déplaît d'être celle qui doit vous annoncer ça… Même si Sa Sérénité pense que vous êtes innocent, d'autres seront peut-être moins faciles à convaincre. Vous devrez donc vous soumettre à une supervision constante.

Skan grinça du bec ; le bruit fit tressaillir Leyuet.

— Et qu'entendez-vous par « supervision constante » ? demanda-t-il sèchement.

À l'expression qu'affichait Voile Argenté, il savait qu'il n'allait pas apprécier sa réponse.

— Vous devrez avoir en permanence un des Lanciers de la Loi avec vous. Si vous voulez un peu d'intimité, vous serez enfermé dans une pièce sans aucune fenêtre. C'est la seule façon de nous assurer de votre innocence. Nous faisons cela autant pour votre bien que pour le nôtre.

Génial ! J'ai le choix entre avoir un de ces lanciers d'ébène sur le dos toute la journée ou être enfermé dans un espace clos. Ça ne va pas améliorer ma vie amoureuse ! Je doute que Zhaneel accepte une troisième personne dans nos ébats…

Quant à faire de l'exercice dans une pièce fermée, sous un tel climat… Il préférait ne pas y penser.

Je vais certainement perdre du poids. Ça sera une étuve !

Mais avait-il le choix ?

Non, et c'est bien là le problème, n'est-ce pas ?

— Très bien, grogna-t-il, ne faisant pas mystère de son déplaisir. Dites à vos amis que j'accepte de souffrir pour leur bon plaisir. Précisez que je me constitue volontairement prisonnier. Je ne vois pas d'autre solution.

— Moi non plus, soupira Voile Argenté.

Lâchant aussi un soupir, Skan réfléchit à un autre problème…

Il va falloir que j'explique tout ça à Zhaneel.

Ils n'eurent pas à déménager, car leur suite comprenait une pièce sans fenêtre. En temps normal, elle servait de salle de rangement, mais il ne fut pas très difficile d'en faire une chambre à coucher.

Heureusement pour Skan, l'aération était excellente. Il avait oublié l'humidité qui régnait sur ce continent et qui accompagnait la chaleur. Si on voulait qu'un objet puisse être réutilisé un jour, mieux valait ne pas l'enfermer dans un espace non ventilé. Chez les Haighlei, la moisissure était considérée comme l'ennemi public numéro un.

Juste sous le plafond, des fentes permettaient à l'air de circuler. Elles n'étaient pas plus larges que la paume de la main d'une femme, mais il y en avait sur tous les murs.

— Au moins, nous n'aurons pas le soleil dans les yeux quand nous voudrons dormir, dit Zhaneel, philosophe.

Elle alluma une lampe.

C'était une bonne chose, dans ce genre de situation, qu'elle eût des « doigts » plutôt que des serres de combat, comme Skan. Ne pouvant pas créer de lumière magique, ils devaient se contenter de lampes normales… qu'*il* ne pouvait pas allumer, sauf en utilisant la magie. Or, cela lui avait été formellement interdit.

— Et si les petits se réveillent, à l'aube, et commencent à jouer, les murs étoufferont leur chahut.

Skan se retint de grogner. Ce genre de compensation ne parvenait pas à lui faire oublier qu'il était enfermé dans un placard !

— Je ne peux pas dire que j'aime ça, fit-il en se jetant sur leur lit de coussins. S'il y avait une autre solution... *Sketi*, j'aimerais ne jamais avoir mis les pattes ici ! Si j'étais resté à Griffon Blanc, ils n'auraient eu personne de chez nous à soupçonner !

— Je ne parierais pas là-dessus, dit Zhaneel, pensive.

Elle s'allongea à côté de lui et commença à lui lisser les plumes de l'oreille.

— Qui nous prouve que ce crime horrible n'a pas été commis dans le seul but de te désigner comme le coupable ? Dans ce cas, n'importe quel ambassadeur de Griffon Blanc aurait fait l'affaire...

» Si Judeth avait été là, le meurtre aurait semblé avoir été commis par un soldat. S'il s'était agi de dame Cinnabar, on aurait retrouvé la victime disséquée avec une précision chirurgicale. Ou on aurait retrouvé une arme du Nord dans la pièce.

Skan dut admettre qu'elle n'avait pas tort.

— Concrètement, qu'est-ce que ça signifie pour nous ?

Zhaneel recracha délicatement une poignée de duvet avant de lui répondre.

— Le coupable ne devait pas savoir que des centaines de personnes pourraient témoigner de ta présence ailleurs, au moment du crime. Il nous reste une seule chose à faire : prendre notre mal en patience. Avec un peu de chance, des preuves nouvelles apparaîtront.

» Ce qui manque, c'est un mobile. Cette courtisane s'était peut-être fait un ennemi puissant. Ou un objet à elle sera trouvé dans la suite de quelqu'un d'autre.

Zhaneel haussa les épaules et s'attaqua à l'autre oreille.

— Mais pour le moment, tout ça importe peu. Je pense qu'on s'est servi de la magie.

— Comment ? Tous les mages sont contrôlés par les prêtres ! opposa Skan, sceptique.

Zhaneel n'avait pas de réponse à cette question. Néanmoins, il admit son hypothèse.

— Je suppose que des accidents peuvent arriver, dit-il. C'est un grand pays. Un enfant possédant le Don pourrait très bien passer entre les mailles du filet… ou s'enfuir de l'école. Savoir ce qu'il est et ne pas se rendre…

— … fait de lui un criminel ! acheva Zhaneel.

— C'est ça. Par conséquent, il pourrait finir par s'acoquiner avec d'autres criminels.

Il hocha la tête et se serra un peu plus contre elle. Elle savait exactement quelles zones le démangeaient…

— Donc, dit-elle, il pourrait devenir une arme entre les mains de ses complices…

— Cette femme devait s'être fait un ennemi particulièrement vindicatif. Il a décidé de se débarrasser d'elle à un moment où il ne risquait pas d'être pris.

— Pendant le ballet ? Mais tout le monde savait que nous y serions ! Il était donné en notre honneur, non ?

— Toute la cour était au courant. Mais que le crime paraisse avoir été commis par un griffon n'est peut-être qu'une coïncidence. Peut-être faut-il mettre l'atrocité du meurtre sur le compte de la colère de l'assassin. Qui a peut-être eu beaucoup de chance de pouvoir pénétrer dans la suite de sa victime, la tuer et ressortir sans que personne le voie. Il arrive que les gens soient chanceux à ce point…

Elle lui jeta un regard en coin.

— Mais tu dois en savoir quelque chose, non ?

Skan réfléchit. C'était possible. Pas très probable, mais possible.

— Il aurait fallu qu'il soit chanceux *et* très bon. Si c'est le cas, nous ne le retrouverons jamais.

— Si aucun autre fait troublant ne se produit, tout le monde oubliera vite les rumeurs qui circulent sur ton compte. Tu n'as pas pu commettre ce crime, même Palisar a dû le reconnaître. Considérant l'état de la magie, si tu t'en étais servi pour arriver à tes fins, tu aurais eu besoin de beaucoup de calme. Et ça aurait laissé des traces !

» Quelques jours devraient suffire à nous laver de tout soupçon. Ensuite, nous pourrons sortir d'ici et reprendre une vie normale.

Elle le regarda en inclinant la tête.

— Cette affaire tombera très rapidement dans l'oubli. La police continuera son enquête, mais les citoyens et les courtisans n'y penseront bientôt plus.

Skan soupira et mordilla la minuscule oreille de sa compagne.

— Tu as raison, fit-il alors qu'elle tendait le cou pour éteindre la lampe. Dans quelques jours, ils auront oublié leurs soupçons.

Voilà, j'ai dit ce qu'il fallait pour la rassurer. Mais pourquoi est-ce que je n'arrive pas à y croire ?

Chapitre 5

On frappa à la porte. C'était après dîner, mais avant la cour du soir. Le serviteur qui alla ouvrir prononça quelques mots à voix basse.

— Ne dites rien, grogna Skandranon, alors que l'homme laissait entrer – une fois de plus – Leyuet et les Lanciers de la Loi. (C'était la troisième fois en six jours.) Encore un meurtre ?

L'Oracle acquiesça tristement. Son visage à la peau sombre était marqué par la fatigue et l'anxiété. N'y avait-il pas plus de gris, dans ses cheveux ?

— Oui. Et une fois encore, la victime ne faisait pas mystère de son opposition à un traité avec Griffon Blanc. Cette fois, la pièce était fermée et verrouillée de l'intérieur. L'assassin a *dû* utiliser la magie. Je suppose que vous avez été surveillé en permanence ?

Le griffon désigna les deux lanciers musclés, stoïquement debout dans un coin de la pièce.

— Ils ne m'ont pas quitté une seconde et ils sont restés éveillés même à l'heure de la sieste.

Après le second meurtre, certaines personnes avaient laissé entendre qu'un seul garde ne suffisait pas à prouver l'innocence de Skandranon. Depuis, ce n'était plus un mais deux Lanciers de la Loi qui le suivaient partout.

— Je n'ai bougé que pour aller dans le jardin. Vous pouvez leur demander.

Leyuet soupira.

— C'est inutile. Je sais qu'ils confirmeraient vos dires. Mais je sais aussi qu'aucun mage haighlei n'aurait pu commettre ce crime. Comme vous l'avez dit, la magie est perturbée. Aucun de nos prêtres n'a accès en ce moment à une telle réserve d'énergie. Il doit donc s'agir d'un étranger qui a une approche différente de la magie.

Il se frotta les yeux, un réflexe devenu courant depuis quelques jours, car il n'avait pas eu l'occasion de dormir beaucoup.

— Et aucun Haighlei n'aurait pu commettre un meurtre si… si impoli et peu civilisé.

Skan faillit s'étouffer d'étonnement.

— Pardon ? Seriez-vous en train de me dire qu'il existe une manière *polie* de commettre un meurtre ?

Leyuet ne mordit pas à l'hameçon et se contenta de secouer la tête.

— C'est comme ça que les Haighlei agissent. Il y a un protocole, un rituel à suivre, même pour un meurtre. Tout d'abord, un meurtrier doit accomplir certains rites pour s'assurer que l'esprit de sa victime n'est plus là. Sinon, comment pourrait-il éprouver de la satisfaction ? Non, il n'y a rien de haighlei dans ces meurtres. Ils ne sont pas commis au hasard, mais ils ne suivent pas non plus un schéma logique.

Zhaneel toussota poliment pour attirer l'attention de l'Oracle.

— Toutes les victimes étaient des femmes, en plus d'être de farouches opposantes à une alliance avec Griffon Blanc. Ne pourrait-il s'agir d'un amant éconduit ? Un homme qu'elles auraient toutes trois rejeté…

Leyuet secoua de nouveau la tête.

— Dans ce cas, le rituel suivi serait encore plus important. Ces crimes ne suivent aucun schéma habituel ! ils ne peuvent avoir été commis qu'avec l'aide de la magie. Et nous n'avons jamais rien connu de semblable dans l'empire.

Comme si aucun Haighlei atteint de démence ne pouvait agir de manière imprévisible…

— En d'autres termes, dit Skan, c'est nouveau, et puisque nous sommes aussi des nouveautés…

— Je dois vous demander de m'accompagner devant le roi, l'interrompit Leyuet. C'est ainsi que nous procédons.

Le griffon s'inclina devant l'inévitable.

Je n'ai pas le choix. Impossible de rentrer à Griffon Blanc. Ils pourraient s'imaginer que j'essaie de fuir et ils enverraient une armée.

— Allons-y. Je suis à votre disposition.

J'espère que ce n'est pas prophétique. J'aimerais mieux qu'on ne « dispose pas de moi » !

Kanshin fit rouler la petite boule de bois autour de ses doigts, de l'index à l'auriculaire, puis inversement. C'était le tour préféré des artistes ambulants, qui le faisaient passer pour de la vraie magie… Mais Kanshin n'appartenait pas à leur monde. Il était un voleur, un maître dans ce domaine. Plus qu'aucun pseudo-magicien des rues, il devait veiller à garder les doigts souples.

S'il avait été encore en vie, son père aurait été horrifié par son choix de « carrière ».

Mieux vaut être un maître voleur qu'un maître fossoyeur.

Comme l'avaient été le père et le grand-père de Kanshin, et ainsi de suite, depuis dix générations.

Le voleur renifla avec dédain. Ses congénères étaient

des imbéciles de se laisser ainsi abuser par les prêtres et leurs stupides décrets !

Maudits sont les prêtres et les dieux ! À condition que les dieux existent, ce dont je doute.

Kanshin était trop intelligent pour gober la pieuse rhétorique dont les prêtres leur rebattaient les oreilles – surtout quand ils prêchaient de donner toutes ses richesses aux temples comme seul moyen de s'assurer une meilleure réincarnation. Même si un fossoyeur n'amassait pas beaucoup de biens, ça n'avait pas empêché son père de faire de nombreuses offrandes… au détriment de ses enfants.

À cinq ans, Kanshin avait vu clair dans le jeu des prêtres…

Il jeta un coup d'œil vers la chambre d'amis, pensant avoir entendu un bruit. Mais ce n'était rien.

Même notre invité serait d'accord avec moi plutôt qu'avec mon père. Il est fou, mais pas stupide.

Il avait longtemps espéré échapper à son destin en devenant mage… Mais les prêtres n'étaient jamais venus le chercher.

Ni magie ni vie facile pour moi. Quelle bonne blague ! Si les dieux existaient, ils se seraient arrangés pour que j'aie le Don, non ? Alors, je serais devenu un de leurs gras prêtres… ou un de leurs mages encore plus gras.

Mais les dieux n'existaient pas, Et aucun prêtre n'était venu l'arracher à sa misérable existence. Un soir, quand son père, sa mère et ses frères et sœurs dormaient du sommeil des moutons qu'ils étaient, il s'était enfui. Il était parti pour la ville mondaine et dépravée de Khimbata. Les ampoules aux mains, le dos courbé et l'assurance d'une mort précoce, ce n'était pas pour lui !

Kanshin sourit de sa propre intelligence. Tant pis pour les dieux, qui avaient tout fait pour qu'il reste à sa place. S'il ne pouvait pas s'élever dans la hiérarchie, il avait toujours la possibilité de descendre.

Il transféra la boule dans sa main droite et recommença l'exercice.

Il avait débuté comme mendiant, apprenti d'un des plus grands professionnels de la ville. Le vieux Jacony lui avait tout appris : se bander le corps pour paraître plus maigre, se grimer le visage pour sembler plus pâle et décharné, voire lépreux, se faire des plaies factices avec de la farine, de l'eau et du henné et se bander les membres pour se donner l'air d'un amputé.

Cette vie lui avait convenu tant qu'il était jeune et pouvait donner l'illusion d'être famélique et pathétique… Et tant que les plaies et les déformations étaient strictement dues aux cosmétiques. Mais quand le vieil homme avait parlé de lui couper une main ou un pied pour faire de lui un « tueur de lion blessé », Kanshin avait décidé de trouver une profession plus conforme à ses attentes.

Je ne peux pas croire que le vieux fou ait pensé que j'entrerais dans son délire. Je n'étais pas désespéré à ce point ! Mais lui l'était peut-être. Et avec une main ou un pied en moins, j'aurais entièrement dépendu de lui.

Il ne lui avait pas fallu longtemps pour trouver un nouveau maître. Le monde des mendiants, des voleurs et des prostituées n'avait plus de secret pour lui. La vermine pullulait dans les bas-fonds de la ville, comme les puces sous le ventre d'un chien. Et il savait ce qu'il voulait.

J'ai eu l'embarras du choix. La plupart des maîtres désiraient m'enseigner leur art. Comme Lakshe, par exemple…

Il n'avait pas pris l'offre de Lakshe au sérieux, car il ne voulait pas se prostituer, même si c'était un métier lucratif.

Il aurait eu une chance sur dix de se faire assez d'argent avant d'être trop vieux. Il n'y avait pas beaucoup de clients pour les adultes.

Quant aux chances de devenir proxénète – comme Lakshe –, elles étaient encore plus minces…

Il avait essayé de mendier, mais il était trop fort et en trop bonne santé. Toutes les plaies factices du monde ne pouvaient convaincre les gens qu'il était dans le besoin. Il aurait fallu en passer par l'amputation.

Je détestais mendier, de toute façon. Aucune chance de faire fortune de cette façon ; c'était à peine plus rentable que creuser des fosses.

Il n'était plus resté que le métier de voleur, qui l'attirait déjà beaucoup. Il sourit en faisant rouler la boule de bois entre ses doigts.

J'étais déjà un tire-laine plus que passable ; tout ce que je désirais, c'était apprendre.

Encore assez jeune – tout juste – pour trouver un maître, il avait choisi un des plus vieux de la ville, un alcoolique réputé n'avoir aucune parole.

Personne ne savait que Poldarn était bien plus qu'un pochard et un menteur.

Le jeune voleur avait fait son enquête, découvrant que certaines histoires que racontait Poldarn étaient vraies. À condition qu'on l'empêche de boire, le vieil homme faisait un très bon professeur.

Kanshin avait fait son chemin. À présent, s'il n'était pas le plus grand voleur de la ville, il comptait parmi les meilleurs.

Poldarn connaissait tous les trucs du métier, de la manière d'ouvrir les serrures à la façon d'escalader un mur sans autre matériel que ses dix doigts et ses dix orteils. Il était génial, je le reconnais. Dommage que l'alcool ait rongé son cerveau.

Son maître était mort, retombé dans le caniveau dès que Kanshin s'était mis à son compte.

Sans moi, pas question qu'il reste sobre. Il était saoul le jour où je suis parti et il est resté dans le même état jusqu'à la fin. Je doute qu'il ait survécu plus de quinze jours.

Sa mort n'avait été une surprise pour personne. Le foie de Poldarn devait être aussi gros qu'une oie.

Ou il s'était mis à boire des alcools vraiment forts qui l'avaient tué. Ce ne fut pas une grande perte, ni pour le monde ni pour moi. Où étaient donc les dieux, quand il s'abrutissait d'alcool?

Le jeune voleur était bon… et prudent. Il ne s'était jamais surestimé ni sous-estimé, et il rapportait toujours ce qu'on l'envoyait chercher. Aujourd'hui, Kanshin avait tout ce dont il rêvait : une maison, des esclaves, de la nourriture en abondance et de bons vins. Les mets qu'il dégustait étaient aussi succulents que ceux qu'on servait à la table du roi et ses vins se révélaient souvent supérieurs.

À l'intérieur, sa maison était somptueuse, un vrai palais. Et même située dans le quartier de Dakola, aucun voleur n'était assez stupide pour y pénétrer. Le dernier qui s'y était risqué était toujours enchaîné dans la cave, occupé à creuser. Une punition *très* efficace – infiniment plus que tuer ou mutiler l'impudent. Après tout, comme lui, l'homme était devenu voleur pour *éviter* les travaux pénibles. Il suffisait de lui faire goûter un temps aux joies de la vie d'esclave pour être sûr de ne plus jamais le croiser.

Il tendit l'oreille et sourit, satisfait d'entendre la pelle remuer la terre. Encore un voleur malheureux qui ne lui rendrait plus jamais visite.

À l'extérieur, la maison ne payait pas de mine, ressemblant à n'importe quel taudis du quartier. Mais Kanshin s'était entouré de tout le luxe qu'il avait pu acheter ou voler. Le service était peut-être un peu plus lent que chez les nobles – ses esclaves portaient des chaînes, pour les empêcher de fuir –, mais il s'en fichait. En fait, il aimait beaucoup voir des gens de plus haute naissance que lui satisfaire à ses moindres caprices. Dans ce royaume, l'esclavage était illégal, mais aucun de ses « serviteurs » n'aurait eu l'audace de se plaindre.

Kanshin ne devait pas tout ce qu'il possédait à son seul travail, mais à son intelligence.

Il posa la boule et recommença l'exercice avec une pièce de monnaie.

J'ai été bien avisé de choisir un complice aussi brillant. Et surtout, j'ai été suffisamment malin pour repérer son intelligence.

Il l'avait rencontré huit ou neuf ans plus tôt, juste après l'hiver étrange durant lequel les mages avaient tous disparu pour un temps, lorsque les rumeurs les plus bizarres au sujet de la magie devenue folle avaient commencé à circuler. Le jeune étranger parcourait les rues de Dakola en clamant partout qu'il avait des pouvoirs magiques. Personne ne l'avait cru, bien sûr, car les mages – par définition des Gardiens de la Loi – ne fréquentaient jamais ceux qui passaient leur vie à l'enfreindre. Il était devenu très vite la risée du quartier, mais cela ne l'avait pas découragé. Il n'en démordait pas : il cherchait un voleur, pour réussir des gros coups.

Personne ne le croyait. Ils auraient pourtant dû savoir qu'une histoire pareille pouvait être vraie.

Tous s'étaient moqués de lui… sauf Kanshin. Après tout, si un fossoyeur pouvait échapper à son destin pour devenir un voleur d'élite, pourquoi un mage n'aurait-il pas été évincé du système en gardant ses pouvoirs ? Il avait fait son enquête et découvert très rapidement que l'homme était bien ce qu'il disait être.

Le type – qui prétendait s'appeler Noyoki, autrement dit « Personne » – était bien un mage. Et il avait échappé à la vindicte des prêtres. À dix-sept ans, ses professeurs l'avaient surpris dans une situation très embarrassante. Kanshin ne lui avait jamais posé de questions, mais Noyoki racontait qu'il était en train de parier.

Ça semble très improbable… Mais avec les prêtres, on ne sait jamais. Ils pourraient considérer le jeu comme un péché presque aussi grave que le meurtre. Il ne leur viendrait pas à l'esprit que les vrais tricheurs, c'est eux.

Ils avaient décidé que les pouvoirs de Noyoki lui seraient enlevés. Aucun enfant mage ne gardait ses pouvoirs s'il en était jugé indigne. On prétendait que certains adultes avaient été privés des leurs, après qu'ils en eurent fait mauvais usage.

Les prêtres ont dû lancer eux-mêmes cette rumeur, pour faire croire à l'intégrité de leurs mages.

Dix ans plus tôt, la magie elle-même avait sauvé Noyoki. Une première vague d'énergie étrange et incontrôlable avait embrasé le ciel nocturne, créé de drôles de créatures difformes et mis le monde sens dessus dessous. Le prêtre chargé de brûler les centres cérébraux de la magie du jeune homme était tombé dans le coma, succombant la semaine suivante sans avoir repris conscience. Noyoki avait été assez intelligent pour feindre d'être malade, comme c'était toujours le cas après une telle « oblitération ». La magie devenue folle, personne n'avait pu vérifier que l'opération avait bien été faite.

Il avait été renvoyé chez lui – avec ses pouvoirs. Or, il ne lui manquait plus que quelques mois d'apprentissage pour devenir un mage.

Sa famille avait été prévenue qu'elle ne devait pas lui faire confiance.

Kanshin sourit. Une fois de plus, les dieux non existants avaient été bernés : s'ils n'avaient pas donné de pouvoirs à Noyoki, il ne se serait jamais retourné contre le monde et il n'aurait pas rencontré Kanshin. Des objets n'auraient pas été dérobés et des personnes seraient toujours en vie.

Bien fait pour les dieux !

Noyoki était d'origine noble et il habitait au palais. Il avait attendu que les siens ne le surveillent plus, le laissant décider du meilleur moyen de mettre fin à ses jours – ce qu'il était censé faire en cédant à un vice ou à un autre. Nul ne pensait qu'il avait encore de l'ambition.

Quand plus personne n'avait pris la peine de le surveiller, il était descendu dans le quartier des voleurs à la recherche d'un complice.

Kanshin et Noyoki prospéraient au-delà des espoirs les plus fous du voleur. Si celui-ci se remplissait les poches d'objets d'art, de bijoux, de drogues et d'essences rares, le mage ne s'intéressait qu'aux documents et aux papiers. Le genre de partenariat qui plaisait à Kanshin. Noyoki pouvait avoir tous les documents, car lui-même ne savait pas quoi en faire. Si le voleur était intelligent, il n'avait pas les connaissances nécessaires pour les utiliser à bon escient.

Noyoki possédait un pouvoir qu'il utilisait rarement, car il demandait une grosse dépense d'énergie : faire entrer Kanshin dans une pièce verrouillée et l'en faire ressortir. Au début, il réussissait cet exploit une fois par an, mais la cadence s'était accélérée. Pour un voleur, un tel Don n'avait pas de prix. Kanshin était prêt à accepter les insultes et les moqueries de Noyoki qu'il n'aurait jamais admises venant d'un autre.

Tout se passait très bien. Alors pourquoi Noyoki a-t-il eu soudain de plus grandes ambitions?

Tout s'était déroulé comme Kanshin l'avait prévu… jusqu'au jour où cela avait subitement changé. Le voleur avait la fortune, le pouvoir et une renommée bien établie. Pas besoin de travailler s'il n'en avait pas envie! Mais un jour, il n'y avait pas très longtemps, Noyoki était arrivé avec l'aliéné et l'avait installé chez Kanshin, lui demandant de prendre bien soin de lui.

L'aliéné s'appelait « Hadanelith ». Il était bizarre avec sa peau blanche, ses yeux bleu pâle et ses cheveux couleur paille. Si Kanshin n'avait pas vu la *kestra'chern* du roi, il aurait pensé qu'il avait été frappé par la magie. Voile Argenté aussi avait un teint très pâle et des iris délavés. Sa chevelure était d'une couleur encore plus étrange que celle de l'homme. Par conséquent, le fou n'était pas un monstre, mais un homme d'un autre pays.

Je ne comprends pas cette créature…

Hadanelith s'amusait de choses qui ne faisaient pas rire Kanshin – ce qui était tout dire! Il faisait d'un esclave un plus grand esclave encore en manipulant son esprit. Kanshin aurait pu enlever leurs chaînes aux siens, ils n'auraient plus pensé à fuir. L'inconvénient, c'était qu'ils n'obéissaient plus qu'a Hadanelith. Le voleur était heureux de ne pas lui en avoir confié plus de trois – dont deux femmes. Car le fou ne s'intéressait pas aux mâles.

Même si Kanshin refusait de se laisser intimider, il trouvait les talents de l'homme blanc dérangeants.

Mais il est d'une intelligence effrayante.

Il avait appris leur langue si vite que Kanshin s'était demandé s'il ne l'avait pas directement puisée dans leur cerveau. Mais non… Il avait appris en les écoutant. Et quand il s'était enfin décidé à parler, c'était sans accent notable. De plus, aussi fou fût-il, il avait accompli avec une réelle compétence ce que le voleur et le mage lui demandaient.

Un des esclaves – que Hadanelith n'avait pas bêtement gâché – frappa à la porte du repaire de Kanshin, une salle où il gardait les appareils qui lui permettaient de conserver la souplesse de sa jeunesse.

— Maître, dit-il, tête baissée en signe de soumission, Noyoki vous attend dans la salle de réception.

— Bien. (Kanshin posa la pièce de monnaie qu'il manipulait et se leva de sa chaise.) Dis-lui que je le rejoindrai très bientôt.

L'esclave s'inclina puis s'éloigna.

Le voleur sourit.

Puis il se regarda dans le miroir, pour s'assurer de son apparence. Soupçonnant Noyoki d'être de très haute naissance, il essayait, depuis le début de leur association, de paraître respectable. Noyoki affectait à plaisir une mise débraillée. Il portait des robes de coupes étranges, souvent froissées et jamais très nettes, et ses cheveux étaient nattés, comme ceux des travailleurs. Mais ça ne voulait pas dire qu'il ne serait pas influencé – inconsciemment – par une apparence respectable.

Rien, dans sa mise, ne pouvait trahir les véritables origines de Kanshin. Il aurait pu facilement passer pour un banquier.

Il défroissa ses robes puis alla retrouver son complice.

Noyoki était affalé sur une banquette. Ses cheveux étaient ornés de perles. Dans ses robes en coton, faites d'un patchwork de tissus colorés, on aurait dit un artiste ambulant.

Il étudiait une des sculptures de Hadanelith, un pli de concentration barrant son front.

— Qu'est-ce que c'est que cette chose ? demanda-t-il au voleur quand il le vit entrer.

Kanshin ne répondit pas tout de suite, laissant l'esclave qui le suivait avec un plateau de fruits rafraîchis les servir.

Cette question devait être purement rhétorique, car la forme de l'objet était explicite : il s'agissait d'un lapin aux longues oreilles serrées l'une contre l'autre et au corps énorme et bulbeux. Mais l'animal avait une expression de terreur qu'on ne s'attendait pas à voir sur un objet de cette nature.

— Un des jouets de votre ami... Savoir pourquoi il l'a sculpté ainsi nous en apprendrait long sur lui. Il me l'a donné cet après-midi. Il était couvert de sang.

— C'est charmant.

Contrairement à ce qu'aurait cru Kanshin, Noyoki ne s'empressa pas de reposer l'objet. Il est vrai qu'il s'était tourné vers la magie noire depuis peu...

— Il a été parfait, cet après-midi.

— Vous devez le savoir mieux que moi, en fonction des résultats de votre travail.

Kanshin haussa les sourcils, l'air interrogateur ; Noyoki se contenta de sourire en caressant l'objet du bout des doigts.

— Pour répondre à votre question, oui, l'énergie du sang a afflué. Elle a plus que triplé les réserves que j'ai dépensées pour le faire entrer et ressortir.

Selon Noyoki, seule l'énergie produite par la douleur et le sang était assez puissante pour lui permettre de pratiquer la magie depuis que celle-ci était devenue incontrôlable. Kanshin n'avait pas demandé ce qu'il faisait pour en obtenir. Il n'était pas sûr de vouloir le savoir.

Moins j'en apprends, mieux je me porte.

Noyoki n'hésiterait pas un instant à se débarrasser de lui s'il estimait qu'il en savait trop.

Quelle que soit la magie qu'un sorcier employait, elle était destinée à lui donner le pouvoir. Les victimes du nouvel « animal familier » de Noyoki étaient toutes des rivales ou des anciennes rivales à lui. Peut-être comptait-il sur la mort de leurs épouses pour anéantir ses ennemis…

— Quel dommage que nous ne puissions pas persuader cet homme d'élargir ses… euh… centres d'intérêt. (Noyoki fronça les sourcils.) Si je pouvais trouver un moyen de le forcer : s'occuper des hommes… Mais ça serait sans doute une mauvaise idée. On ne peut pas contrarier un artiste sans prendre le risque que son travail s'en ressente.

Kanshin acquiesça, même si les propos de Noyoki l'avaient surpris. Le mage parlait-il d'expérience ?

Comme toujours, ils travaillaient en duo. Leur objectif était d'utiliser Hadanelith pour simuler des meurtres perpétrés avec l'aide de la magie. Kanshin devait trouver un moyen de faire entrer et sortir le Blanc de chez la victime. S'il ne le trouvait pas, Noyoki utilisait son talent particulier et en profitait pour refaire le plein d'énergie. Entre le moment où il entrait et celui où il sortait, Hadanelith était libre de commettre toutes les atrocités qui lui passaient par la tête, jusqu'au moment ou il recevait le signal de tuer.

Ce plan astucieux exigeait un minimum de magie. Pour le moment, Kanshin était payé par Noyoki. Peu contrariant, il faisait mine de croire que son employeur travaillait pour un noble désireux de se débarrasser de ses rivaux en faisant porter le chapeau aux étrangers à la peau blanche.

Il est bien plus facile de discréditer des étrangers. Une bonne chose que leur arrivée ait coïncidé avec la mise en application de notre plan.

Kanshin n'avait dit à Hadanelith que le strict nécessaire. Mais il ne pouvait s'empêcher de se demander si le Blanc n'avait pas tout deviné. Si c'était le cas, il ne semblait pas troublé par le sort qui attendait ses congénères.

Il s'en fiche peut-être… À moins qu'il ait été banni par ces gens…

C'était une pensée intéressante. Si Hadanelith avait déjà torturé et tué, cela pouvait expliquer ses compétences.

C'était un bon *instrument*, même s'il n'était pas parfait. Dès qu'il savait pourquoi il était censé faire une chose, il suivait les instructions à la lettre. Et quand venait le moment de tuer, il n'hésitait jamais.

Le problème, c'est que nous ignorons combien de temps il restera dans cet état d'esprit.

Si Kanshin avait bien compris les explications du mage, pour que la magie noire de Noyoki fonctionne, il fallait que l'énergie qu'il recevait soit puissante. Autrement dit, la mort devait être extrêmement brutale.

Même si le roi avait fait de son mieux pour étouffer les rumeurs, elles avaient atteint les bas quartiers de Khimbata. Les criminels endurcis parlaient des scènes des crimes avec une admiration teintée d'effroi, comme s'ils n'arrivaient pas à imaginer de telles choses.

— Combien de temps notre chien acceptera-t-il d'être tenu en laisse ? demanda Noyoki.

Kanshin haussa les épaules.

— Combien de temps aurez-vous encore besoin de lui ? Pour l'instant, il semble d'aplomb. Aussi longtemps que nous serons le seul moyen pour lui d'atteindre son objectif, il nous obéira. Mais il est fou. Son état d'esprit peut changer d'un moment à l'autre.

— Ses sculptures pourraient nous donner une indication…

— C'est vrai.

Hadanelith adorait sculpter. Il ne se séparait jamais de son couteau et de son œuvre en cours, même si, une fois finie, il l'abandonnait dans la maison. Kanshin se moquait de la sciure qui salissait tout ; pendant que le Blanc était occupé, il ne faisait pas de bêtises.

— Il sait que les ambassadeurs blancs sont accusés des meurtres qu'il commet, dit Noyoki. Et ça a l'air de lui faire plaisir. Ces gens sont peut-être ses ennemis.

— Ou ses geôliers ! répliqua Kanshin. N'oubliez jamais de quoi cet homme est capable, Noyoki ! Il est fou et pourrait décider de vous tuer ! Nous mettons le tigre sur la piste de notre ennemi, mais il risque de rebrousser chemin pour nous prendre en chasse.

— Oui, répondit le mage avec un étrange sourire. C'est ce qui rend ce jeu si intéressant, n'est-ce pas ?

La folie doit être contagieuse, parce qu'il semble avoir perdu l'esprit ! pensa Kanshin, étonné.

— Je ne suis pas fou, Kanshin, dit Noyoki, répondant une nouvelle fois à une question qui n'avait pas été posée. Ce qui m'intéresse, ce sont les défis, et Hadanelith en est un. Si c'est possible, je l'apprivoiserai, comme le lion.

Le voleur haussa les épaules.

— À votre aise. Tout ce qui m'intéresse, c'est de faire le travail pour lequel je suis payé. Quand ce sera fini, si vous voulez vous amuser avec lui, je ne vous demanderai qu'une chose : emmenez-le loin d'ici !

— Je le ferai peut-être, souffla Noyoki en s'étirant comme un félin bien nourri et paresseux. Sur ce, je vais vous quitter. Je vous donnerai demain les informations sur la prochaine camarade de jeu de Hadanelith.

Kanshin le raccompagna et le regarda s'éloigner.

Il n'est pas fou, mais trop téméraire.

Le voleur ferma la porte et retrouva la sécurité parfumée de sa maison ; la rue était tellement bruyante et malodorante...

Trop téméraire à mon goût. Dès que ce travail sera fini, je prendrai ma retraite... Loin d'ici.

Il connaissait l'endroit idéal : un lac assez grand pour être une mer intérieure.

C'est comme lorsqu'on agace un lion : il ne vous laissera pas une deuxième chance.

Kanshin se retira dans les profondeurs de sa demeure, traversant plusieurs pièces aux serrures compliquées qui se refermaient automatiquement sur son passage. Il atteignit bientôt la plus sûre de toutes. Hadanelith ne venait pas jusque-là ; avec un peu de chance, il ne le pourrait jamais.

Mais le fou apprenait très vite. Il avait parfaitement assimilé leur langue et tous les trucs de voleur qu'il lui avait enseignés.

Kanshin se jeta sur une couche et se cacha les yeux avec son bras droit. Combien de temps le fou resterait-il contrôlable ? Bonne question.

Si seulement il avait connu la réponse...

Sur le chemin de la salle d'audience, Skandranon prit certaines décisions. Pour commencer, il était sérieusement *fatigué* d'être accusé des crimes commis par un autre ! D'autant que les représentants de la loi ne semblaient pas faire beaucoup d'efforts pour trouver le véritable coupable !

Heureusement, depuis quelques années, il contrôlait mieux son humeur, mais il n'allait pas tarder à régresser. Il sentait les plumes se dresser dans son dos malgré ses efforts pour qu'elles restent lisses.

Comment peuvent-ils prétendre que je suis toujours suspect ? J'étais sous bonne garde pour deux des trois meurtres ! Après le deuxième, j'aurais dû être lavé de tout soupçon !

La situation était très désagréable. Et plus le temps passait, plus il paraissait évident qu'un membre de la cour de Shalaman voulait discréditer les ambassadeurs de Griffon Banc.

Nous devrions unir nos forces pour trouver le coupable. Ils auraient dû me demander de faire venir les mages de Griffon Blanc, qui connaissent d'autres techniques que les leurs ! Au lieu de ça… ils me traînent une troisième fois devant leur roi.

Ces meurtres mettaient en péril les idéaux pour lesquels ils avaient lutté et travaillé depuis la mort d'Urtho, et menaçaient de placer les Kaled'a'in devant un choix terrible : abandonner leur cité et la reconstruire ailleurs, là où les Haighlei ne les retrouveraient pas, ou lutter pour la garder.

Quand ils arrivèrent dans la salle d'audience, Skan était si furieux qu'il aurait volontiers étripé le premier imbécile qui se dresserait sur son chemin.

Au lieu de jouer la carte de la diplomatie et de la courtoisie, il écarta les lanciers et approcha du trône d'un pas décidé. Un coup d'œil suffit aux courtisans ; ils le laissèrent passer sans demander leur reste. Les deux gardes du corps du roi s'empressèrent de prendre position entre Shalaman et lui. Mais le griffon n'avait pas l'intention de s'attaquer au monarque. Il s'arrêta et attendit que Leyuet et son escorte le rattrapent. Puis il prit la parole.

Leyuet bégayait, essayant désespérément de traduire. Skan l'ignora, en partie parce qu'il soupçonnait Shalaman de n'avoir pas besoin d'un traducteur.

— … Ce que je ne comprends pas, c'est pourquoi personne n'a commencé à chercher un autre suspect que moi ! beugla-t-il.

Les courtisans tressaillirent et se bouchèrent les oreilles.

— Qu'est-ce qui ne va pas, chez vous ? Je sais que la magie est devenue incontrôlable, mais avec assez de puissance, vos mages peuvent quand même jeter des sorts ! Et s'*ils* ne savent pas utiliser leurs dons pour trouver un criminel, alors les *miens* le feront !

Il arpentait la salle, sa queue fouettant furieusement l'air. Si sa colère avait émis de la chaleur, elle aurait roussi tous les nobles du premier rang.

— Faites-vous délibérément obstruction à l'enquête ? Y en a-t-il une ? Je n'ai rien constaté !

Des murmures scandalisés ponctuaient ses paroles. Il s'en fichait, car il commençait à s'amuser. Visiblement, c'était une chose qui « ne se faisait pas » dans la société haighlei.

Le meurtre « ne se fait pas », et accuser quelqu'un sans preuve « ne se fait pas » non plus… Il est grand temps qu'ils ouvrent les yeux !

Puisque la politesse n'avait rien donné, violer toutes leurs règles sociales le ferait peut-être.

Horrifié, Leyuet regarda l'immense Griffon Blanc échapper à son escorte et écarter les courtisans – qui ne s'aventurèrent pas à lui barrer la route. Que croyait faire cette créature ? Pas…

Mais Skandranon s'arrêta devant le trône, fit les cent pas et prit la parole, haussant le ton à chaque phrase. Il accusait les Haighlei d'essayer de lui faire endosser la culpabilité des crimes commis au palais… Et il soupçonnait le *roi* d'être à l'origine de ce plan.

Le griffon était furieux. Jamais Leyuet n'avait vu une telle colère. Sa rage était palpable, jaillissant de lui par vagues brutales tandis qu'il allait et venait, portant des accusations.

Il est innocent.

L'Oracle l'aurait juré. Une telle fureur ne naissait pas de la culpabilité. Leyuet avait déjà certifié l'innocence du griffon une dizaine de fois en se basant sur de simples faits.

Que faisons-nous, maintenant ?

Pour la première fois depuis que les étrangers étaient arrivés, le griffon se comportait en roi. Il s'adressait à Shalaman comme à un égal, réclamant le respect de ses droits. En plus de leur vague compréhension de la position qu'occupait la créature chez les Kaled'a'in, cela confirma son statut aux yeux de Leyuet… et de tous ceux qui étaient présents.

Ce qui compliqua la situation.

Il va falloir que je rappelle les lanciers…

Un roi ne pouvait pas être emprisonné, mis sous bonne garde… ni *interrogé* publiquement !

— Si *vous* ne faites rien, je m'en chargerai ! cria Skandranon, le plumage hérissé de colère. Je trouverai l'assassin ! Et je le traînerai devant ses juges !

Le désarroi de Leyuet augmenta alors qu'il faisait signe aux gardes attachés au griffon de sortir discrètement. Qu'allaient-ils faire ? Un roi ne se chargeait pas d'enquêter sur les meurtres ! Il laissait ça à l'Oracle et aux Lanciers de la Loi !

Mais l'Oracle et les lanciers ne s'étaient pas distingués par leur efficacité. Le griffon avait raison sur ce point.

L'empereur regarda Leyuet et désigna discrètement Skandranon. Leyuet acquiesça. Certains considéraient que regarder dans l'esprit d'autrui était de la magie, d'autres pensaient que c'était un blasphème. Mais les Oracles de Vérité étaient formés pour ça par les prêtres.

Leyuet venait de confirmer à Shalaman que Skandranon disait la vérité. Il lui avait suffi de toucher superficiellement son âme. L'Oracle n'avait pas osé aller plus loin, comme il l'aurait fait avec un humain. Il n'avait pas idée de la manière dont une âme de griffon réagirait à une telle intimité. Mais un effleurement lui avait appris tout ce qu'il voulait savoir.

Les paupières de Shalaman le démangeaient. C'était peu de chose, mais cette manifestation de nervosité était inhabituelle chez l'empereur.

Nous sommes dans une impasse et je ne vois aucun moyen de nous en sortir. Mais je ne suis pas le roi. Peut-être...

Le griffon se tut, à court de mots – à moins que sa colère l'eût empêché de continuer. Il resta immobile, haletant de rage. Dans le silence qui tomba sur la cour, les cris des oiseaux et des singes semblaient anormalement forts.

— Je comprends votre colère, dit Shalaman dans la langue de l'étranger...

Leyuet en frémit. L'empereur ne s'abaissait jamais à parler le langage d'un interlocuteur – à moins que celui-ci soit lui-même un roi ! En quelques mots, Shalaman venait de confirmer le statut du griffon et de changer la règle du jeu.

— Je vous comprends et je compatis, continua-t-il. Regardez autour de vous... vous n'avez plus d'escorte.

Skandranon hocha la tête sans vérifier les dires du roi.

Bien. Il ne doute pas de la parole de Shalaman.

Leyuet laissa échapper un soupir de soulagement.

— Vous n'avez pas pu voir nos hommes à la tâche, mais soyez assuré que l'enquête continue. Voyez-vous, ce genre de chose doit se passer *à l'intérieur du temple*. C'est notre manière de faire. Et c'est sans doute pour ça que vous n'avez pas senti de manifestation magique dans le palais.

—Ah, répondit le griffon. Je comprends, maintenant. J'avais pris l'absence d'énergie résiduelle pour une preuve de négligence.

—Nous faisons des efforts. Comme vous l'avez dit, l'événement que vous appelez Cataclysme a tout changé pour nos deux peuples. À cette heure, les mages et les prêtres n'ont trouvé aucun suspect… mais vous n'êtes plus soupçonné.

Le griffon marmonna quelque chose ; le roi et Leyuet firent comme s'ils n'avaient rien entendu.

—S'il vous plaît, ne faites pas venir vos mages ici, continua Shalaman. Cela creuserait un abîme entre nos prêtres et vous et ce serait une mauvaise chose.

—Alors, que puis-je faire ? demanda Skandranon.

—Soyez patient. S'il vous plaît. Vous êtes libre d'aller où vous voulez. Personne ne vous surveillera.

Leyuet se demanda si le griffon réalisait que Shalaman lui donnait la permission de faire sa propre enquête.

Probablement, décida-t-il. *Il n'est pas stupide et doit être capable de lire entre les lignes.*

Cette histoire n'avait pas fini de lui donner des maux de tête ! Comment Leyuet assurerait-il la sécurité du griffon, s'il se déplaçait en volant ?

Les plumes de Skandranon retombèrent, lui redonnant une apparence proche de la normale. Shalaman et lui échangèrent encore quelques mots. Puis le griffon surprit Leyuet en s'adressant au roi en haighlei.

Tout ça augurait plutôt bien, mais n'empêcha pas une migraine de commencer à battre aux tempes de Leyuet.

Quand le griffon se retira, après s'être incliné devant le roi, la douleur avait décuplé.

Leyuet resta dans la salle du trône, car le regard du roi le retenait. Un instant, il craignit que Shalaman n'ait encore besoin de ses services. Mais le roi se contenta de hocher la tête, lui donnant la permission de se retirer.

Le mouvement fut accompagné d'un léger sourire, informant l'Oracle que son maître avait remarqué qu'il souffrait. Très observateur, Shalaman n'était jamais cruel avec ses subordonnés, sauf quand la situation l'exigeait.

Leyuet sortit.

Voile Argenté ne s'était pas tenue au côté du roi – ni Palisar, d'ailleurs, mais il devait être dans le complexe du temple, situé sur les terres du palais, pour superviser l'enquête magique.

La *kestra'chern* devait être dans ses appartements.

De l'avis de Leyuet, c'était une très bonne chose – la première de la journée.

Un Oracle devait toujours découvrir la vérité et il ne pouvait pas être acheté. C'était une lourde responsabilité. Tous ceux qui en avaient une allaient trouver Voile Argenté. En général, le réconfort qu'elle leur apportait n'avait rien à voir avec ce qu'imaginaient les gens des castes inférieures. Pour ça, Leyuet pouvait bénéficier des soins experts de nombreuses dames. Mais le réconfort apporté par Voile Argenté était d'un tout autre genre.

Ses pas le conduisirent vers les appartements de la *kestra'chern*.

Pourvu qu'elle ne soit pas déjà en train de s'occuper d'un autre...

Il n'était pas allé lui rendre visite depuis des jours ; les meurtres l'avaient affectée et elle avait droit à un peu de répit. Mais la migraine était forte, et il avait besoin de ses services.

La servante de Voile Argenté lui ouvrit la porte et l'introduisit dans une des pièces « professionnelles » des appartements de sa maîtresse. Elle était bien éclairée, mais ses nombreuses fenêtres, toutes pourvues de rideaux en voile, filtraient la lumière crue du soleil. Le parfum des fleurs se mêlait à celui des herbes relaxantes. Il n'y avait pas de meubles, à part quelques couches couvertes de tissu absorbant qui pouvaient se transformer en tables de massage.

Ici, les verts et les bleus dominaient, accentuant la pâle beauté de Voile Argenté. Elle entra dès que sa servante eut fini d'installer Leyuet sur une des couches et l'eut revêtu d'une robe légère.

Elle apparut entre les rideaux, un panier à la main.

Elle le posa près de lui et lui mit une main sur l'épaule.

— Par tous les dieux ! s'écria-t-elle, fronçant les sourcils de surprise. Vous auriez dû venir me voir plus tôt ! Palisar ne s'en est pas privé, lui.

— Je ne suis pas Palisar…

— Non. Vous êtes Leyuet et vous sacrifiez bien trop souvent votre confort personnel. Regardez…

Elle ouvrit son panier.

Il ne contenait ni huile de massage ni aucun des nombreux objets utiles dans sa profession. Juste le péché mignon de Leyuet : des pâtisseries fourrées et des gâteaux glacés.

— Oh…, dit-il tristement, partagé entre la reconnaissance et l'inquiétude. Ma chère enfant, si je mange ça, je vais prendre tellement de poids que je ferai craquer mes robes.

— Vous les mangerez parce qu'un petit oiseau m'a dit que vous n'avez presque rien avalé depuis des jours. Et parce que vous l'avez bien mérité. Et ces gâteries sont pleines de bonnes choses. Des recettes spéciales ! Je ne suis pas de ceux qui pensent qu'un remède efficace doit avoir le goût d'une botte de foin !

Leyuet sourit et choisit une pâtisserie. Il la tint devant lui et la dévora des yeux un long moment, anticipant le mélange subtil de vanille, de miel et d'amande qui lui fondrait sur la langue dès la première bouchée. Il ferma les yeux, porta la pâtisserie à sa bouche et mordit la pâte friable ; du sucre glace tomba sur ses mains.

La friandise était encore meilleure qu'il l'avait imaginé. Avant de réaliser ce qu'il faisait, il lécha les miettes collées à ses doigts.

Leyuet ouvrit les yeux et vit que Voile Argenté le regardait, un sourire aux lèvres. Il éclata de rire.

— Voile Argenté, dit-il, sentant ses muscles se délier avant qu'elle ait posé les mains sur lui. Comment se fait-il que vous sachiez toujours de quoi les autres ont besoin alors qu'eux-mêmes l'ignorent ? Comment faites-vous pour dispenser autant de bonté, en dépit des obstacles ?

Elle continua de sourire.

— Je pourrais vous dire que c'est un secret professionnel… La vérité, c'est que je pense aux désirs des autres avant de songer aux miens, et que la bonté me vient aussi naturellement qu'une fleur succède à un bouton. Il n'y a pas de mystère.

Leyuet secoua la tête.

— Si ces étrangers, les gens de Griffon Blanc, pouvaient être comme vous…

— L'un d'eux est ainsi, car je lui ai enseigné tout ce que je sais. Je le connais aussi bien qu'une personne peut prétendre en connaître une autre…

Voile Argenté indiqua à son patient qu'il devait se retourner pour qu'elle puisse lui masser la nuque et les épaules.

Il résista à la tentation de prendre une autre pâtisserie et obéit.

—Ambredragon, soupira-t-il. Il est si étrange... et leur roi l'est encore plus. Je ne les comprends pas. Et je me demande comment ils pourront jamais nous comprendre. Ils semblent y parvenir, mais... Comment des gens ayant un tel roi peuvent-ils espérer *nous* comprendre ? Et nous accepter tels que nous sommes ?

—Ne pensez-vous pas que ça leur facilite les choses ? demanda Voile Argenté. S'ils peuvent accepter un griffon, n'est-il pas logique qu'ils puissent accepter d'autres humains ?

Leyuet expira violemment quand la *kestra'chern* s'attaqua à un muscle particulièrement douloureux.

—Vous êtes originaire du même monde qu'eux, ma chère. Les terres d'où ils viennent vous ont vue naître. Pourtant, vous êtes autant ici chez vous que parmi eux. Comment faites-vous pour appartenir à deux mondes à la fois ?

Voile Argenté le massa un moment en silence avant de répondre à sa question.

—J'ai vécu si longtemps que je ne fais plus attention aux différences. Tout ce que je regarde, ce sont les similitudes.

Son ton se fit plus léger.

—Une des vérités universelles que j'ai apprises, c'est qu'on ne peut pas se faire masser le dos en imitant une gouvernante qui donne une leçon de maintien ! (Elle lui tapota l'épaule.) Allez, Oracle de Vérité, allongez-vous !

Riant tout bas, Leyuet obéit. Une heure durant, il oublia les soucis qui l'avaient conduit chez la *kestra'chern*.

Chapitre 6

Hadanelith enleva un autre copeau de la pièce de bois sombre sur laquelle il travaillait. Fredonnant entre ses dents, il étudia le résultat.

Pas encore parfait. Mais ça ne tardera pas. Un peu plus par-ci, et par-là…

Il avait toutes les raisons d'être content de lui. La dernière sortie effectuée pour le compte de ses « hôtes » avait été très satisfaisante. Ils l'avaient consulté avant de lui donner ses ordres, lui posant même des questions sur les sorts que ce bon vieux Ma'ar utilisait contre ses ennemis.

Quel dommage que je ne sois pas un mage ! J'en saurais plus sur les sorts de destruction.

Hadanelith avait une excellente mémoire. Adolescent, il avait toujours été très attentif quand on ramenait des corps du front. Personne ne faisant attention à lui – les Guérisseurs étaient trop occupés à essayer de sauver les vivants –, il avait étudié les cadavres. Et il se souvenait de la plupart des effets amusants que Ma'ar avait su produire. Assez, en tout cas, pour les contrefaire.

Ses hôtes avaient trouvé tout particulièrement intéressante sa description du sort d'écorchage, que Ma'ar aimait jeter sur les griffons.

— Imite-le, lui avaient-ils ordonné, laissant les détails à sa discrétion.

Le voleur, Kanshin, l'avait fait pénétrer dans les appartements de sa victime par un conduit d'aération et il s'était arrangé pour qu'il ait du temps devant lui.

Le résultat a dû paraître étrangement familier à Skandranon…

Ce que Ma'ar avait accompli avec de la magie et du talent, Hadanelith l'avait contrefait en utilisant des connaissances médicales. Évidemment, il avait fait très attention à ne rien laisser sur place qui puisse amener les enquêteurs à cette conclusion.

Pauvre Skandranon. À l'heure qu'il est, il doit être persuadé de l'existence d'un second Ma'ar !

Cette idée le fit glousser. Il avait cru pouvoir réaliser tous ses fantasmes dans la peau d'un *kestra'chern*, mais ce qu'il faisait maintenant se révélait infiniment plus gratifiant. Sa situation était enviable. Pouvoir faire ce qu'il voulait de ses victimes – même s'il ne les choisissait pas – valait bien quelques désagréments. Et pour tout dire, ses hôtes ne lui en occasionnaient pas beaucoup. Ah, le moment délicieux où ses victimes réalisaient qu'elles étaient totalement à sa merci et que personne ne viendrait les sauver ! C'était mieux que tous les esclaves apprivoisés au monde !

Et il fallait ajouter à cela la chance de pouvoir terrifier le « Grand » Skandranon et de ruiner les espoirs des imbéciles de Griffon Blanc.

Il avait tout en même temps : le plaisir et la vengeance.

Tout ça l'incitait à continuer à jouer le jeu. Car le meilleur restait à venir.

La vengeance *personnelle*. Il voulait humilier Ambredragon, qui avait osé le juger. Abattre Skandranon, qui avait donné à Ambredragon l'autorité de le jeter aux loups. Écraser ces fous de Griffon Blanc qui avaient suivi aveuglément Ambredragon et Skandranon et leur avaient prêté main-forte.

Hadanelith prouverait qu'il était plus intelligent et plus astucieux qu'eux. N'avait-il pas déjà commencé ? Ses hôtes croyaient le contrôler, mais ils se trompaient. Ils ignoraient que c'était lui qui se servait d'eux.

Quand les Haighlei avaient appris l'installation des Kaled'a'in, Noyoki avait utilisé ses dons, profitant d'une des rares occasions où la magie avait coopéré, pour « voir » les alentours de Griffon Blanc. C'était un homme bien éduqué, qui parlait plusieurs langues du Nord. Peut-être s'était-il servi de sa magie avec l'espoir de trouver un mécontent parmi les nouveaux arrivants... Et il avait été récompensé, repérant Hadanelith à la limite du territoire occupé, vivant de rapines.

Dès qu'il avait eu une vague idée des « crimes » qui lui étaient reprochés, il avait envoyé un vaisseau pour le ramener à Khimbata.

Hadanelith avait fait de son mieux pour être agréable à ses « maîtres », tout en se servant de son Don rudimentaire pour lire dans les esprits afin d'apprendre leur langage. C'était là qu'il avait commis sa seule erreur. Las d'entendre Noyoki dire qu'il comptait exploiter sa « folie », il leur avait révélé sa connaissance de leur langue plus tôt que prévu.

Ses hôtes en avaient été impressionnés. Et cela lui avait permis de découvrir l'horreur que leur inspirait la magie mentale. Il n'avait pas eu besoin d'expliquer comment il s'y était pris pour apprendre aussi vite. Ils devaient croire qu'il était soit très intelligent, soit illuminé par la folie.

Il avait donc un double avantage sur eux : connaître leur langue bien mieux qu'ils ne s'en doutaient et pouvoir lire leurs pensées.

Ils savaient qu'il était de la même race – dans le sens large du terme – qu'Ambredragon, mais ils ignoraient que les deux « Blancs » se connaissaient. Ils ignoraient aussi qu'il avait sa propre vendetta à accomplir et qu'ils y participaient.

C'était tout aussi bien. Moins ils en savaient, plus il avait de pouvoir sur eux.

Hadanelith ôta un autre copeau de bois d'une courbe de la sculpture et passa un pouce dessus. Il ne fallait pas qu'il y ait d'écharde.

Il se réjouissait de voir que ses « partenaires » n'étaient pas horrifiés par ce qu'il faisait subir à ses victimes. En ce qui concernait Noyoki, plus il se montrait… inventif… mieux c'était.

Noyoki choisissait leurs proies. Hadanelith avait senti la haine qu'il éprouvait pour elles. Ça aussi, c'était intéressant. Il avait l'intention de continuer à espionner les pensées du noble, histoire d'y puiser d'autres informations. Les informations, c'était le pouvoir, et un individu n'en avait jamais assez.

Kanshin ne s'intéressait qu'à lui-même. Hadanelith trouvait cette attitude louable et très pratique contrairement à celle des abrutis de Griffon Blanc, qui se mêlaient de ce qui ne les regardait pas et se préoccupaient du sort de la plus vulgaire sangsue.

Ensemble, ses deux « partenaires » servaient parfaitement ses plans. Noyoki voulait que les ambassadeurs de Griffon Blanc soient discrédités et renvoyés d'où ils venaient, voire tués. Kanshin se moquerait de ce que faisait Hadanelith aussi longtemps qu'il serait payé pour ses services.

Très bien. Maintenant que des ombres planaient sur la réputation des nouveaux venus, Hadanelith allait jeter un peu d'huile sur le feu.

Avant qu'Ambredragon meure – et il crèverait, dans la disgrâce et le désespoir –, Hadanelith veillerait à ce qu'il souffre comme seules les personnes de sa sensibilité le pouvaient.

Grâce à Kanshin, il avait réussi à se procurer un vêtement appartenant au *kestra'chern*. Le temps qu'il s'aperçoive de sa disparition, il serait déjà trop tard. Hadanelith en aurait laissé des lambeaux sur les lieux de ses crimes.

Les vêtements d'Ambredragon combinaient le style kaled'a'in et le goût du luxe des *kestra'chern*. Il était le seul à porter des franges brodées de perles et certains matériaux.

Hadanelith prit un polissoir et commença à travailler la surface de sa sculpture. Son plan était parfait ! On retrouverait la prochaine victime, attachée et bâillonnée, dans l'état ordonné par Noyoki, avec un bout d'étoffe dans la main. Et aucune chance pour que les enquêteurs pensent qu'il s'agissait d'un vêtement haighlei... Non, aucune. Le tissu était indubitablement d'origine étrangère... et il ne pouvait provenir que d'un des vêtements d'Ambredragon.

Les soupçons passeraient de Skandranon à Ambredragon. Contrairement au griffon, le *kestra'chern* n'aurait pas de garde pour lui fournir un alibi.

Son plan avait un léger défaut. Ambredragon risquait de se souvenir de son habitude d'attacher et de bâillonner ses victimes. Mais pourquoi penserait-il à chercher le banni à Khimbata ?

Au cas où, il n'arriverait pas à convaincre les Haighlei de la culpabilité de Hadanelith. Ils le prendraient pour un malade s'il leur racontait son histoire de *kestra'chern* fou réapparu dans leur capitale pour commettre des meurtres atroces. Un conte tellement invraisemblable que personne ne le croirait. La dernière manœuvre d'un homme désespéré !

Si je me racontais cette histoire, je n'y croirais pas moi-même.

Même s'il se débrouillait pour lui donner un semblant de logique, personne n'y ajouterait foi. Aucun témoin ne pourra l'aider à se disculper… car il n'y a que moi, mes deux «partenaires» et mes compagnes de jeu, qui connaissons la vérité. Mes «partenaires» ne diront rien. Quant à mes compagnes de jeu… à moins de pouvoir parler aux esprits, ils n'ont aucune chance de les interroger.

Il rit comme un dément, sans cesser de polir sa pièce de bois. Quand il n'en aurait plus besoin, peut-être la donnerait-il à Noyoki.

Arriverai-je jamais à comprendre ces gens? se demanda Ambredragon, résigné.

Bichehivernale ne cessait de lui dire qu'il n'avait pas besoin de les comprendre. Il suffisait qu'il soit capable de respecter leurs coutumes. Mais il était *kestra'chern* depuis trop longtemps pour se satisfaire de si peu…

À la cour, la vie était redevenue normale… Enfin, autant qu'elle pouvait l'être avec trois meurtres non élucidés. Mais les Haighlei étant ce qu'ils étaient, ils suivaient leurs coutumes à la lettre.

Après dîner venaient la cour du soir puis les divertissements. Ce soir, on jouait une pièce.

Ambredragon avait une grande expérience des divertissements, mais ce genre-là, il devait l'admettre, le laissait froid. Les acteurs portaient des masques et psalmodiaient leur dialogue au son d'un tambour et de deux instruments nasillards, une flûte de roseaux et un… «truc» à cordes. Leurs costumes multicolores étaient si lourds et encombrants qu'ils arrivaient tout juste à se mouvoir. Le décor était réduit à l'essentiel : une plante en pot représentait la jungle, une toile peinte une chambre à coucher, et une table le bureau d'un des personnages. Le plus petit geste était censé contenir quantité d'informations, mais seuls les connaisseurs pouvaient les déchiffrer.

Finalement, Ambredragon avait cessé de faire semblant de s'intéresser au spectacle. Il s'était éloigné, la musique lui donnant mal à la tête.

Il n'était pas le seul à bouder la représentation ; la plupart des Haighlei l'imitaient. La noblesse n'étant pas tenue d'assister aux pièces de théâtre, des groupes s'étaient formés ici et là. Seules quelques personnes occupaient les coussins installés devant la scène.

Les Haighlei connaissent déjà cette pièce par cœur, ou ils la trouvent aussi ennuyeuse que moi... Je parierais volontiers sur la deuxième hypothèse.

Ça devait être terrible pour les acteurs. Peut-être étaient-ils habitués. Et ils s'en fichaient, du moment qu'ils étaient payés. Ou étaient-ils heureux de faire partager leur art à une minorité ?

Il parlait avec un autre ambassadeur des mérites des différentes lotions de massage préconisées pour les douleurs des articulations quand les musiciens cessèrent soudain de jouer. L'empereur Shalaman et le « roi » Skandranon bondirent sur leurs pieds et sortirent précipitamment.

Ambredragon et tous les nobles se précipitèrent pour connaître la cause de cette agitation. Le *kestra'chern* s'attendait à quelque chose de relativement banal : une dispute entre courtisans ou un rapport faisant état de la présence d'un lion. Le roi était un chasseur de félins réputé, mais il ne s'occupait que des tueurs d'hommes et aucun ne s'était montré depuis plusieurs années.

Le *kestra'chern* se fraya un chemin jusqu'au premier rang, sans se douter du drame qui se jouait… Jusqu'au moment où il vit Leyuet et ses Lanciers de la Loi qui apportaient les preuves d'un autre assassinat.

Ambredragon se pétrifia comme tous ceux qui aperçurent les reliques ensanglantées : des cordes et un morceau d'étoffe chiffonnée.

Puis son cœur cessa de battre, car la frange brodée de perles ne pouvait provenir que d'un de ses vêtements.

Non… non, ce n'est pas…

Son visage perdit toute expression quand il s'avisa que le morceau de tissu avait bel et bien fait partie de sa garde-robe.

Impossible !

La peur enserra sa gorge d'une main glacée et l'empêcha de respirer. Tous les regards se tournaient vers lui ; il n'était pas le seul à avoir reconnu l'origine de l'étoffe.

Comment est-ce… Où… Comment… ?

Ses pensées tournaient en rond comme une souris prise au piège dans un tonneau.

Skandranon se leva, les plumes hérissées et les yeux lançant des éclairs, tandis que la foule murmurait. Puis elle s'écarta d'Ambredragon, faisant le vide autour de lui.

— Ceci… (Leyuet toucha du bout de son bâton le morceau de tissu froissé, aux franges brodées de perles)… appartient clairement à l'étranger répondant au nom d'Ambredragon. Nous l'avons trouvé sur le cadavre de la victime, Votre Sérénité. (Visiblement, il continuait un rapport commencé avant l'arrivée du *kestra'chern*.) Le meurtre a été commis à l'heure de la sieste, alors qu'Ambredragon avait renvoyé ses serviteurs. Seuls les siens peuvent…

Skandranon expira bruyamment, interrompant Leyuet.

— Je me porte garant d'Ambredragon. Mais je vais faire plus encore.

Il se campa devant le trône, où Shalaman était assis, immobile et imperturbable, telle une statue.

— Si en dépit de mon intervention vous accusez Ambredragon de meurtre, je désire partager son sort. Je vous prie de vous en rappeler, Sérénité : il y a moins d'une semaine, c'est moi que vous accusiez de ces crimes !

La foule murmura d'indignation, car Skandranon défiait l'empereur et Leyuet du regard.

— Mes concitoyens sont aussi dignes de confiance et aussi respectueux des lois que moi-même. Si vous doutez de leur intégrité, vous doutez de la mienne. Je garantis leur innocence sur ma liberté.

La voix de Skan emplissait la salle ; Ambredragon réussit à se ressaisir suffisamment pour observer l'effet que produisaient les paroles du griffon sur la cour.

Oh, soleil au-dessus de nos têtes ! Skan a-t-il perdu le peu de jugeote qui lui restait ? Que cherche-t-il à faire… ?

La surprise qu'il lut sur tous les visages lui apprit que ce genre de déclaration était sans précédent. Aucun monarque haighlei ne s'était jamais porté garant pour un de ses sujets ; ce que faisait Skan les dépassait.

Mais Urtho aurait agi de la sorte…

Skan se redressa. Ambredragon réalisa qu'il était plus mince et plus musclé qu'à leur arrivée, quelques semaines plus tôt. Le vieil oiseau avait-il fait de l'exercice en cachette ?

— Sachez que l'honneur de ceux en qui j'ai confiance est *mon* honneur ! dit-il en haighlei. La preuve que vous avez trouvée sur le cadavre a été déposée là pour faire accuser un innocent, tout comme les autres meurtres ont été commis en vue de me désigner du doigt !

» Ambredragon est innocent... Comme je l'ai déjà fait, je demande aux Lanciers de la Loi de trouver au plus vite le vrai coupable ! Si vous jetez Ambredragon en prison, vous devrez m'y jeter avec lui, car je suis aussi coupable ou innocent que lui ! Je l'*exige* ! Pour les honneurs comme pour les soupçons, je ne me désolidarise pas de mes compagnons !

Ambredragon faillit s'étouffer. Skan réalisait-il ce qu'il disait ? Selon les coutumes de ce peuple, il liait son sort au sien !

Bien sûr, Urtho aurait fait la même chose, mais... Urtho était Urtho, le Mage du Silence, un des plus grands Adeptes que la Terre ait portés !

— Et si nous démontrons qu'Ambredragon a bien commis ce meurtre, mourrez-vous avec lui ?

C'était Palisar, plus méchant et astucieux que jamais. Il voulait s'assurer que Skandranon comprenait les implications de ses déclarations et ne pourrait pas revenir dessus si les choses tournaient mal.

— Non, bien sûr que non, répondit-il. Ce serait ridicule. Mes amis et moi sommes des gens honorables, mais nous ne sommes pas stupides. Si vous prouvez sans l'ombre d'un doute que mon compagnon est coupable, je le condamnerai à mort et l'exécuterai moi-même.

Les murmures se transformèrent en brouhaha tandis que Palisar et Leyuet regardaient Skan et Ambredragon. Le roi se contenta de cligner pensivement des yeux.

Skandranon s'était arrangé pour que le *kestra'chern* ne soit pas jeté en prison, voire torturé pour lui faire avouer « ses » crimes, mais...

A-t-il perdu l'esprit ?

Ambredragon était prêt à exploser. Mais la voix qui hurlait ces propos hystériques résonnait à l'intérieur de son crâne.

Oh, il s'est montré une fois de plus très rusé...

Et il se comportait comme le vieux Skandranon, le Griffon Noir, plein de fougue et d'enthousiasme.

Mais avait-il troqué son bon sens contre de l'intrépidité ?

Et moi ? Ils pensent que je suis un meurtrier et je n'ai aucun moyen de leur prouver le contraire ! Nous ne pouvons pas user de magie, donc nous sommes incapables de traquer le criminel. Et les autochtones ne chercheront pas le coupable parmi eux alors qu'ils tiennent le bouc émissaire parfait. Que vais-je faire ?

Skan avait déjà été suspect... mais *il* avait de solides alibis. Ambredragon n'en avait pas. Et le meurtrier semblait suffisamment malin pour s'assurer qu'il n'en trouverait aucun. Quand le premier meurtre avait été commis, Ambredragon assistait au ballet mais il n'avait pas d'alibi pour les autres et les Haighlei pouvaient décider de lui faire porter le chapeau.

Que vais-je faire ?

Il aurait voulu courir se cacher, mais il savait qu'il ne devait pas bouger. Il se sentait comme une souris qui voit s'abattre sur elle les serres d'une chouette. Quoi qu'il dise, quoi qu'il fasse, tout paraîtrait suspect.

Alors qu'il restait là, paralysé par la terreur, l'indécision et le choc, Skandranon continuait de parler, attirant l'attention sur lui. Libéré du poids de leurs regards, Ambredragon sentit la panique relâcher son emprise. Mais il ne savait toujours pas ce qu'il devait faire. Comment se disculper ? Il était *kestra'chern*, il n'avait jamais mené d'enquête. Et où était Bichehivernale ? L'avaient-ils déjà faite prisonnière pour complicité de meurtre ?

Oh, Déesse aux Yeux Étoilés, s'ils l'ont emmenée pour la torturer…

Quelqu'un lui toucha le bras et il se retourna en tremblant. Voilà… en dépit de tout ce qu'avait pu dire Skan, Leyuet avait envoyé les Lanciers de la Loi pour se saisir de lui. Ils sauraient comment lui faire avouer des crimes qu'il n'avait pas commis…

La personne qui lui avait touché le bras n'était pas un homme à la peau brune et au regard sévère. Il se tourna et vit un visage amical et serein, qu'il connaissait aussi bien que celui que lui renvoyaient les miroirs.

— Voile Argenté… où est…, commença-t-il.

La *kestra'chern* posa un doigt sur ses lèvres.

— Viens, dit-elle en le prenant par le bras et en le guidant vers la sortie. Nous devons parler… Et vite.

Zhaneel avait une excellente excuse pour ne pas assister au spectacle et rester dans ses appartements : les petits griffons.

Makke était de meilleure compagnie que tous les nobles.

De plus, la vieille servante était heureuse de l'aider à veiller sur les petits et d'en apprendre davantage à leur sujet.

— Vous voyez ? dit Zhaneel alors que Makke essuyait les plumes des jumeaux avec un linge imbibé d'huile. D'abord, ils doivent prendre un bain, puis être séchés et huilés. Quand ils seront plus grands, ils se débrouilleront tout seuls, comme n'importe quel oiseau, mais pour le moment nous devons le faire pour eux. Sinon, s'ils sont mouillés et s'ils décident d'aller taquiner les poissons après le coucher du soleil, ils pourraient prendre froid.

Makke acquiesça et fit avancer les jumeaux en leur flanquant de petites tapes sur l'arrière-train. Depuis des semaines, elle passait beaucoup de temps dans la suite des griffons, sans pour autant y faire le ménage. Les petits semblaient avoir réveillé l'instinct maternel de la vieille servante. Zhaneel était beaucoup plus tranquille depuis qu'elle s'occupait des jumeaux, les « nounous » officielles n'ayant visiblement jamais eu d'enfant.

Malgré les conversations que Zhaneel et elle avaient eues, Makke était très surprise qu'une personne du rang de la femelle griffon lui accorde un tel privilège. Elle avait protesté que ce n'était pas dans ses attributions.

— Mais vous avez été mère ?

Makke avait acquiescé.

— Vous connaissez et aimez les enfants et vous ne voyez pas les miens comme des animaux.

C'était le problème avec les autres nounous... des femmes qui devaient s'être occupées des animaux familiers des nobles avant l'arrivée des ambassadeurs de Griffon Blanc. Elles traitaient les petits griffons comme des bêtes, pas comme des enfants, et attendaient d'eux un niveau d'autonomie qu'ils n'avaient pas encore. Ils étaient aussi gros que n'importe quel mastiff dressé à chasser les lions, pourtant on ne pouvait pas les laisser seuls sans qu'ils fassent des bêtises. Surtout Tadrith, qui avait la fâcheuse habitude de se fourrer dans des situations dont il ne pouvait pas se sortir.

— C'est un grand honneur, ma dame, avait admis Makke.

— Vous êtes la femme qu'il me faut. À Griffon Blanc, nous jugeons une personne en fonction de ce qu'elle a dans le cœur, pas de sa caste. Nous avons partagé les mêmes épreuves et porté les mêmes fardeaux, alors les rangs ne signifient plus rien pour nous.

Chaque jour, Makke entrait dans la chambre des enfants avec un grand sourire. Mais ce soir, elle semblait triste. Et elle regardait les petits griffons comme si c'était la dernière fois. Zhaneel la vit cligner rapidement des paupières, comme si elle refoulait ses larmes.

— Makke ! s'exclama Zhaneel. Qu'est-ce qui ne va pas ?

— Rien, rien, grande dame..., dit la servante.

Puis son courage et sa résolution l'abandonnèrent et elle secoua la tête, des larmes coulant de ses doux yeux noirs et sillonnant ses joues ridées.

— Oh, ma dame..., souffla-t-elle, s'essuyant les yeux avec sa ceinture. Oh... madame... Je suis vieille, mes enfants sont partis et je n'ai nulle part où aller... Je dois quitter la cour... Je suis déshonorée et je vais être renvoyée... Et je n'aurai plus qu'à mourir...

— Renvoyée ? coupa Zhaneel. Pourquoi ? Qu'avez-vous fait ? Pourquoi voudraient-ils vous renvoyer ? J'ai besoin de vous, Makke.

— Vous ne pouvez pas avoir confiance en moi, ma dame ! Vous ne *devez* pas me faire confiance ! Je n'ai pas fait mon devoir et vous ne pouvez pas me confier une tâche aussi précieuse que veiller sur vos enfants.

» Je vais être renvoyée parce que j'ai failli. Je dois être renvoyée ! Quand elle a manqué à son devoir, une vieille femme inutile comme moi doit être punie !

— Qu'avez-vous *fait* ? demanda Zhaneel. Que diable avez-vous fait ?

Une centaine de choses lui traversèrent l'esprit. Makke était âgée. Parfois, les vieilles personnes commettaient des erreurs. Se pouvait-il qu'elle ait blessé ou empoisonné accidentellement quelqu'un ? Avait-elle parlé de la magie de l'esprit des Kaled'a'in ? Avait-elle laissé entrer un individu de mauvaise réputation au palais ?

Se pouvait-il qu'elle soit impliquée dans les meurtres dont on avait accusé Skan ?

— Dites-le-moi ! exigea la femelle griffon.

— Je… je… Oh, grande dame ! C'est si terrible… terrible ! Je me suis déshonorée jusqu'à la fin des temps ! J'ai perdu… (Sa voix trembla.)… un vêtement appartenant à quelqu'un.

— Vous avez fait… quoi ? (Zhaneel secoua la tête.) Vous avez perdu… un vêtement ? Et c'est pour ça que vous devriez être renvoyée et disgraciée ?

Elle réfléchit un instant, mais les paroles de Makke ne lui semblèrent pas plus sensées.

— Seriez-vous tous complètement fous ?

Elle ne doutait pas de la parole de Makke… Mais renvoyer une vieille femme pour *ça* ?

— Grande dame… (Makke se tamponna ses yeux avec sa manche, essayant de croiser le regard de Zhaneel sans flancher.) Grande dame, c'est une question d'honneur, voyez-vous. S'il s'agissait d'un vêtement à moi, ou appartenant à la servante en chef – ou même celui d'une noble dame –, ce ne serait pas si terrible. Mais il appartenait à l'ambassadeur. Je dois être renvoyée, car il n'existe pas de pire châtiment pour une telle faute, et celui-ci doit correspondre au rang de la victime. C'est la… loi. Selon elle, je me suis rendue coupable de vol. Je mérite le sort qui m'attend !

— Ce n'est pas mon avis. Toute cette histoire est insensée. Il suffira d'en toucher un mot à Ambredragon pour tout arranger. À moins que… (Elle serra les poings.

Si Makke avait déjà informé son supérieur, elle ne pourrait plus rien faire pour la sauver.) En avez-vous déjà parlé à quelqu'un ?

Misérable, Makke secoua la tête.

— Pas encore, ma dame. Je voulais vous voir, vous et les petits, une dernière fois. S'il vous plaît, pardonnez-moi…

— Il n'y a rien à pardonner, Makke. Je refuse que vous contactiez votre supérieur avant que j'aie eu une chance de parler à Skandranon et Ambredragon…

Zhaneel planta une serre dans l'ourlet de la robe de la vieille servante pour l'empêcher de fuir.

La porte de la suite s'ouvrit et alla percuter le mur.

Makke et Zhaneel pivotèrent, surprises de n'avoir pas entendu frapper.

Bichehivernale se tenait sur le seuil, un bouquet de lis dans une main et dans l'autre un collier formé de disques d'or et de bronze et de fleurs de lis taillées dans de l'ambre. Son visage était d'une pâleur mortelle ; elle avait l'air d'une biche effarouchée.

Elle entra dans la pièce sous les regards étonnés de Makke et de Zhaneel, puis referma la porte en tâtonnant.

— Bichehivernale ? demanda la femelle griffon. Qu'y a-t-il ?

Bichehivernale regarda Zhaneel comme si elle s'était exprimée dans une langue inconnue. Elle s'humecta les lèvres, cligna des yeux et dut s'y reprendre à plusieurs fois avant qu'un son s'échappe de ses lèvres.

— Le… roi, bredouilla-t-elle, les yeux écarquillés d'incrédulité. Shalaman…

— Quoi, Shalaman ?

Quand Bichehivernale reprit la parole, ce fut au tour de Zhaneel de la regarder avec des yeux ronds.

— Il… (Les mains de Bichehivernale serrèrent si fort les lis que ses articulations blanchirent.) Il m'a demandé de l'épouser.

— Leyuet si vous ne voulez pas nous emprisonner, insista Skandranon, vous devez nous assigner à résidence. Et nous placer sous bonne garde.

L'Oracle regarda autour de lui, mais Voile Argenté avait emmené Ambredragon, et Palisar et le roi étaient partis, le laissant se débrouiller. Leyuet et le griffon étaient seuls…

C'est un des conseillers de Shalaman. Ma requête le mettra dans tous ses états. Il ne peut pas m'accorder ce que je lui demande. Je me suis conduit comme un monarque audacieux, ce qui a forcé le roi à jouer les souverains confiants.

— L'empereur a dit que c'était impossible, répondit finalement Leyuet. Vous ne devez pas être arrêtés. Cela jetterait le déshonneur sur nous. Je ne peux pas accéder à votre demande.

Je sais, pensa Skan. *C'est pourquoi je l'ai formulée.*

— Êtes-vous en train de dire que je suis libre d'aller où je veux ? C'est ce que veut l'empereur ? Cela ne peut pas être !

— Ça l'est ! insista l'Oracle, le visage tellement plissé par l'inquiétude qu'on aurait dit un fruit sec. Vous pouvez circuler librement à la cour… Non, à la cour, au palais et même dans la cité ! Le roi l'ordonne ! Il montre ainsi sa confiance en vous.

Il se dit surtout que c'est la meilleure chose à faire. La dernière fois, nous enfermer n'a servi à rien. Si nous sommes coupables, cette liberté pourrait nous inciter à nous montrer imprudents… Je jurerais que c'est exactement ce qu'il s'imagine.

Donc Ambredragon et lui seraient surveillés en permanence, plus ou moins ouvertement. Parfait. Skan voulait que des yeux soient sur eux à chaque instant.

Sans cesser d'exprimer ses doutes, auxquels Leyuet opposait les désirs du roi, il commença à échafauder un plan. Par bonheur, il était difficile, pour un humain, de lire l'expression d'un griffon.

J'attendrai que Kechara me contacte, ce soir, et j'en profiterai pour dire à Judeth d'envoyer les Argents à la place de la délégation prévue initialement. Je lui conseillerai aussi de fortifier Griffon Blanc. Avant que cette histoire soit finie, nous pourrions avoir besoin de défendre notre cité.

Skan avait une autre requête à adresser à Judeth, sachant qu'elle comprendrait. Il avait dressé une liste de choses dont il avait besoin. Parmi elles figurait un coffret de teinture noire.

Enfin, il la prierait d'annoncer aux citoyens de Griffon Blanc que le Griffon Noir était de retour.

Le Griffon Noir est de retour.

Shalaman avait depuis longtemps pris l'habitude d'écouter ses secrétaires avec une petite partie de son cerveau, tandis que de l'autre il étudiait simultanément des sujets plus graves que ceux qu'ils lui exposaient. Après tout, il ne leur confiait que des affaires bénignes. Sinon, il ne leur aurait pas demandé de lire ces lettres après la cour du soir et les divertissements, histoire de fatiguer son esprit hyperactif.

Ses secrétaires lisaient à voix haute les pétitions qu'on lui envoyait de tout le royaume, et il se contentait de répondre « oui », « non » ou « plus tard… faites-le patienter ». Pendant ce temps, il laissait son esprit vagabonder.

Ce soir, ses pensées étaient focalisées sur Bichehivernale, cette étrange beauté pâle venue du Nord. Charmante… non, fascinante ! Par bien des côtés, elle lui rappelait Voile Argenté, mais contrairement à la *kestra'chern*, il pouvait l'avoir…

Voile Argenté ne peut pas donner son cœur et son âme à une seule personne. Aucun kestra'chern *ne le peut. C'est pourquoi ils exercent leur profession ; leurs cœurs sont trop vastes. Mais Bichehivernale… Ah, Bichehivernale…*

Elle avait la grâce et l'élégance de Voile Argenté et elle était à sa portée. Shalaman avait appris de la vie qu'il est inutile de soupirer après l'impossible.

La logique lui dictait les réponses aux objections que ne manquerait pas de soulever Palisar.

Ce serait un symbole de paix, en dépit des meurtres. Si Ambredragon est reconnu coupable, il sera banni. Épouser Bichehivernale devrait apaiser les Nordistes. Et ça impliquera le genre d'alliance qui fera d'eux mes vassaux, plutôt que mes alliés. Les griffons valent bien un tel mariage !

Voilà ce qu'il dirait à Palisar et à Leyuet – même s'il ne pensait pas que l'Oracle soulèverait d'objections.

Il leur cacherait ses autres raisons.

C'est le genre de femme, comme Voile Argenté, qui me rendra heureux quand personne ne me regarde.

Voile Argenté n'était pas toujours disponible quand il avait besoin de… compagnie. Oui, c'était bien ça, de compagnie. Elle se devait d'abord à ses devoirs. D'autres avaient besoin de ses talents autant que lui.

Bichehivernale serait à lui seul.

La jeune femme ne parlait pas beaucoup d'elle-même, mais il sentait en elle des profondeurs qu'elle n'avait encore révélées à personne. Elle avait de la prestance et il émanait d'elle une noblesse d'esprit qui trahissait une haute naissance, exactement comme Voile Argenté. Mais contrairement à la *kestra'chern*, ce qu'elle montrait n'était pas dénué de défauts. On sentait sa vulnérabilité. Et celle-ci la rendait accessible.

Il avait eu dix fils-de-l'année et deux filles-de-l'année, nés de ses épouses-de-l'année au cours de sa première décennie de règne. Elle n'aurait pas à lui donner d'héritier, car il en avait déjà. Il pouvait l'épouser juste pour son plaisir.

Le premier secrétaire toussota et tendit la main vers la carafe d'eau, la gorge sèche. Shalaman fit signe au second de reprendre où son collègue s'était arrêté, puis il tourna de nouveau ses pensées vers le Nord – pas vers Bichehivernale, mais vers l'endroit d'où elle venait.

Griffon Blanc. Aucun perroquet au monde ne peut casser cette noix...

Ses espions s'étaient introduits dans la cité, déguisés en marins et en marchands. Leurs rapports s'accordaient sur un point : ils devaient se montrer très prudents. La ville était fortifiée et il ne faudrait pas grand-chose pour la rendre imprenable. De plus, elle était à l'intérieur de ses frontières... S'il se hasardait à faire la guerre, ses alliés se demanderaient pourquoi il accordait une telle importance à une colonie perchée sur une falaise à l'extrémité nord de ses terres.

Il y avait assez de troubles dans l'empire sans y ajouter un conflit frontalier. La magie les avait abandonnés, mais pas sans leur avoir laissé quelques cadeaux empoisonnés : des créatures étranges étaient sorties de la jungle et des déserts et il passerait sans doute le reste de son règne à les combattre.

Quant aux nouveaux venus, contrairement à Palisar, il ne les trouvait pas dangereux. Ils étaient un *fait*; ils ne partiraient pas et leur existence impliquait un changement des coutumes haighlei, que ses conseillers l'admettent ou pas.

Créer un précédent avait son importance. D'autres Nordistes viendraient peut-être. Et dans ce cas, il y aurait encore des changements.

Nous aspirons au changement autant que nous le craignons... Comme des enfants à la recherche de démons, espérant qu'ils leur accorderont trois vœux ou leur offriront un tapis volant.

Que Palisar appréciât ou non leur présence et les changements qu'ils entraîneraient dans leur mode de vie, découvrir leur existence à l'aube de la Cérémonie de l'Éclipse ne pouvait pas être une coïncidence.

Si j'étais un homme pieux, j'y verrais un augure.

Même Palisar accepterait un changement proclamé au moment de l'éclipse.

« Quand le soleil disparaît à midi, des changements ont lieu chez les Haighlei. »

C'était, mot pour mot, ce que disaient les livres sacrés, plusieurs ayant été écrits après une Cérémonie de l'Éclipse.

Nos dieux sont sages. Nous aimons que les choses demeurent, mais sans changements, notre peuple courrait à sa perte.

Si rien n'avait changé, nous serions toujours dans des huttes au fond de la jungle. Des chasseurs armés de lances à pointe de cuivre et des cultivateurs de yams, qui se coucheraient en craignant les lions ! Ou... une nation aux mœurs moins rigides que les nôtres nous aurait découverts et aurait fait de nous des esclaves.

— Répondez que ce sera possible après l'éclipse, dit-il. Si le problème est toujours à l'ordre du jour, alors je reconsidérerai la question.

La plupart des pétitions pouvaient attendre, sans doute parce que la majorité ne posait pas de vrais problèmes, le passage du temps suffisant généralement à les résoudre. Quant aux autres problèmes, il allait les lier au sort des habitants de Griffon Blanc : aucun ne serait résolu avant qu'il sache avec certitude ce qu'il ferait à leur sujet. Autrement dit, avant qu'il promulgue un décret…

… ou pas.

Dans ce cas, ce ne serait plus son problème, car il ne serait plus de ce monde pour la prochaine éclipse. Et rien entre-temps ne pourrait être fait au sujet des étrangers.

Beaucoup d'empereurs ont résolu des problèmes épineux en ne faisant rien.

Puis il repensa à Bichehivernale.

Elle pouvait devenir l'incarnation parfaite de ce changement… et de la manière de le présenter aux sujets les plus traditionalistes de Shalaman.

Si Voile Argenté…

Mais Voile Argenté était *kestra'chern*, elle aussi liée par des édits immémoriaux Elle n'appartenait à personne. Son travail était trop important, et même l'empereur ne pouvait pas se l'approprier sans partage.

De plus, il avait demandé Bichehivernale en mariage le soir même.

Elle en avait été abasourdie, bégayant quelque chose au sujet d'un lien avec Ambredragon. Maintenant qu'il y pensait, ils avaient un enfant…

Shalaman se contrôlait trop bien pour froncer les sourcils, mais cela n'empêcha pas ses pensées de s'obscurcir.

Après les événements de ce soir, il n'y aura peut-être bientôt plus d'obstacle.

Le quatrième meurtre était survenu à point nommé. Même les âmes les plus sensibles avaient du mal à être peinées par la mort de cette harpie, dame Fanshane. Elle s'était immiscée dans la vie de dame Sherisse, transformant la pauvre femme en recluse qui haïssait les hommes. Dame Fanshane était détestée par la cour. Depuis la mort de son souffre-douleur, que la boisson avait conduit à une fin prématurée, elle cherchait une autre victime.

Mais elle avait été assassinée, et c'était un crime (peu importait que dame Fanshane puisse être reconnue responsable de la mort de sa maîtresse), et les preuves désignaient Ambredragon. S'il était coupable de cet assassinat, il devait l'être des trois précédents. Dès que les preuves seraient réunies, le *kestra'chern* disparaîtrait du tableau et Bichehivernale serait libre d'accepter l'honneur que lui faisait l'empereur.

Il est peut-être innocent, lui souffla une partie de son cerveau qu'il entendait rarement se manifester. *Il pourrait s'agir d'une conspiration dont Ambredragon serait la victime, au même titre que les femmes qui se sont fait tuer.*

Non. Des bêtises ! Si – *si* – Ambredragon était innocent, pourquoi n'avait-il pas aussitôt réclamé les services d'un Oracle ? Si sa conscience était sans tache, un Oracle l'aurait su immédiatement. Invité à la cour, il était en droit de requérir les services du meilleur Oracle, Leyuet, également le chef des Lanciers de la Loi. Si Leyuet l'avait déclaré innocent, même Palisar n'aurait pas pu mettre en doute son jugement.

Donc, il était clair qu'il avait quelque chose à cacher.

Et si ces gens ne savaient rien des Oracles de Vérité ? insista l'ennuyeuse petite voix. *Il pourrait ignorer ses droits. Il s'agit de magie, après tout, et les étrangers ont été prévenus de ne pas en faire usage. Peut-être n'ont-ils pas d'Oracles. Dans ce cas, comment pourrait-il réclamer leurs services, s'il ne sait pas qu'ils existent ?*

Balivernes ! Ces gens devaient avoir des Oracles ! Une société ne pouvait pas exister sans moyen de démêler le vrai du faux. Et s'il n'y avait pas d'Oracles de Vérité dans le Nord, Voile Argenté le lui aurait dit depuis longtemps.

Si Ambredragon n'était pas coupable, il devait savoir quelque chose au sujet des meurtres et redoutait que Leyuet touche son esprit. Cela ne faisait pas de lui un innocent, car le complice d'un meurtre était aussi coupable...

Ce n'était plus qu'une question de temps, maintenant. Soit la culpabilité d'Ambredragon serait prouvée, soit il craquerait et confesserait ses crimes.

Bichehivernale serait libre... Et elle deviendrait sienne.

Il ne serait plus jamais seul !

Hadanelith ouvrit les fenêtres de la chambre plongée dans le noir. La brise souleva les rideaux en voile, leur donnant l'étrange aspect de fantômes agités.

C'était la première fois qu'il faisait deux victimes en deux jours... Mais les Haighlei s'attendaient à ce qu'il ne change pas sa manière de procéder. Tous les gardes étaient donc restés dans les parages du quatrième lieu du crime.

Les imbéciles ! Leurs vies étaient réglées comme du papier à musique et ils s'imaginaient qu'il en allait de même pour tout le monde.

Cette vieille folle avait répété le même rituel tous les soirs aussi longtemps que Kanshin et lui l'avaient espionnée. Ç'avait été un jeu d'enfant de grimper jusqu'à sa fenêtre et de se glisser dans ses appartements, après qu'elle eut renvoyé ses servantes.

Détestant entendre les gens respirer dans leur sommeil (ou pire, ronfler), elle ne tolérait personne dans sa chambre.

Au matin, elle sonnait ses servantes, mais du coucher au lever, elle restait seule. Et ce n'était pas un meurtrier en liberté qui allait lui faire changer ses habitudes.

Hadanelith avait cloué dame Linnay à son lit et lui avait fourré une de ses sculptures dans la bouche pour l'empêcher de crier...

Ça n'était pas très satisfaisant. J'aurais préféré qu'elle me supplie.

Puis il l'avait traînée jusqu'à la fenêtre, jusqu'à l'endroit précis où elle se serait tenue si elle avait entendu un gros oiseau – disons, un griffon – atterrir sur son balcon. Alors, il avait fait semblant de la lâcher.

Comme il s'y était attendu – *ces imbéciles sont si prévisibles!* –, elle avait tenté de fuir, et il avait dû la frapper avec sa toute dernière sculpture, un bâton dont l'extrémité imitait la forme du poing d'un griffon.

Il ouvrit la fenêtre puis se dressa au-dessus du corps inconscient et frappa de nouveau avec son bâton.

Alors qu'il s'acharnait sur sa victime, regrettant de devoir opérer dans l'obscurité, il sentit l'ennui le gagner. Ces Haighlei n'étaient pas des proies intéressantes... Les Kaled'a'in étaient des créatures tellement mielleuses qu'elles lui donnaient la nausée, mais il leur arrivait d'*agir*. Les Haighlei se contentaient de se mettre en rang, comme des moutons à l'abattoir. Ils ne changeaient pas leurs habitudes, même quand il devenait évident que cela pourrait leur sauver la vie!

Ils ne sont pas importants, se consola-t-il en frappant. *Mes véritables proies, ce ne sont pas eux. Ce ne sont que mes outils. Leur mort n'est pas mon objectif, mais un moyen de l'atteindre.*

Les barreaux de l'échelle qui me permettra d'accéder à ma vengeance.

Mais… En réalité, cela commençait à devenir intéressant.

Je n'avais encore jamais battu quelqu'un à mort. Fascinant ! J'ignorais qu'un corps pouvait encaisser autant de coups et de souffrance et continuer à respirer !

Il savait que c'était possible, bien sûr. En théorie, à condition que la moelle épinière et le cerveau ne soient pas atteints, on pouvait torturer un être pendant des heures.

Et pour tout dire, pensa-t-il, commençant à ressentir la frénésie qui accompagnait ses plus réjouissantes mises à mort, *c'est plutôt amusant !*

Un éclat de rire monta du fond de sa gorge, mais il le retint. L'énergie continuait d'affluer en lui pendant qu'il levait et abaissait son bâton, comme s'il ne pesait pas plus qu'un fétu de paille.

Il frappa de plus en plus vite et de plus en plus fort, le bruit du bois contre la chair faisant écho à ses battements de cœur…

Le bâton s'était fendu. Il avait entendu le bois craquer malgré le son mat qu'avait produit le coup.

Hadanelith cessa de frapper. Il était trop discipliné et beaucoup trop intelligent pour risquer de laisser la preuve que la victime n'avait pas été battue à mort par un griffon. Campé au-dessus du corps immobile, hors d'haleine, il admira son œuvre à la lumière de la lune.

C'était impressionnant.

Il avait épargné la tête. Le reste… Rien ne prouvait que la femme n'avait pas été mise dans cet état pitoyable par le poing d'un griffon, comme en témoignaient les déchirures et les coupures qui marquaient sa chair. Entre leur bec et leurs serres, ces maudites créatures pouvaient tuer sans tailler en pièces. Hadanelith avait écrabouillé chaque os du torse. Avec leur mentalité rigide, les Haighlei présumeraient qu'aucun humain ne pouvait faire une telle chose.

Et si ce n'est pas un humain… il ne peut s'agir que de Skandranon.

Dame Linnay était une des rares amies de dame Fanshane. Elle avait demandé qu'Ambredragon fût jeté en prison et condamné pour ses crimes. Devant la cour, elle s'était montrée ouvertement hostile aux Kaled'a'in… Ce qui faisait d'elle une victime toute désignée.

Hadanelith sourit en s'éloignant prudemment du cadavre. Quelque part, non loin de là, Noyoki emmagasinait l'énergie libérée par la mort violente de la femme pour l'utiliser ultérieurement. Kanshin l'attendait sur le toit, avec une échelle de corde, prêt à l'aider à monter.

Noyoki les rejoindrait dès qu'il aurait terminé. Le plan prévoyait qu'il utilise un peu de l'énergie qu'il venait de gagner pour les faire descendre sans bruit dans le jardin. C'était là que le voleur avait dissimulé les tenues de serviteur qui leur permettaient de circuler librement dans le palais.

Personne n'imaginerait qu'un individu qui n'était pas un serviteur puisse revêtir la livrée des domestiques du palais… pas même les Lanciers de la Loi… Cela « ne se faisait pas », tout simplement.

Hadanelith recula sur le balcon, content, pour une fois, d'avoir la peau claire. Il pouvait se confondre avec la pierre blanche des murs.

Kanshin, lui, aurait réussi à se faire passer pour une ombre…

Mais il n'aurait pas l'audace de commettre un meurtre sans rien sur le dos.

Même si on découvrait le crime avant qu'ils aient quitté le palais, il n'y aurait pas une tache de sang sur leurs vêtements pour les trahir. Aucune ! Hadanelith allait rejoindre le voleur, il se laverait avec le seau d'eau qu'il avait apporté, et le tour serait joué.

Je n'oublierai jamais leurs têtes quand je leur ai expliqué comment je comptais éviter de tacher mes vêtements ! Et, sauf pour une de ces vieilles chouettes, la vue d'un homme nu dans leur chambre a été amplement suffisante pour leur clouer le bec. Elles n'ont pas pensé à crier avant que je le rende impossible...

La seule fois qu'il avait porté un vêtement, c'était l'après-midi même. Il avait revêtu l'habit volé à Ambredragon. Puis il avait laissé sa victime se débattre et le lui arracher.

Une véritable artiste ! pensa-t-il, moqueur.

Il avait apporté sa livrée de serviteur avec lui, bien entendu. Et il avait profité des bassins, dans le jardin, pour faire un brin de toilette. Quelqu'un avait-il remarqué le sang qui obscurcissait l'eau limpide ?

Probablement pas. Sinon, ils croiront qu'Ambredragon s'est lavé après son méfait.

C'était l'essence même de son art : faire très attention aux détails. S'il n'avait pas de vêtements, ceux-ci ne pouvaient pas être tachés par le sang de ses victimes. Et sans trace de sang, les mages ne pouvaient pas remonter jusqu'à lui.

Il faisait d'une pierre deux coups.

Il allait devoir rappeler à Noyoki de laver soigneusement le bâton.

L'échelle de corde tomba du toit. Hadanelith l'attrapa, coinçant le bâton entre ses dents pour avoir les mains libres.

La brise nocturne jouait divinement sur sa peau nue. Était-ce ce que ressentait un griffon quand il volait ? Ce qu'il ressentait quand il tuait sa proie et prenait son essor sous la voûte noire du ciel ?

J'aurais dû naître dans la peau d'un griffon !

Hum, non, pas un griffon. Ce soir… j'ai été bien meilleur qu'un griffon ! Ce soir… je me suis conduit comme l'ultime prédateur : un tueur de griffon !

Oui. Oh, oui ! Ce soir, j'étais un makaar !

Chapitre 7

Tant de pensées s'agitaient dans la tête de Leyuet qu'il avançait comme un somnambule le long des couloirs du palais. La représentation avait été interrompue. Les courtisans étant désemparés, il ne leur restait plus qu'à se répandre en médisances jusqu'à l'heure du coucher… Une joie dont ils n'allaient pas se priver. Mais l'Oracle était certain qu'ils n'approcheraient pas de la vérité cachée derrière le drame qui s'était joué sous leurs yeux.

Même si les preuves désignaient Ambredragon, Leyuet ne croyait pas à sa culpabilité – pas après avoir vu sa réaction.

Ambredragon avait été aussi choqué que tout le monde par l'annonce d'an autre crime. Et quand tout l'avait accusé, il s'était figé sur place, comme un oiseau terrifié. Il n'avait pas cherché à s'enfuir de la pièce ni à se disculper avec des mensonges… Il était resté frappé de mutisme, comme seul un innocent en était capable.

Voyant son étonnement et sa peur, Leyuet était prêt à parier sa réputation qu'en sondant la conscience de l'étranger il allait confirmer son intuition.

D'autant plus qu'un individu capable de pénétrer dans quatre chambres à coucher sans se faire remarquer, d'y commettre des actes atroces et d'en ressortir comme un fantôme, ne pouvait pas être stupide au point de laisser derrière lui des preuves aussi accablantes.

Le meurtrier n'avait pas « signé » ses trois premiers méfaits, comme la coutume le voudrait chez les assassins professionnels. Cependant, la manière d'agir des étrangers n'était pas celle des Haighlei ; le tueur ne savait peut-être pas ce qu'il devait faire. Même pour un crime, il fallait respecter la coutume... À condition de la connaître.

Les étrangers ne connaissent pas mieux les coutumes de l'assassinat que celles de la cour. C'est une preuve que les meurtres ont été commis par un étranger.

Il l'aurait dit à l'empereur, si le roi griffon ne l'avait pas interrompu avec son discours et ses poses théâtrales. Quand Skandranon s'était tu, Shalaman n'ayant pu faire autrement que de laisser leur liberté aux deux ambassadeurs, Leyuet n'avait pas jugé utile de parler. Il attendrait que les choses se tassent un peu.

Avant le dernier meurtre, l'Oracle avait essayé de parler au roi en privé, mais il n'en avait pas eu l'occasion. Le roi griffon avait passé beaucoup de temps dans les airs, pourtant, il ne l'avait pas vu approcher des scènes des crimes. Alors que faisait-il ? Les espionnait-il ? Il n'avait aucune raison !

Une bizarrerie parmi tant d'autres... Mais aucune n'était liée aux meurtres commis dans le palais.

Oui, il se passe ici des choses étranges... comme l'empereur s'absentant des divertissements et réapparaissant après le début de la Pièce Ho. Je ne l'ai pas trouvé. Voile Argenté et Palisar ne l'ont pas trouvé. Où était-il ? Que faisait-il ? Cette pièce raconte les exploits de son grand-père... Qu'est-ce qui a pu l'empêcher d'assister à la représentation ?

D'autres personnes avaient brillé par leur absence, ce soir, mais celle de l'empereur était suspecte.

Ce n'était pas la seule question qui trottait dans la tête de Leyuet. Ce n'était même pas la plus troublante.

Je suis le chef des Oracles de ce royaume et je serais prêt à parier qu'Ambredragon est aussi innocent que moi. Qui plus est, je jurerais que Shalaman partage mon opinion. Alors pourquoi ne m'a-t-il pas demandé de faire mon travail?

Quand le roi griffon avait été suspecté, Leyuet s'était senti nerveux à l'idée de toucher l'esprit d'une créature aussi étrange. D'ailleurs, Shalaman ne lui en avait pas donné l'ordre. Skandranon et sa compagne avaient un alibi pour le premier meurtre, puisqu'ils assistaient au ballet. Quant aux deux suivants, ils étaient sous bonne garde. Seuls ceux qui haïssaient et craignaient les étrangers avaient continué de soupçonner le griffon.

Je peux comprendre la répugnance de l'empereur à me demander d'examiner l'esprit du roi griffon. J'y répugnais moi-même et il a dû s'en rendre compte. Skandranon n'est pas humain et je pourrais ne pas être capable de lire dans son âme... Ou même, essayer me vaudrait peut-être la mort.

Mais Ambredragon est humain et je ne vois pas pourquoi je ne lirais pas dans son esprit. Même si les étrangers ne savent pas qu'ils ont le droit de faire appel à un Oracle, l'empereur le sait! Alors pourquoi ne m'a-t-il pas demandé d'officier? Je n'attendais que ça!

Shalaman n'oubliait jamais rien. Il avait Leyuet sous la main et Ambredragon était accusé d'un crime ignoble. Il n'avait pas pu « oublier » de demander à l'Oracle de faire son travail! Alors *pourquoi* n'avait-il rien fait? Innocent ou coupable, tout le monde aurait été fixé!

Tant que j'étais en présence de Shalaman, je ne pouvais pas me porter volontaire pour sonder l'étranger. Le protocole doit être observé.

Leyuet s'avisa qu'il avait failli manquer le couloir qu'il cherchait. Ses pas l'avaient conduit aux appartements des invités – où se trouvaient ceux de Voile Argenté – sans qu'il en ait eu l'intention. Il savait que la *kestra'chern* devait être avec Ambredragon. Il n'avait pas l'intention de les interrompre.

Mon cœur sait ce qu'il me faut... Mais l'étranger a plus besoin de ses services que moi. Si j'avais tous les indices en main, je pourrais éclaircir cette histoire.

Il s'apprêtait à revenir sur ses pas quand il s'aperçut qu'il n'était plus seul dans le couloir.

L'étrangère, Bichehivernale, se dirigeait vers lui d'un pas mal assuré. On eût dit qu'elle venait de prendre un coup sur la tête. Leyuet aurait volontiers attribué son état aux accusations qui pesaient sur son compagnon, mais deux choses l'en détournèrent.

Primo, elle n'était pas là quand le drame s'était joué. *Secundo*, il sembla soudain plus assommé qu'elle en la voyant s'approcher : elle portait le Collier Royal de Fiançailles et tenait un bouquet de dix Lis du Lion. Le roi avait l'intention de l'épouser !

Les yeux de la jeune femme étaient perdus dans le vide ; Leyuet se colla contre le mur lambrissé, espérant que le chiche éclairage ne lui permettrait pas d'être identifié. S'il avait de la chance, elle le prendrait pour un serviteur.

Elle passa devant lui sans le voir. Il la regarda, bouche bée, un tourbillon de pensées traversant sa tête à la vitesse d'un ouragan.

Et soudain, la raison de la passivité du roi lui apparut douloureusement claire.

Shalaman voulait Bichehivernale.

Mais elle était liée à Ambredragon, quels que soient les rites simplistes que ces barbares considéraient comme un mariage. Ils avaient un enfant, une fille nommée Brisechantante…

Si Bichehivernale choisissait de renier ce qui la liait à Ambredragon, selon les lois de ce royaume, elle serait libre. Même s'il s'était agi d'un mariage légal, il était toujours possible de le… dissoudre.

C'était déjà arrivé. Quand la « fiancée » du roi était déjà mariée, sa famille et celle de son époux arrangeaient un divorce pour qu'elle puisse épouser le roi. La plupart des mariages étaient arrangés par les parents. Il suffisait qu'une femme déclare que son âme était en désaccord avec celle de son conjoint pour que les prêtres annulent le mariage. À condition que l'époux soit d'accord, il n'y avait pas de honte à ça. Si le roi montrait de l'intérêt pour une femme mariée… eh bien, il y avait beaucoup d'avantages à être l'ex-mari agréable et amical de la nouvelle Épouse Royale.

Des hommes avaient fait fortune en acceptant de faire passer les désirs du roi avant les leurs.

Mais c'était vrai quand il n'y avait aucun lien de l'esprit et du cœur entre les époux. Bichehivernale était peut-être si maîtresse d'elle-même que Shalaman n'avait pas pu deviner son attachement à Ambredragon… Pourtant, l'expérience de Leyuet, Oracle depuis de nombreuses années, lui avait appris une chose : une femme ne faisait pas ses bagages et n'emmenait pas un enfant en bas âge pour suivre son compagnon dans un pays étranger si elle ne l'aimait pas de tout son cœur.

Autrement dit, les désirs du roi ne seraient pas comblés.

Normalement.

Bichehivernale n'était pas idiote, loin s'en fallait ! Elle devait savoir que le roi lui faisait un grand honneur… Mais Leyuet devinait qu'elle ne se laisserait pas influencer. Ni les menaces ni l'argent ne pourraient la forcer à briser ses liens avec Ambredragon.

Toutefois, si Ambredragon était condamné à mort pour meurtre, cela laisserait le champ libre à Shalaman. Emprisonner le *kestra'chern* sur de simples présomptions pouvait également faire l'affaire, s'il était condamné à perpétuité.

Ou si quelque chose de regrettable lui arrivait. Il pourrait tomber malade ou être assassiné par un parent des victimes... Ce genre de chose est déjà arrivé.

Leyuet se pétrifia, toujours appuyé contre le mur lambrissé. C'était logique – horrible, mais logique.

Il essaya de trouver une autre raison pour expliquer le comportement du roi.

Il ignore peut-être que les étrangers ne connaissent pas la signification de mon titre. Moi, je le sais parce que Voile Argenté me l'a demandé et que ma réponse l'a beaucoup étonnée.

C'était possible... Mais Leyuet avait le sentiment affreux que Shalaman ne se donnerait pas la peine de le découvrir. Pas avec Bichehivernale dans la balance.

L'Oracle serra les poings, tous ses muscles se contractaient. Comment allait-il se sortir de cette impasse ? Que devait-il faire ? C'était un effroyable dilemme !

Mon devoir est clair. Si je soupçonne que mon office a été volontairement négligé, je dois m'arranger pour informer les étrangers et leur offrir mes services. Je le dois ! J'ai prêté serment ! « Je ne refuserai la vérité à aucun homme » – qu'il soit haighlei ou étranger. Même le roi ne peut pas m'en empêcher !

Mais il avait prêté d'autres serments, en devenant le conseiller du roi... qui, à présent, entraient en conflit avec celui de sa vocation.

J'ai le devoir de répondre aux désirs de mon roi. Tout le reste n'est que suppositions et soupçons... Mais j'ai bien vu le Collier de Fiançailles au cou de l'étrangère et les lis entre ses mains.

Il se massa les tempes ; cette histoire lui flanquait un mal de tête qui n'avait rien à envier aux douleurs de Palisar.

Jamais plus je ne traiterai ses maux à la légère!

Lequel de ses devoirs devait-il remplir ? Shalaman avait besoin d'une épouse ; Palisar et lui-même le poussaient depuis des années à se marier. Comment pourrait-il atteindre la prochaine éclipse, dans vingt ans, s'il n'avait pas de principes féminins pour contrebalancer les siens ? Mais il lui fallait aussi une femme pour son propre bien. Une Épouse Royale tenait le rôle d'une *kestra'chern* qu'il n'aurait pas à partager.

Bichehivernale semblait parfaite pour le rôle. Et ce mariage permettrait au roi d'intégrer les étrangers au royaume sans qu'aucun rituel doive avoir lieu, pendant la Cérémonie de l'Éclipse. Ils deviendraient leurs alliés de la plus simple manière qui soit.

Mais qu'en est-il de mon devoir d'Oracle de Vérité... ?

Rien dans ses études ne l'avait préparé à ça!

Que dois-je faire si le roi, qui symbolise l'honneur des Haighlei, se conduit – comme je le soupçonne – sans honneur ?

Devait-il affronter Shalaman ? Ce n'était pas dans ses attributions, quel que soit le sujet... Et s'il l'accusait, et qu'il soit innocent, Shalaman perdrait la face devant lui.

C'est impensable... Pour avoir osé le soupçonner de si vile manière, je devrais lui offrir ma vie.

Si Shalaman était coupable, il nierait et les droits d'Ambredragon continueraient à être bafoués.

Il pourrait exiger que je me suicide. Comment savoir s'il est innocent ou coupable ? Je ne peux pas officier sur l'empereur sans son consentement !

Si Leyuet voulait racheter l'honneur de son roi, il ne restait qu'une solution.

Le moyen de sortir de cette impasse, c'est d'enlever à Shalaman la tentation de mal agir. Alors, les choses rentreront dans l'ordre, comme elles l'auraient fait s'il n'avait pas négligé de faire appel à mes services.

Mais ça signifiait que Leyuet, qui détestait les actions directes, allait devoir faire une exception.

Tu dois faire en sorte que le roi ne puisse plus se retrancher derrière une omission « pratique », Oracle de Vérité. C'est le devoir sacré que tu as envers ta profession et ton roi. S'il se comporte sans honneur, il devra affronter ça tout seul, sans que personne s'en mêle. S'il s'est montré négligent, tu dois corriger son erreur.

Va voir les barbares et dis-leur quels sont leurs droits.

Shalaman savait peut-être une chose qu'il ignorait. Les étrangers avaient-ils une raison de refuser qu'un Oracle lise dans leur cœur et leur esprit ? Leyuet ne le saurait qu'après leur avoir parlé. Alors, sa conscience et son honneur seraient saufs.

Je ne pourrai pas dormir avant d'avoir fait mon devoir.

Il retourna de nouveau sur ses pas et se dirigea vers les appartements des invités. Il avait l'intention de tout dire à Bichehivernale. Ensuite, ce serait à elle de jouer…

Et à Ambredragon – car il était, au centre de cette tragédie, la seule personne qui puisse éclaircir certains points.

Tout ça a lieu si près de l'éclipse. Pourquoi les dieux nous tourmentent-ils de cette manière ?

Grâce à Voile Argenté, Ambredragon avait pu se libérer de sa peur. Mais son esprit et son cœur étaient toujours pleins de confusion quand il revint à ses appartements.

Nous avons des problèmes et, s'ils ne mettent pas ma vie en danger – au moins pas dans l'immédiat –, ils n'en sont pas moins réels.

Voile Argenté lui avait révélé un moyen de prouver son innocence ; il devait faire appel au service d'un personnage que les Haighlei appelaient « Oracle de Vérité ». Mais il restait une question beaucoup plus grave à régler : il était clair, désormais, qu'on voulait discréditer les Kaled'a'in, voire les éliminer. Il fallait trouver qui était derrière tout cela et pourquoi…

Avant la Cérémonie de l'Éclipse, ou nous pourrons dire adieu à l'alliance avec les Haighlei !

Il espérait trouver Bichehivernale et la paix en rentrant dans ses appartements…

Au lieu de cela, le chaos l'attendait.

Makke, la vieille servante, était assise par terre et se balançait d'avant en arrière en sanglotant, le visage entre les mains. Zhaneel – que faisait-elle là ? – la protégeait de son aile, comme une mère poule son poussin. Bichehivernale était assise sur une chaise, un bouquet de lis flétris à ses pieds. Le regard vide, elle était très pâle.

Dès qu'il passa la porte, toutes les trois se tournèrent vers lui et le regardèrent comme s'il était la plus abominable créature imaginée par Ma'ar. Puis elles commencèrent à parler en même temps comme un trio de folles.

— Pardonnez-moi, grand seigneur… je vous ai trahi. Je vous ai volé…

— Elle n'a rien fait. Elles n'ont rien fait ni l'une ni l'autre. Ce n'est pas leur faute…

— Oh, dieux… Je n'ai jamais voulu l'encourager… S'il te plaît, Dragon, il faut me croire…

Il pressa ses mains sur ses tempes douloureuses et secoua la tête. De quoi diable parlaient-elles ?

— S'il vous plaît…, gémit-il. S'il vous plaît, une seule à la fois.

Elles se turent comme si son murmure leur avait fait l'effet d'un rugissement, et le regardèrent fixement. Il se sentait aussi mal que s'il avait traversé les sept enfers pieds nus, mais jusque-là, il ignorait que cela se voyait.

Suis-je en si piteux état ? Ai-je l'air d'avoir été traîné derrière un cheval à travers les enfers de toutes les religions du monde ? Elles ignorent tout et s'attendaient à voir Ambredragon l'imperturbable…

Ce n'était pas le moment de craquer et de compter sur elles pour le remettre sur ses pieds. Ce qui était arrivé à Bichehivernale, Zhaneel et Makke semblait aussi sérieux qu'une accusation de meurtre… Au moins à leurs yeux.

Mon problème le plus pressant est réglé. Allez, Dragon, reprends-toi, elles ont besoin de toi ! Je suis un kestra'chern, *bon sang ! Et si je ne peux pas être un roc en ce moment, je peux au moins faire semblant d'être calme et serein !*

— Du calme, dit-il. Asseyons-nous et discutons, d'accord ? (Il sourit à Makke.) Qu'est-ce que cette histoire de trahison ?

En quelques minutes qui mirent ses nerfs à rude épreuve, il réussit à avoir une meilleure idée de la situation. Quand les trois femmes se furent expliquées, il leur raconta ce qui s'était passé pour lui.

À la lumière de ce que lui avait appris Voile Argenté, la demande en mariage du roi fit naître au creux de son estomac une sorte de nausée lui soufflant qu'il avançait en terrain miné. Il sentait également monter en lui une légitime colère contre le roi : Shalaman voulait lui voler sa compagne !

Ambredragon avait fait de son mieux pour plaire au monarque. Et pendant ce temps, celui-ci convoitait Bichehivernale ! Avaient-ils eu tort de croire que les Haighlei ne pouvaient pas se montrer hypocrites et envieux ? À quoi jouaient Shalaman et ses conseillers ?

Mais il n'eut pas le temps de faire le tri dans ses pensées, et encore moins de demander des détails sur ce qu'il venait d'apprendre. On frappa à la porte et, par réflexe, parce qu'un *kestra'chern* répondait toujours, il l'ouvrit.

Ambredragon se figea. Hallucinait-il ? Était-il plongé en plein cauchemar ?

C'était Leyuet, le chef de ceux qui dispensaient la justice du roi – l'homme qui l'avait accusé publiquement d'un meurtre.

Il est venu m'arrêter !

Mais il s'avisa que le conseiller était seul. Si Leyuet n'était pas venu l'arrêter, que faisait-il là ?

— Euh…, Leyuet…, fit-il, essayant d'imaginer ce que dictait le protocole haighlei dans ce genre de situation. Je présume que vous êtes là pour me poser des questions, mais il est tard et ce n'est pas le meilleur moment…

— Je dois vous parler sans attendre, seigneur Ambredragon, dit le petit homme qui ressemblait à un lapin. (Il fit un pas en avant, forçant le *kestra'chern* à reculer… et à le laisser entrer.) Je le dois. Mon honneur, celui du roi et votre vie en dépendent.

Il referma la porte, empêchant Ambredragon d'user de la même stratégie pour le faire sortir. D'ailleurs, à cet instant, il n'avait plus du tout l'air d'un lapin, mais d'une chèvre têtue et déterminée.

Déterminé, têtu et pas à son aise du tout.

L'embarras du conseiller était presque palpable. Même Bichehivernale, une Empathe moins puissante qu'Ambredragon, sembla le sentir. Elle leva la tête et l'observa, les paupières mi-closes.

— Vous devez m'écouter… Il est extrêmement important que vous compreniez en quoi consistent mes fonctions…

Puis il se lança dans une explication du rôle des Oracles de Vérité. Il profita de l'occasion pour leur apprendre qu'il était un Oracle avant même d'être le chef des Lanciers de la Loi.

— Vous avez le droit de demander que votre innocence soit prouvée par un Oracle, conclut-il. De plus, en tant qu'ambassadeur, vous avez le privilège de réclamer les services de n'importe lequel d'entre nous. Inutile de vous le cacher, je suis un des meilleurs. Si je dis que vous êtes innocent, personne ne mettra ma parole en doute.

Voile Argenté lui ayant donné une définition détaillée des talents et des devoirs d'un Oracle, Ambredragon n'avait aucune raison de douter de Leyuet. La *kestra'chern* n'avait nommé personne…

Mais elle a suffisamment fait allusion à lui pour que je comprenne.

Ambredragon acquiesça ; le conseiller devait avoir ses raisons d'être venu ce soir… et il préférait sans doute ne pas en parler. Le plus important était qu'il lui avait offert ses services. Voile Argenté pensait que l'efficacité d'un Oracle dépendait de sa bonne volonté. Autrement dit, moins on lui forçait la main, plus il déployait de talent.

Il vaut mieux que je ne lui pose pas de questions. Je ne veux pas savoir ce qu'il préfère garder pour lui. Il veut coopérer, c'est l'essentiel.

— Leyuet… seigneur Leyuet… merci d'être venu me donner cette information et de me proposer si généreusement vos services. Soyez assuré que je ferai appel à vous. Ce soir même, peut-être… La *kestra'chern* Voile Argenté m'a conseillé de recourir à un Oracle, même si elle n'en a nommé aucun. Si on me pose la question, je pourrai répondre en toute honnêteté que j'ai requis, sur son conseil, l'intervention d'un Oracle.

Au lieu de se sentir insulté, Leyuet se détendit visiblement quand il sut que cette initiative serait attribuée à Voile Argenté.

Il ne veut pas qu'on sache qu'il est venu me donner cette information. Voile Argenté pourra sûrement me dire pourquoi…

— Je suis heureux que vous ayez une amie comme Voile Argenté à la cour, dit Leyuet. Je ne me coucherai pas tout de suite, alors si vous avez besoin de moi, envoyez-moi chercher. Il n'est pas tard. Si rien ne s'était passé, la pièce ne serait pas encore finie…

Il se tut, réalisant qu'il débitait des banalités.

Ça semble contagieux, ce soir…

— Entendu, répondit gravement le *kestra'chern*. Merci de faire ça pour moi.

— C'est mon devoir, protesta Leyuet en reculant précipitamment, comme s'il pensait qu'Ambredragon allait le retenir pour le questionner. Bonsoir, donc… pour l'instant.

Il se retira. Si la coutume lui avait permis de courir, il aurait pris ses jambes à son cou.

Ambredragon se tourna vers les trois femmes… un peu moins anxieuses depuis qu'elles avaient entendu Leyuet.

— Et maintenant, dit-il, mettons-nous à notre aise. Je pense que le jardin est un bon choix… personne ne pourra nous entendre. Makke, allez chercher Gesten et dites-lui de nous apporter quelque chose à boire pour calmer nos nerfs à vif. Nous avons beaucoup de choses à éclaircir et nous devons trouver un moyen de le faire sans que personne soit blessé.

Quand Makke revint avec Gesten, qui portait un plateau avec du thé fort et des gâteaux au miel, Ambredragon lui ordonna de rester.

— Vous jouez un rôle dans cette histoire, dit-il, tapotant le siège à côté de lui.

Elle s'assit et il lui sourit. Pendant ce temps, Gesten alluma des bougies et des lampes, pour éloigner les insectes.

— Commençons par le vêtement perdu, car c'est à cause de lui que je suis soupçonné de meurtre. Comprenez une chose, Makke : vous avez été trahie aussi injustement que vous pensiez m'avoir trahi.

Elle baissa la tête pour cacher sa honte ; ses épaules tremblèrent.

Bizarre. Je me sens très calme, maintenant. Je me demande pourquoi.

Parce qu'il feignait la sérénité olympienne du *kestra'chern* ? Ou parce que ces femmes avaient besoin de lui ?

Je suppose que Makke ne peut pas requérir les services d'un Oracle. Puisque c'est la présence d'un de mes vêtements sur le lieu d'un crime qui m'accuse, je peux sans doute exiger qu'elle soit examinée. Leyuet découvrira qu'elle n'a rien égaré… Donc, le vêtement manquant a été volé par le vrai criminel.

Alors qu'il examinait la situation, il sentit l'anxiété de Bichehivernale.

— Ambredragon, je…, commença-t-elle.

Il eut un petit rire.

— Tu n'es pas plus à blâmer que la pauvre Makke, dit-il, prenant une tasse de thé sur le plateau que tendait Gesten. Tu n'as pas encouragé le roi à croire que tu t'intéressais à lui. Si tu es coupable, c'est d'avoir été toi-même… Dieux ! Ça a suffi pour me faire tomber dans tes filets !

Ses manières sont impeccables. Or cette cour place les bonnes manières et la perfection avant toute autre chose.

Elle n'est que charme. Comme Voile Argenté, elle ne dénote pas au sein de la noblesse. Il faudrait être fou pour ne pas voir qu'elle ne ferait jamais rien qui la couvrirait de honte !

Bichehivernale est certainement aussi exotique à leurs yeux que la kestra'chern *– je me demande pourquoi Shalaman n'a pas demandé à Voile Argenté de l'épouser… Une stupide question de caste ?*

Ça l'irritait qu'on puisse penser que Voile Argenté n'était pas digne de devenir l'Épouse Royale alors que le roi bénéficiait de tous ses talents.

Voile Argenté ferait une magnifique reine… Et elle l'aime. Ne le voit-il pas ? Oh, bon sang… Mieux vaut que je me concentre sur cette « banale » affaire de meurtre. Je m'occuperai des histoires de cœur plus tard.

— Tu t'es contentée d'être toi-même, répéta-t-il. Et l'empereur n'a pas pu te résister. Je comprends le désir que tu lui inspires, alors je peux difficilement te blâmer !

Elle sentit sa sincérité, même si elle ne pouvait pas lire dans ses pensées, et lui fit un sourire tremblant.

— Le problème, c'est… (Il hésita un instant, puis exprima ses doutes à voix haute.) Le problème, c'est que Shalaman semblait tout disposé à me laisser accuser de meurtre, pour être libre de t'épouser. Makke pâlit, mais Bichehivernale et Zhaneel acquiescèrent.

Les plumes de Zhaneel étaient hérissées et Bichehivernale serrait les dents.

— Le plus simple serait de demander les services de Leyuet devant la cour.

Bichehivernale l'interrompit. Contrairement à ce qu'il pensait, ce ne fut pas pour blâmer l'empereur.

— Tu ne devras pas laisser entendre à Shalaman que tu as deviné ses intentions – autrement dit, qu'il voulait se servir de l'accusation de meurtre pour me voler à toi. Personne à la cour ne devra arriver à cette conclusion. Si quelqu'un le soupçonnait de mal se conduire, il ne nous le pardonnerait jamais.

Oh, ça c'est la femme que j'aime... Capable de penser aux conséquences, même quand son cœur est sens dessus dessous !

Il ne s'était pas senti aussi vivant depuis... les lendemains du Cataclysme, quand chaque jour apportait une nouvelle crise et qu'elle était à ses côtés pour les résoudre.

— Malheureusement, si je demande à être testé par un Oracle, certaines personnes en arriveront à ces conclusions. Si Shalaman a bien l'intention de m'évincer, il deviendra notre ennemi. Dans le cas contraire, il perdra la face... Et le résultat sera le même.

Bichehivernale fit oui de la tête ; Zhaneel les regarda.

— Pour un Haighlei, perdre la face est presque aussi insurmontable qu'être déshonoré. Si nous ne nous aliénons pas le roi, nous ne nous en ferons pas non plus un ami. (Bichehivernale fronça les sourcils.) Mais nous ne pouvons pas laisser les choses en l'état !

— S'il est déshonoré par notre faute, ne pourrait-il pas nous déclarer la guerre pour prouver qu'il ne veut pas de Bichehivernale ? demanda Zhaneel. Oh, si seulement Skan était là !

Skcan est très bien où il est. Ce griffon est un peu trop direct pour une situation aussi délicate.

— Si nous, agissons en public et que tout se passe bien, il faudra que nous fassions témoigner Makke... Ça fera d'elle une cible parfaite pour la colère royale. Je ne peux pas le permettre!

» Nous devons aussi nous rappeler une chose… Quelqu'un, quelque part, veut se débarrasser de nous. Et si nous agissons devant la cour, il recommencera. Tant que nous ignorons qui est notre ennemi, nous ne pouvons pas nous protéger de ses attaques.

Bichehivernale serra très fort sa tasse de thé ; Ambredragon feignit de ne rien remarquer.

— Es-tu en train de dire que nous ne pouvons rien faire ? demanda-t-elle. Mais…

— Non. Je dis simplement que nous devons agir avec discrétion. J'ai parlé avec Voile Argenté et elle m'a donné un autre conseil : « Ce qui ne se fait pas en public peut être conduit en privé. » Crois-tu qu'il existe un moyen de voir Shalaman seul ?

— Je ne sais pas comment… Il a toujours des gardes du corps. Même quand il m'a donné le collier et les lis…

Makke s'éclaircit la voix, interrompant la jeune femme ; tous les regards convergèrent vers elle.

— Une fiancée accepte la proposition d'un homme dans sa demeure, dit-elle. En privé. C'est une vieille coutume qui date de l'époque où les Haighlei étaient encore des barbares et enlevaient leurs épouses. En faisant venir l'homme chez elle, la femme se réserve le droit de refuser.

— Donc… si j'envoie un message à Shalaman disant que je souhaite le voir ici, seul…

— Il croira que vous voulez lui donner votre réponse et viendra sans ses gardes. Mais il s'attendra à vous trouver seule. (Elle toussota.) On dit que de nombreux enfants naissent neuf mois jour pour jour après que leur mère a accepté d'épouser leur père.

— N'est-il pas encore trop tôt ? demanda Bichehivernale en rougissant. Je… je ne voudrais pas lui sembler trop empressée.

— Notre roi arpente sa chambre en espérant que vous serez incapable de trouver le sommeil avant de lui avoir donné votre réponse…

La jeune femme sourit, mais son sourire était un peu crispé.

Skandranon arriva juste au moment où ils allaient faire porter leur message au roi.

— J'étais sur le toit, annonça-t-il, étonné de les trouver tous si tendus. J'attendais que Kechara me contacte. Et je ne voulais pas que quelqu'un se doute de ce que je faisais.

— Pourquoi le toit ? demanda Ambredragon.

— Par souci de discrétion, bien entendu…

Ils durent expliquer la situation à Skandranon, ce qui leur prit du temps. Ambredragon était un peu inquiet. Avec son goût des plans audacieux, le griffon voudrait peut-être changer le leur.

Mais il fut d'accord avec eux.

— Je m'attendais à ce que tu veuilles chambouler notre plan, avoua Ambredragon.

Skan, qui avait pris Zhaneel sous son aile, riva sur lui un regard pensif.

— Non, je ne veux rien « chambouler », répondit-il. J'ai quand même une petite suggestion à faire. Ce n'est pas très éthique, bien sûr… mais le tour qu'on est en train de te jouer ne l'est pas non plus. Alors je pense que ça pourrait équilibrer les choses entre Shalaman et toi.

Ambredragon tressaillit. Chaque fois que le griffon proposait quelque chose qui n'était pas « très éthique » ou qui pouvait « équilibrer les choses », il fallait s'attendre au pire. Les griffons étaient des carnivores et ça transparaissait dans l'idée qu'ils se faisaient de la justice.

— Eh bien… ta suggestion ?

— Deux choses. Tu as un formidable Don d'empathie. Utilise-le. Tu ressens les émotions des autres, mais tu peux aussi projeter celles de ton choix. Tu peux exacerber le sentiment de culpabilité de Shalaman et faire en sorte qu'il se sente redevable envers toi. Fourre-lui ta sincérité et ta bonne volonté en travers de la gorge jusqu'à ce qu'il étouffe ! Fais lui avaler tant de gentillesse qu'il devra choisir entre nous accorder des faveurs ou exploser !

À ces mots, le *kestra'chern* grinça des dents, mais Skan n'avait pas tort. Il détestait utiliser ses dons de cette manière…

Si je veux que notre plan fonctionne, je dois utiliser toutes les armes à ma disposition.

— Et ton autre suggestion ?

— Dis-lui que tu es uni pour la vie à Bichehivernale. J'ai cru comprendre que c'est rare, chez les Haighlei, et que c'est très important pour eux. Leyuet pourra confirmer tes dires. Je crois que ça pourrait faire pencher la balance en notre faveur.

Ambredragon considéra la question un moment.

— Bien, je ne vois aucune raison de ne pas le faire… Prêt à jouer au messager, Gesten ?

Le hertasi acquiesça.

— Les pas de cette danse vont être difficiles à exécuter, Dragon, tu t'en rends compte ?

— Crois-moi, personne ne le sait mieux que moi. (Il tendit le message au hertasi.) Nous attendrons sa réponse.

Gesten sortit.

Makke se retira dans un coin. Zhaneel et Skan se placèrent de chaque côté de la porte, prêts à s'interposer si le roi décidait de ressortir précipitamment. Ils n'avaient pas l'intention d'user de la violence, simplement de se dresser en travers de son chemin. Ambredragon resta debout près de Bichehivernale, assise par terre.

Le collier d'or et d'ambre était posé sur un coussin, près de la jeune femme, arrangé de manière à signifier au roi son « refus poli ». Selon Makke, d'après la façon de disposer le collier, une femme pouvait exprimer son « refus craintif », son « refus chagriné », son « refus inexpliqué »... Il y avait une coutume pour chaque chose.

— Qu'a dit Judeth ? demanda Ambredragon pour tuer le temps. Et que lui as-tu raconté ?

— Oh, si j'en juge par ce que m'a transmis Kechara, les accusations de meurtre l'ont mise dans une colère noire. Elle voulait que nous rentrions à Griffon Blanc. Je lui ai fait remarquer que ce serait stupide.

» Elle a décidé d'annuler le départ du reste de la délégation diplomatique. Je lui ai suggéré d'envoyer des Argents humains à la place, des hommes et des femmes capables de jouer aux diplomates, ce qui nous laisserait le champ libre. Elle a trouvé que c'était une excellente idée. Quand elle a proposé de nous envoyer des mages, j'ai refusé, en lui expliquant mes raisons. Elle est d'accord avec moi.

» Les Argents partiront à la prochaine marée, un délai qui lui laisse le temps de peaufiner les détails. C'est tout.

Ambredragon avait le sentiment que ce n'était pas tout ce que Skan avait dit à Judeth, mais ça n'avait pas vraiment d'importance. Pour le moment, la stratégie prenait le pas sur la diplomatie... et les choses étaient plus du ressort d'un chef militaire que d'un administrateur. Or, c'était la spécialité de Skan. Il excellait à prendre des décisions qui ne pouvaient être arrêtées que par un seul individu, dans l'instant.

Il déteste être un chef. Mais il est dans son élément. Aussi terrible que soit cette situation, elle lui fait du bien. Et ne serait-il pas en train de perdre du poids ?

Au moins, ils seraient bientôt entourés par des combattants entraînés. Si les choses empiraient, ils auraient leur propre contingent de gardes. Dans le pire des cas, s'ils devaient fuir, avec l'aide de soldats, ils pourraient sans doute traverser la jungle et retourner à Griffon Blanc.

Il vint à l'esprit d'Ambredragon qu'ils devraient peut-être commencer à échafauder des plans de rechange. Mais avant qu'il ait pu partager sa réflexion avec ses amis, un bruit de pas se fit entendre dans le couloir ; quelqu'un approchait de la suite.

Shalaman poussa la porte et fit trois pas dans la pièce avant de s'aviser que Bichehivernale n'était pas seule. Il semblait si impatient et heureux que le cœur d'Ambredragon se serra. S'il avait eu besoin d'une preuve, il aurait su, en cet instant, qu'il était *kestra'chern*, envers et contre tout.

Oh, dieux, si tout le monde pouvait avoir ce qu'il veut…

Mais il savait que les fins heureuses n'existaient pas. Il pouvait seulement espérer qu'aucun cœur ne serait irrémédiablement brisé…

Shalaman fut décontenancé par la présence d'Ambredragon. Il se raidit et son visage perdit toute expression. Une fraction de seconde plus tard, il regarda Bichehivernale, puis le collier.

Quand ses yeux se posèrent de nouveau sur Ambredragon, ils étaient froids. La colère déformait ses traits. Aussi, ses paroles surprirent le *kestra'chern*.

— Madame, si cet homme vous a menacée… si…

Bichehivernale leva les yeux tandis que Zhaneel et Skan refermaient doucement la porte et se campaient devant.

Shalaman les ignora.

— Ceci est *ma* réponse, Sérénité, dit-elle calmement. Si vous pensez que je pourrais laisser quelqu'un me dicter mes choix, vous vous trompez.

» Ambredragon est ici parce que je le lui ai demandé. Et parce que je voulais vous montrer que nous sommes, pour cette affaire comme pour toutes les autres, du même avis.

Le visage de Shalaman se décomposa. Mais avant qu'il ait pu réagir, Ambredragon prit la parole.

— Vous avez courtisé ma dame. Et vous ne m'avez pas dit que j'avais le droit de demander à être sondé par un Oracle pour prouver mon innocence. Je ne puis m'empêcher de penser que ces deux choses sont liées.

Son ton était neutre, mais une accusation restait une accusation.

Shalaman ouvrit la bouche comme pour parler, mais aucun son n'en sortit.

Ambredragon sentit les émotions du roi. La panique qui s'était saisie de lui. La culpabilité, juste au-dessous. Et enfin, la honte. Les doutes du *kestra'chern* s'envolèrent. Consciemment ou non, Shalaman avait voulu se débarrasser d'un rival par des moyens déshonorants et il était obligé de regarder la vérité en face.

Je t'ai eu. Maintenant, il faut que j'apaise tes doutes.

— Sérénité, dit-il vivement, utilisant son Don, comme le lui avait suggéré Skan, pour « pousser » le roi dans la bonne direction. Bichehivernale est une magnifique jeune femme. Elle est digne d'un roi et je ne peux pas vous blâmer de l'avoir désirée. Nous ne montrons pas nos sentiments, alors vous ne pouviez pas savoir que notre union n'avait pas été arrangée.

— Vous êtes magnanime, marmonna Shalaman.

Ambredragon nota sa colère sous-jacente.

Il est temps de tourner cette colère contre la véritable cible.

— Je ne peux pas non plus vous blâmer d'être tombé dans le piège qui nous a été tendu à tous, continua-t-il, laissant filtrer un peu de sa propre colère. La ou les personnes qui l'ont imaginé comptent parmi les plus viles et les plus rusées que j'aie eu la malchance de rencontrer. Elles ont vu votre intérêt pour ma compagne et l'ont utilisé sans le moindre scrupule.

Shalaman fronça les sourcils.

— Je ne suis pas sûr de comprendre, dit-il. Voulez-vous insinuer que ces meurtres auraient de sombres motifs ?

— Quelqu'un, dans ce pays, veut se débarrasser des habitants de Griffon Blanc. J'ose ajouter que ce « quelqu'un » ne verrait pas d'inconvénient à précipiter votre chute. Par exemple, en vous mettant dans une situation où vous ne verriez pas la menace pesant sur votre honneur.

Voilà. Aucune accusation !

— C'est pour ça – nous le croyons – que sont commis tous ces crimes. Mais toutes les victimes, si elles s'opposaient à une alliance avec nous, vous étaient loyales. Ça ne fait pas complètement l'affaire de notre homme, alors il s'arrange pour provoquer une situation où vous serez impliqué personnellement.

— Donc... il y a un traître dans mes rangs, conclut le roi.

Comme Ambredragon s'y attendait, il acceptait avec gratitude la thèse avançant qu'il avait été manipulé. C'était plus facile à avaler.

Même aux yeux d'une poignée de barbares, il ne veut pas passer pour un homme sans honneur.

Intéressant. Ambredragon songea qu'il pourrait un jour comprendre ce peuple.

— C'est ce que nous croyons. Le problème, c'est que nous ne découvrirons jamais son identité, à moins de le pousser à commettre une erreur. Mais avant d'aller plus loin, je veux vous prouver mon innocence. Je vais avoir besoin des services de l'Oracle Leyuet… En privé.

Sa requête surprit le roi.

— Pourquoi en privé ? Ne voulez-vous pas laver votre nom de tout soupçon ?

— Mon honneur n'est pas seul en jeu. Si je demandais à être sondé par un Oracle devant la cour, le coupable saurait que nous avons découvert ses plans. Je veux bien continuer à être soupçonné par votre peuple, si ça peut nous aider à coincer l'assassin. Pour que justice soit faite, je supporterai les regards soupçonneux et la colère de vos courtisans.

Sincérité, honnêteté… Crois-moi, Shalaman ! Tout ça n'est que la vérité.

Le roi hocha prudemment la tête. Il était trop fin diplomate pour prendre tout ça au pied de la lettre.

— Je voudrais aussi que Leyuet sonde la servante Makke, continua le *kestra'chern*. Vous comprendrez mes raisons quand vous entendrez ce qu'elle a à dire.

Shalaman fronça les sourcils, mais il acquiesça.

Gesten, parti chercher Leyuet, frappa de sa façon très caractéristique. Skan ouvrit et s'effaça pour laisser entrer le hertasi et l'Oracle.

Ils faillirent perdre leur avantage quand Shalaman réalisa qu'*ils* l'avaient manipulé. Mais le bon sens l'emporta sur la colère.

Leyuet s'inclina devant son roi, le calmant un peu. Shalaman leur fit signe de s'asseoir puis, s'étant octroyé le meilleur fauteuil, s'y installa de mauvaise grâce.

— Je constate que vous avez tout prévu, grogna-t-il. Finissons-en avant que je perde patience. Leyuet, examinez l'ambassadeur Ambredragon.

Bien. Il est en colère. Maintenant, il faut tourner cette colère contre les vrais coupables.

— Il ne me reste qu'une chose à vous dire, Sérénité, fit-il. Mais j'ai besoin que l'Oracle vous confirme mes propos. Voulez-vous m'aider, Leyuet ?

L'Oracle acquiesça et s'agenouilla aux pieds d'Ambredragon. Puis il ferma les yeux et se concentra.

Voile Argenté lui avait dit que Leyuet ne lirait pas ses pensées – pas comme une personne douée de parole par la pensée – ni ses émotions. « Un Oracle de Vérité touche l'âme… ou lit le cœur. »

Leyuet verrait qui était Ambredragon, sans s'introduire dans ses pensées, et il saurait s'il mentait ou non.

D'après ce qu'elle lui avait décrit, l'acte exposait beaucoup plus l'Oracle qu'un Empathe. Ambredragon, lui, ne sentirait rien. Elle lui avait assuré qu'il était impossible de mentir à un Oracle. Si c'était vrai, le *kestra'chern* n'enviait pas son Don à Leyuet.

Il y a quelques esprits gluants auxquels je n'aurais pas aimé me frotter. Celui de Ma'ar par, exemple, ou celui de Shaikman. D'y penser me donne la chair de poule.

— Je veux vous montrer en quoi ma dame et moi formons un couple particulier. Bichehivernale et moi avons un lien très inhabituel. Dans notre langue, nous employons l'expression « unis pour la vie ». Je n'ai pas trouvé d'équivalent, dans la vôtre, mais il s'agit d'un lien entre deux âmes… Ce que l'un de nous ressent, l'autre le ressent aussi…

Il continua, essayant de décrire leur relation en employant des mots que Shalaman pourrait comprendre. Soudain, les yeux de Leyuet s'ouvrirent et il s'écria, catastrophé :

— Sérénité ! Ces deux-là sont *loriganalea* ! Par tous les dieux… Qu'alliez-vous faire ?

Une expression aussi horrifiée que celle de l'Oracle s'afficha sur les traits du roi.

Que diable ? Pourquoi…

Ambredragon fut interrompu dans sa pensée même. L'empereur, le grand Shalaman, tomba à genoux devant Bichehivernale et lui. Saisissant l'ourlet de leurs tuniques, il les supplia de le pardonner. Le *kestra'chern* n'avait pas vu quelqu'un de si effrayé depuis dix ans. Qu'avait donc dit Leyuet ?

Ce fut Skan qui les sortit de l'impasse.

— Eh bien, fit-il sur un ton neutre, comme s'il voyait de puissants empereurs ramper devant ses amis tous les jours, j'ai toujours dit que Bichehivernale et toi étiez spéciaux.

Durant quelques instants, le chaos régna dans la suite. Quand Ambredragon et Bichehivernale eurent assuré de leur pardon un monarque très secoué – Shalaman l'homme ayant remplacé Shalaman l'empereur –, un semblant d'ordre revint.

Encore très pâle, Leyuet leur expliqua la réaction de son roi et la sienne.

— C'est un lien sacré, dit-il, usant de mots qui ne pouvaient pas prêter à équivoque. Ni les désirs de la chair ni le pouvoir ne sont pour rien dans un tel mariage : il exprime la volonté des dieux.

» Les Livres sont très clairs. Celui qui veut briser une telle union, qui aide à en briser une ou refuse son aide aux deux personnes ainsi unies, verra s'abattre sur lui la colère des dieux et sera maudit jusqu'à la fin des temps. Et si celui qui s'interpose entre le couple béni est un monarque, la malédiction s'abattra aussi sur son peuple.

» Vous avez bien agi, Ambredragon. Vous n'avez pas seulement sauvé l'honneur de l'empereur, mais empêché les malédictions de vos dieux et des nôtres de s'abattre sur ce royaume.

— Vous auriez pu ne rien dire, fit Shalaman, très secoué. Si je n'avais pas pu obtenir votre pardon, à l'heure qu'il est, nous serions tous maudits et vous auriez été vengé au centuple. Ça n'aurait été que justice... J'ai péché par omission, vous auriez pu faire de même.

L'empereur frémit.

— Il n'y a rien que je puisse donner pour vous dédommager...

C'en était trop. Ambredragon jeta un regard suppliant à Leyuet ; le roi n'avait rien entendu de ce qu'il disait, mais peut-être écouterait-il son Oracle ?

Leyuet posa une main sur l'épaule de Shalaman.

— Assez, Votre Sérénité. Il ne s'est rien passé. Ambredragon et Bichehivernale ont compris et vous ont pardonné. Ils savent tous deux... eh bien, ils en savent assez.

— C'est la vérité, dit Ambredragon. Rappelez-vous, nous sommes tous pris dans une toile. Si quelqu'un doit subir le courroux des dieux, que ce soit l'araignée.

C'était la meilleure chose à dire. L'empereur ferma les yeux et fit oui de la tête.

Mais Leyuet n'en avait pas terminé.

— Et *vous* savez, Sérénité, que si Ambredragon devait périr dans l'instant, Bichehivernale ne serait jamais à vous, ni à aucun autre homme. Peut-être devriez-vous en parler à Palisar, mais à mon avis, cela prouve que les dieux sont favorables aux habitants de Griffon Blanc. En matière d'âme et d'amour, pour le moins.

Cette dernière remarque était pleine de sévérité. Ambredragon se demanda si Leyuet voulait se venger de son roi…

Pauvre Leyuet. Il vient de traverser un gouffre en marchant sur un fil et il a survécu. Je ne serais pas surpris qu'il y ait gagné quelques cheveux gris.

Shalaman acquiesça faiblement.

— Je sais. Et je jure que je regarderai désormais Bichehivernale comme si elle était ma sœur, ma mère ou ma fille… Sans aucune arrière-pensée.

Il leva les yeux vers Ambredragon.

— Bien. À présent, vous allez vous déclarer innocent et Leyuet vérifiera vos dires. S'il n'y a aucun autre moyen de vous disculper, je ferai une déclaration publique. Cela vous convient-il ?

— Oui. Mais souvenez-vous : à moins que ça devienne une question de vie ou de mort, personne ne devra savoir que je suis innocent. Nous devons faire croire à notre ennemi l'araignée que nous sommes tombés dans son piège. Il commettra une erreur seulement s'il se croit à l'abri de tout.

Nous devons réfléchir à d'autres moyens de me faire passer pour le principal suspect…

Leyuet reprit son rôle d'Oracle et Ambredragon se déclara innocent de tous les meurtres.

— Je ne m'en prendrai à aucun membre de cette cour, conclut le *kestra'chern*. Sauf au criminel.

Voilà. Je pense que cette histoire est réglée.

Shalaman se contenta d'un coup d'œil à Leyuet, qui confirma ce qu'avait dit Ambredragon d'une voix bizarrement détachée.

Étrange. Avant, il avait l'air tendu. Maintenant il a l'air de quelqu'un qui fait une expérience plaisante. Je me demande pourquoi.

— Et maintenant, Makke…

Ambredragon fit asseoir la vieille femme devant Leyuet. Elle était au bord des larmes, mais elle les refoula bravement et se contenta de regarder le *kestra'chern*, comme si sa seule présence la réconfortait. Il posa une main sur les siennes et s'agenouilla près d'elle, sans déranger l'Oracle de Vérité.

— Makke, demanda-t-il, vous êtes servante auprès de nous, Bichehivernale, Zhaneel, Skandranon et moi, n'est-ce pas ?

Elle acquiesça ; Leyuet l'imita.

— Une de vos tâches consiste à confier notre linge sale à la blanchisserie et à le ranger quand il revient ?

Une fois encore, elle fit oui de la tête et l'Oracle confirma.

— Aujourd'hui, quand vous l'avez récupéré, un vêtement manquait. À qui appartenait-il ?

— À vous, seigneur.

— Et vous l'avez constaté avant l'heure de la sieste, est-ce la vérité ?

— Oui, seigneur.

— Quand vous l'avez pris, hier, ce vêtement a-t-il échappé à votre vigilance, entre le moment où vous l'avez reçu et celui où vous l'avez apporté aux blanchisseuses ?

Elle secoua silencieusement la tête.

— Quand avez-vous découvert sa disparition ?

— Quand j'ai déballé le ballot de la blanchisserie, dans cette suite, seigneur. Je suis…

— Non ! dit vivement Ambredragon, posant une main sur l'épaule de la vieille femme pour l'empêcher de continuer. Décrivez-nous le vêtement manquant, si vous le pouvez.

Comme il l'avait espéré, Makke se souvenait parfaitement de la tunique. Sa description confirma que c'était bien un fragment de celle-ci que les Lanciers de la Loi avaient trouvé sur le lieu du crime.

— Bien. Maintenant, dites-moi si vous avez laissé le ballot de linge quelque part, après l'avoir reçu des blanchisseuses.

Makke secoua la tête.

— Donc, pendant le temps où le ballot est resté en votre possession, vous ne l'avez posé nulle part ?

C'était une question superflue, mais elle acquiesça.

— Cette femme dit la vérité, confirma Leyuet.

— Le vêtement dont on a trouvé un morceau sur le lieu du crime n'était plus en ma possession ce matin. Donc, je n'aurais pas pu le porter à l'heure de la sieste, dit triomphalement Ambredragon.

» Mais ce n'est pas la faute de Makke si quelqu'un d'autre s'en est emparé. Elle ne s'est pas montrée négligente… Le vêtement a été volé, et elle ne peut pas être jugée responsable des agissements d'un meurtrier, d'un traître et d'un voleur.

Shalaman soupira. Makke leva la tête et son expression passa du plus profond désespoir à une joie indicible.

— C'est la vérité, confirma Leyuet, sortant de sa transe. Mais je me demande pourquoi il était aussi important de…

Il se tut, rougissant d'embarras.

— Pardonne-moi, femme, dit-il à Makke. C'était important pour toi, bien sûr. Tous les problèmes ne concernent pas le sort de l'empire et les malédictions des dieux… Même si ceux-ci peuvent nous faire oublier tout le reste.

Makke ne comprit pas un mot de ce qu'avait dit Leyuet, mais acquiesça timidement.

— Qu'allons-nous faire d'elle ? continua l'Oracle. J'ignore si elle doit continuer à vous servir. Peut-être devrait-elle prendre sa retraite ?

Makke se tassa sur sa chaise.

— Si vous me permettez une suggestion, intervint Zhaneel, Makke est la seule à savoir qu'un vêtement a disparu, ce qui pourrait la mettre en danger de mort. Ne serait-elle pas plus en sûreté ici ? Si elle devenait la gouvernante de nos petits, elle serait sous la protection de nos serres.

Leyuet n'eut pas l'air convaincu.

— Est-ce permis ? demanda-t-il au roi. Elle appartient à la caste des Serviteurs de Basses Besognes. Les gouvernantes ne viennent-elles pas de la caste des Serviteurs de Hautes Besognes ?

Il semblait plus préoccupé par des problèmes de caste que par la survie de Makke. L'expression de Shalaman montra qu'il en était de même pour lui.

Maudits soient ces gens et leurs castes !

— Pour le moment, dit Skan, les servantes qui prennent soin de nos petits sont de la caste qui surveille les chiens et les perroquets ! Je doute qu'elles soient d'une caste supérieure à celle de Makke, car elles sont loin d'être aussi intelligentes !

Leyuet parut soudain soulagé.

— C'est vrai, empereur, qu'il n'y a aucune prescription de caste pour une personne chargée de veiller sur… sur…

Il chercha un terme qui ne soit pas offensant ; Skan lui en fournit un.

— Les petits d'animaux intelligents, dit-il. Je ne vois pas pourquoi Shalaman ne pourrait pas déclarer que cette fonction ressort à la compétence de la caste de Makke.

— Moi non plus ! dit le roi, pressé de mettre un terme à une discussion qu'il trouvait absurde. Je le déclare. Leyuet, vous direz à un de mes secrétaires de rédiger cet ordre.

Depuis l'arrivée des étrangers, Leyuet ne s'était plus jamais senti vraiment lui-même. Mais quand il émergea de sa transe, ce n'était plus le cas. Son estomac s'était dénoué, sa migraine avait disparu et il était parfaitement reposé.

Cela a été un tel plaisir de toucher l'âme d'Ambredragon, pensa-t-il, émerveillé. *Son âme est aussi noble que celle de Voile Argenté. Comment pourrait-il en être autrement ? N'a-t-il pas été son élève ? N'est-il pas son ami ? Comment ai-je pu oublier ces choses ?*

Quelques jours plus tôt, offensé de devoir utiliser son talent sur une servante, il aurait insisté pour que la tâche soit confiée à un Oracle de rang inférieur. Mais plus maintenant.

Il aurait été dommage qu'il arrive le moindre mal à Makke ; ainsi, la suggestion de la femelle griffon lui plut aussitôt. Mais c'était une victoire insignifiante à côté de tout ce qui avait été accompli ce soir. Ambredragon et lui avaient réussi à tout arranger sans compromettre l'honneur du roi.

Et Ambredragon nous a tous sauvés de la malédiction des dieux… À la veille de l'éclipse, en plus ! Le soulagement de Leyuet était tel qu'il sentit ses jambes se dérober. *Quel désastre ç'aurait été... La malédiction aurait sans doute duré jusqu'à la prochaine Cérémonie!*

Ambredragon pardonnait de bon cœur; cela correspondait à ce qu'avait senti Leyuet.

L'Oracle se reposa un peu pendant que le *kestra'chern*, Skandranon, Shalaman et les autres décidaient de la marche à suivre.

—Nous ne devrions pas nous contenter de donner l'illusion que je suis le principal suspect, dit Ambredragon. Bichehivernale, si tu n'y vois pas d'objection, nous devrions faire croire à tout le monde que nous nous sommes querellés au sujet des accusations de meurtre et que tu as accepté la proposition du roi.

À ces mots, Leyuet sursauta. C'était audacieux... et dangereux. Il aurait été très inquiet s'il n'avait pas tourné le dos à la coutume pour sonder le roi. Il savait ainsi que Shalaman, terrifié à l'idée de ce qui aurait pu arriver par sa faute, n'avait pas menti sur la manière dont il comptait traiter Bichehivernale.

Face au danger, faire fi de la coutume est insignifiant. Il n'aurait pas fallu que Shalaman continue à voir Bichehivernale si son cœur n'avait pas changé.

—Je n'y vois pas d'inconvénient... tant que je peux toujours...

Bichehivernale se mordit la lèvre et rougit furieusement. Shalaman éclata de rire. Il trouvait très drôle la manière dont ces visages pâles montraient leur embarras.

Jusqu'où rougit-elle, on se le demande?

Le rouge atteignait sa gorge blanche et disparaissait dans son décolleté.

—Leyuet vous remettra les clés de la suite voisine de celle des griffons, dit le roi. Elles communiquent toutes entre elles, voyez-vous. Si vous deviez m'épouser, c'est là que je vous ferais installer. Une future épouse doit rester avec les siens et les griffons sont pour vous ce qui se rapproche le plus d'une famille… De plus, les gens croiront que je les mets entre vous et Ambredragon.

—Ce plan me convient, dit Skan. Juste une chose, Dragon : ne passe pas tes nuits à traverser nos appartements, d'accord ?

Shalaman gloussa et Leyuet se permit un sourire. Si le roi avait eu des regrets, il aurait mis Bichehivernale dans les appartements royaux.

L'Oracle se détendit. Ils n'avaient plus besoin de lui, mais il devait savoir ce qu'ils allaient faire. Voile Argenté et Palisar devaient être mis au courant.

Je ne devrais pas être si content… C'est une situation périlleuse. Il y a un assassin parmi nous. Et ça pourrait être n'importe qui !

Ou presque. Quatre dames ont déjà trouvé la mort… Je ne les connaissais pas, mais je ne devrais pas être assis ici, à songer que j'aimerais profiter d'un bon repas pour la première fois depuis des jours…

Cela dit, il n'y avait rien de plus qu'il pût faire. Son empereur se comportait de nouveau comme le Shalaman qu'il connaissait : un guerrier et un chef.

Et il découvrait une facette de la personnalité des étrangers, en particulier chez Ambredragon, qu'il n'avait jamais soupçonnée. Avant, ils lui avaient semblé si différents des Haighlei… retors, rusés, fourbes…

Ambredragon, surtout, lui paraissait trop énigmatique pour être digne de confiance. Comment avait-il pu ne pas comprendre que son mystère était l'écho du détachement professionnel dont faisait preuve Voile Argenté ?

Je pensais que Voile Argenté était unique. Tous les kestra'chern *du Nord leur ressemblent-ils ? Sans doute pas. N'importe qui peut se donner le titre de* kestra'chern, *après tout.*

Certains de nos kestra'chern *sont tout juste dignes de le porter. Et il y en a eu très peu, même parmi les meilleurs, qui se soient élevés au rang de conseiller.*

Mais deux d'entre eux étaient dignes de siéger parmi les grands de ce monde : Voile Argenté et Ambredragon. C'était aussi le cas d'une troisième âme brillante, bien que d'un genre différent : Bichehivernale.

Ainsi, les étrangers n'étaient plus vraiment… des étrangers, en dépit de leurs manières bizarres et de leurs amis, les griffons.

Qui sait… un jour, je m'aventurerai peut-être à les sonder. S'ils sont amis avec Ambredragon, je ne serai pas en danger…

Il sursauta en s'avisant que la conférence était terminée. En ce qui le concernait du moins.

— Vous pouvez disposer. Leyuet, dit Shalaman. Nous vous avons assez privé de sommeil. Dès demain matin, rapportez à Voile Argenté et à Palisar ce que nous avons convenu ce soir. Mais insistez bien sur un point : personne d'autre ne doit être au courant.

Leyuet comprit le message : il devait garder pour lui la faute qu'avait failli commettre le roi.

Ce n'était pas la première fois. Et cela faisait partie des devoirs d'un Oracle.

Il se leva, sourit et sortit en s'inclinant respectueusement.

Mais pas pour retourner à ses quartiers.

Voile Argenté apprendrait sans doute ce qui s'était passé de la bouche d'Ambredragon, il s'en assurerait dans la matinée. Par contre, cette affaire était épineuse et Palisar devait être mis au courant immédiatement.

Que Shalaman continue d'entretenir l'illusion que ses conseillers dormaient quand une situation délicate requérait leur compétence ! Leyuet connaissait ses responsabilités et Palisar aussi. La nuit allait être longue, mais ça en valait la peine.

De plus, je semble déborder soudain d'énergie.

Je me demande pourquoi.

Chapitre 8

En dépit de l'heure tardive de son coucher, Skandranon se leva à l'aube et partit patrouiller. Il était nerveux. Mais comment aurait-il pu en être autrement avec tous les problèmes qu'ils avaient sur les bras ?

Avant tout, ils devaient découvrir l'identité du meurtrier et comment il assassinait ses victimes.

Skan était tellement en colère que ses muscles se contractaient. Ce n'était pourtant pas le même genre de colère que celles qui le dominaient, par le passé, le rendant casse-cou et impulsif, mais plutôt une rage qui couvait comme la braise. Grâce à elle, il coincerait le coupable. Et quand il lui mettrait la main dessus… Eh bien, l'assassin souhaiterait sans doute que Leyuet et ses Lanciers de la Loi soient arrivés les premiers !

Qui que soit ce sketi *puant, il doit bien y avoir un moyen de pénétrer sur les lieux de ses crimes ! A-t-il laissé des traces sur les toits ? Dans ce cas, je les trouverai peut-être.*

Je doute que Leyuet et ses hommes y aient jeté un coup d'œil. Ils étaient trop sûrs que Dragon et moi étions les coupables.

Il s'envola de son balcon sans le moindre effort – bon, ses os craquèrent un peu, mais c'était inévitable. Au moins, ses exercices réguliers étaient concluants. Son problème était dû à l'humidité ambiante ; ici, il faisait humide et frais la nuit et humide et chaud le jour. Sous un tel climat, la végétation prospérait et les fleurs embaumaient l'air à toute heure… Mais les individus d'âge moyen avaient des problèmes articulaires.

Il lui vint à l'esprit, alors qu'il effectuait des figures porté par les courants aériens de l'aube, qu'il offrait une cible parfaite.

Après tout, il n'y a pas ici beaucoup de créatures volantes, de la taille d'un cheval et blanches comme neige… Si une personne proche d'une des victimes me voyait et décidait de faire justice, je serais dans une…

Les années passées à éviter les projectiles ingénieux utilisés par les soldats de Ma'ar le sauvèrent.

Un peu plus tard, il comprit qu'il avait dû capter un mouvement du coin de l'œil, trop discret pour que son cerveau l'enregistre consciemment. Mais son instinct contrôla instantanément la situation, et il changea de trajectoire…

Que se p… Oh, sketi*!*

Une flèche fendit l'air là où se trouvait sa poitrine une seconde plus tôt. Par chance, si elle emporta quelques plumes, elle ne toucha pas son aile.

Sans réfléchir, il tendit la patte et attrapa le projectile.

Un geste stupide, il voulait bien l'admettre, mais son succès le rassura sur l'état de ses réflexes. Il descendit en spirale, cherchant une trace de l'archer.

Il n'en trouva aucune ; d'ailleurs, personne n'était assez fou pour risquer de se faire prendre un arc à la main.

La flèche était ordinaire, sans aucune marque, fioriture ou empennage qui puisse trahir son origine où l'identité de son propriétaire. Il devait y en avoir des centaines de milliers d'autres dans la capitale. Et qui sait, l'archer ne le visait peut-être pas. Il ne s'agissait peut-être que d'un malencontreux hasard…

Oui, c'est ça. Et les cochons volent en ce moment même en formation de parade pour saluer le lever du soleil…

Inutile d'essayer de se convaincre qu'il n'était pas vraiment visé. Comme il l'avait craint, on avait profité de ses cabrioles pour essayer de se débarrasser de lui. Quelqu'un, dans le palais, voulait lui trouer la peau.

Soudain, il eut hâte de voir arriver le reste de la délégation « diplomatique »… ou plutôt le coffret qu'elle devait lui apporter. Pour une raison qu'il ignorait, il était toujours plus difficile de toucher une cible noire. Peut-être était-ce une simple question de perception.

Mais cette attaque avait des implications qu'il ne pouvait pas ignorer. Si un Haighlei choisissait de tourner le dos à la tradition et à la coutume pour tirer sur Skandranon *en personne*, cela signifiait que la situation s'était terriblement dégradée. Les gens du coin ne commettaient pas ce genre d'acte. Leur comportement était tellement régi par la loi que c'en devenait ridicule !

Ses compagnons et lui n'avaient pas envisagé ce type de scénario. Finalement, il pouvait s'avérer très dangereux de se faire passer pour suspect numéro un des meurtres commis dans le palais. Ambredragon allait se mettre dans une position très délicate.

Il faut que je lui parle immédiatement… D'ailleurs, le ciel n'est pas très accueillant, ce matin.

Quelques secondes plus tard, il atterrit sur la terrasse de la suite d'Ambredragon… qui, à sa grande surprise, souleva les rideaux pour venir à sa rencontre.

Le *kestra'chern* ne semblait pas avoir beaucoup dormi. Ses yeux étaient gonflés et un peu cernés et ses longs cheveux noirs tout emmêlés. Il suffisait d'un coup d'œil pour voir qu'il s'était habillé à la hâte – sans doute en entendant arriver le griffon.

Une bonne chose que Bichehivernale ait le sommeil lourd, sinon je serais dans de sales draps. Elle déteste être réveillée à l'aube.

Dragon, lui, ne m'en tiendra pas rigueur.

Skan exécuta un atterrissage parfait... Non sans faire voler les cheveux de son ami.

— Nous avons un problème, Dragon, dit-il.

Le *kestra'chern* le regarda tout en continuant de se masser les tempes, l'air absent. Il avait mal à la tête. Eh bien, il ne serait pas le seul dans le palais, ce matin !

— Regarde cette flèche ! Quelqu'un pense que les étrangers font de bonnes cibles, surtout ceux qui ont des ailes. Mais cette mode peut devenir aussi, et en un clin d'œil, celle des étrangers portant des robes en soie.

Ambredragon se mordilla pensivement la lèvre.

— Était-ce un avertissement ou a-t-on essayé de te tuer ? demanda-t-il.

— On a essayé de me tuer... Sauf si le tireur s'attendait à me voir esquiver, répondit-il.

» Le problème, Dragon, c'est que tu es moins bon que moi au jeu de l'esquive, en particulier sur un balcon ou dans un couloir. Nous devons reconsidérer nos plans. Bichehivernale m'en voudra à mort si tu finis troué comme une passoire !

Tu n'es pas un guerrier Dragon ! pensa Skan, espérant que le *kestra'chern* se montrerait raisonnable. *Tu n'as jamais été fait pour être en première ligne. Si tu n'en as pas envie, personne ne t'obligera à combattre. N'essaie pas de jouer un rôle qui ne te va pas.*

— Si je deviens le suspect principal, je peux me cantonner à mes appartements, répondit le *kestra'chern*. Et j'aurai toutes les raisons de le faire...

» Les Argents arriveront dans quelques jours. Quand ils seront là, j'aurai assez de gardes du corps pour m'en sortir…

— Tous les gardes du corps pourraient ne rien y changer, grommela le griffon. (Mais il acquiesça de mauvaise grâce.) Je veux quand même que tu saches une chose : je trouve dangereux de continuer selon nos plans. Tu n'es pas et tu n'as jamais été un combattant, tout Kaled'a'in que tu sois. Tu n'as pas un instinct de guerrier. Je…

— Skan, tu oublies que je n'ai pas toujours été un *kestra'chern*, coupa Ambredragon. Je n'ai pas été protégé de la violence toute ma vie. Pour retrouver ma famille, j'ai traversé un pays à feu et à sang quand j'avais à peine treize ans. Puis j'ai survécu à une décennie de guerre contre Ma'ar et à la fuite vers le sud-ouest. Je ne suis pas un combattant, c'est vrai, mais j'ai toujours entretenu ma forme.

Si cette remarque était destinée à embêter le griffon, elle n'atteignit pas son but.

— Et moi j'ai retrouvé la forme, Dragon. Je pourrais faire une bien meilleure cible que toi. Je ne suis pas humain et je *suis* un combattant qui a passé des années à esquiver toutes sortes d'attaques.

— C'est vrai, tu devrais prendre ma place : tu fais une cible bien plus grosse que moi !

» Mais désolé, Skan… Je manque de sommeil et cette affaire me met les nerfs à rude épreuve. Je promets que je serai *très* prudent, mais je dois le faire. C'est trop important pour que je ne prenne pas quelques risques. Ça te va ?

Skan ferma les yeux un instant, essayant de se débarrasser du mauvais pressentiment qui lui nouait les tripes. S'il devait un jour retirer une flèche de la poitrine d'Ambredragon…

Bizarre… J'ai toujours été celui qui fonçait tête baissée vers le danger et ça ne m'a jamais fait peur. Mais savoir Dragon en première ligne… Il dut lutter contre la nausée. *C'est ça que mes amis ressentaient chaque fois que je partais ? Je ne supporte pas l'idée de le savoir en danger ! Je ne veux pas seulement le protéger, je veux qu'il reste en dehors de tout ça !*

Mais c'était à Ambredragon de décider.

Je refuse qu'on me dise ce que je dois faire. Si Dragon essayait de me protéger, je lui en voudrais énormément. Et il a raison, bon sang ! Ces meurtres sont en train de creuser un fossé entre les Haighlei et nous, et ils pourraient nous entraîner dans une guerre qui ne bénéficierait à aucun des deux camps.

—Si tu n'es pas *très* prudent, lâcha Skan, ce que notre ennemi te fera ne sera rien comparé à ce que je te ferai si tu es blessé !

—Ça me paraît honnête…

Ambredragon passa une main dans ses cheveux emmêlés et sourit au griffon, qui lui jeta un regard noir.

—Puisque je suis réveillé, pourquoi ne me dis-tu pas tout ce que Judeth et toi vous êtes raconté, hier soir. Moins Bichehivernale en sait, mieux c'est, et je ne veux pas inquiéter Zhaneel, mais je dois être informé de ce que tu prépares.

» Si je dois me conduire comme une cible ambulante, le moins que tu puisses faire, c'est me tenir au courant.

Quel culot ! Skan foudroya le *kestra'chern* du regard.

—Ce n'est pas juste, Dragon ! grogna-t-il. C'est du chantage.

—Exact…

Il resserra ses robes autour de lui, croisa les bras sur sa poitrine et s'adossa nonchalamment au mur. Skan se demandait toujours comment un homme pouvait avoir une telle allure et être aussi beau, même tout échevelé.

— Allez, vas-y, Skan ! Parle ou je vais m'employer à te culpabiliser jusqu'à ce que tu le fasses. Je suis très doué à ce jeu… tu le sais.

Qu'il soit maudi ! Oui, il est très doué à ce jeu… Il lui suffit d'afficher une certaine expression… ou de lâcher un ou deux mots. On dirait ma mère !

Skan s'avoua vaincu.

— C'est surtout moi qui ai parlé. Je leur ai raconté ce qui se passe ici. S'ils insistent pour que je sois leur chef, alors j'ai l'intention d'agir à ma manière.

— Et qui sont ces « ils » ? Tu as mentionné Judeth. Qui y avait-il d'autre ?

Étoileneige, Vikteren et Aubri. À cette distance, Kechara ne pouvait pas organiser une conversation avec plus de participants. D'ailleurs, elle ne relayait pas nos voix mentales, seulement ce que nous disions.

» J'ai demandé à Étoileneige de me remplacer à la tête de Griffon Blanc. Ça ne lui a pas plu, mais il a fini par accepter. Vikteren reste là-bas aussi. Judeth et Aubri vont venir.

Étoileneige a dû comprendre que je lui demandais de me remplacer… définitivement. Je ne suis pas un chef, et dès que les gens se seront faits à lui, il n'y aura aucun problème. Si Ventlion n'avait pas été aussi charismatique, c'est Étoileneige qui serait aujourd'hui le chef des k'Leshya.

— C'est ton idée ou la leur ? demanda Ambredragon.

— La leur, mais… Bon sang, Dragon, nous avons déjà travaillé ensemble, et je préfère les avoir à mes côtés plutôt qu'un jeune griffon qui me prend pour une légende vivante !

Il tourna le dos au *kestra'chern* et regarda vers le nord, en direction de leur colonie. Par-delà les toits de la ville, seule la jungle était visible. Mais son cœur savait où était sa maison et il aurait donné cher pour y être.

Et en même temps… il n'aurait manqué tout ça pour rien au monde. Il se sentait vivant et utile pour la première fois depuis des années.

— Je leur ai demandé de m'apporter de la teinture noire. Je vais redevenir le Griffon Noir.

Il avait cru qu'Ambredragon protesterait, mais le *kestra'chern* ne broncha pas.

— Bizarrement, ça ne me surprend pas. Tu te souviens enfin de qui tu es, après avoir laissé les autres faire de toi ce qu'ils voulaient que tu sois. Personne ne s'en est aperçu, mais un ami et un *kestra'chern* voient ces choses-là. Je suis indéniablement un *kestra'chern*. Deviner les choses fait partie de mon boulot.

— En effet. (Skan s'inclina légèrement.) Je leur ai décrit la situation. Puis je les ai prévenus qu'il était inutile d'essayer de nous dissuader de prendre les choses en mains. Nous ne pouvons pas nous payer le luxe de ne rien faire.

— C'est la vérité. Nous avons passé la soirée à en parler. Qui d'autre va venir ?

— Aucun mage, répondit Skan. Judeth voulait amener Vikteren, mais il a refusé, prétextant qu'avec les orages magiques on pouvait avoir besoin de lui à Griffon Blanc. J'y ai réfléchi et je me suis rangé à son avis… principalement parce que les Haighlei ne veulent pas que nous fassions venir des mages, et non parce que je le crois indispensable à notre cité…

— Griffon Blanc a Étoileneige, souligna Ambredragon en souriant. Vikteren pourrait nous être utile. Personne ne serait obligé de savoir ce qu'il est.

— Nous savons tous qu'Étoileneige est puissant. Et il y a de nombreux mages à Griffon Blanc. Pourtant… (Skan claqua du bec.) Je préfère Vikteren… Nous savons tous les deux qu'il a un Don pour débrouiller les situations extraordinaires.

» Je leur ai surtout détaillé la situation que nous vivons. Il faut qu'ils comprennent ce qui se passe ici, ou nous pourrions ne plus avoir de cité vers laquelle retourner... Si le Griffon Noir rentrait pour retrouver une ville en ruine, ce serait du plus mauvais effet !

» Voilà pourquoi je ne veux voir débarquer ici que des Argents avec de l'expérience et du bon sens – je sais, ça devrait éliminer Aubri, mais je suis un vieux sentimental...

— J'espère que tu n'as pas laissé Griffon Blanc sans défense. Et rappelle-toi, nous ne pouvons pas faire venir une armée !

— Ne t'inquiète pas. Il n'y aura qu'une poignée de soldats aux griffes et aux dents aussi acérées que les nôtres – bien que je n'aie pas de *dents* – et quelques jeunes qui, même s'ils n'ont jamais combattu contre les forces de Ma'ar, ont eu l'occasion de faire leurs preuves.

» Le contingent de Judeth n'excédera pas dix personnes. Moins nombreux, ils ne nous serviraient à rien. Mais s'ils étaient davantage, ils nous gêneraient. Si nous devons fuir, moins nous serons, mieux ça vaudra.

— Si c'est tout ce dont vous avez parlé, je suppose que tu n'as rien de plus à me dire...

Il plissa les paupières pour protéger ses yeux fatigués du soleil levant.

Skan rit tout bas. Inutile de mentionner à Ambredragon l'attitude péremptoire qu'il avait adoptée avec ceux de Griffon Blanc. Quel intérêt ? Le *kestra'chern* s'inquiéterait pour son « image » alors que lui-même s'en fichait.

Et inutile de lui rapporter la réflexion de Kechara, pensa-t-il, le cœur serré.

La petite grifaucon n'était pas contente que « papa Skan » reste absent aussi longtemps et encore moins de sentir son inquiétude. Il avait dû lui parler longuement, seul à seul, avant de pouvoir aller se coucher.

J'ai essayé de lui dire que tout va bien. J'ai fait de mon mieux pour la rassurer.

Il pensait avoir été convaincant – après tout, il n'était pas difficile de persuader Kechara. Elle le croyait parce qu'elle était… qui elle était… et parce qu'elle croyait en tout et en tous. Il lui avait dit combien il était fier d'elle, et l'avait félicitée de veiller sur eux à distance. Judeth lui avait révélé l'initiative de Kechara. La petite « mal-née » s'était mis dans la tête de garder un « œil » sur eux, touchant leurs pensées plusieurs fois par jour, sans qu'ils n'en sachent rien. Heureusement, elle semblait l'avoir fait à des moments où ils n'étaient pas trop préoccupés, sinon elle en aurait été bouleversée.

Mais il a fallu quand même qu'elle me demande quand papa Urtho allait revenir et s'il était ici avec moi…

Ça l'avait bouleversé, même s'il avait réussi à le lui cacher.

Pour Kechara, son « père » était toujours en vie, quelque part, occupé à quelque chose d'imprécis mais d'important. Personne n'avait essayé de la détromper. Après tout, elle était heureuse ainsi… Et en un sens, c'était probablement ce qu'Urtho, ou du moins son *esprit*, devait être en train de faire.

Ils ne savaient pas si elle comprenait ce qu'était la mort… Et si elle l'ignorait, personne n'avait envie de le lui apprendre.

J'ai dû lui dire qu'il n'était pas ici avec moi et que je ne savais pas quand il reviendrait. Sketi, *je ne suis même pas sûr de rentrer moi-même un jour !*

Il avait essayé de la préparer en disant que les gens partaient parfois et ne revenaient jamais. Il parlait d'Urtho, mais… Eh bien… il espérait que ça ne s'appliquerait pas à lui aussi.

Bon sang, pourvu que ça ne s'applique à aucun de nous !

Ambredragon bâilla à s'en décrocher la mâchoire. Il porta une main à sa bouche et s'excusa.

— Je suis crevé, Skan. Je vais me recoucher. Moins je me montrerai, plus les gens se poseront de questions. Les langues se délieront et ça servira notre plan.

» La cour du matin peut se passer de moi. De toute façon, ma popularité est en baisse. Mais n'oublie pas de tenir Leyuet au courant des derniers événements.

Skan regarda tristement la flèche.

— Puisque les cieux sont inhospitaliers, je vais faire comme toi… Enfin, je vais rentrer et rester cloué au sol… Si j'avais vu l'archer ! Je crois que je suis de nouveau assez fort pour soulever un type qui se débat – ou un cadavre.

» Dragon… fais bien attention à toi, d'accord ? Parle à Gesten de tout ça.

— Gesten est déjà au courant de tout, dit une voix nasillarde sur un ton dégoûté. Tu ne t'imaginais pas pouvoir me cacher ce genre de choses ?

— Bien sûr que non ! rétorqua le griffon. Tu es l'empereur des fouineurs ! Il ne me viendrait pas à l'idée de rêver d'une conversation privée ! Quand je parle, je sais que tu es probablement caché derrière un meuble ou un rideau.

Sur cette déclaration, et parce qu'il avait rarement le dernier mot avec le petit hertasi, il profita de son avantage et sauta sur le balcon d'à côté, celui de sa suite.

Derrière lui, Skan entendit Gesten dire à Ambredragon sa façon de penser. Il gloussa de soulagement.

Voilà un danger auquel je ne suis pas mécontent d'avoir échappé ! La langue de Gesten est plus redoutable que toutes les flèches de l'arsenal haighlei !

Quand Ambredragon se réveilla pour la seconde fois, Bichehivernale rentrait de la cour du matin, où elle avait joué son rôle de fiancée royale. Il s'étira, puis s'assit. Les quelques heures de sommeil en plus lui avaient fait du bien.

La jeune femme s'était vêtue avec soin pour la cour du matin.

Elle était tout simplement splendide.

Sa robe en soie couleur d'ambre avait été subtilement retravaillée pour obtenir un compromis entre le style nordiste et celui des costumes haighlei. Des bandes d'étoffe blanches et dorées avaient été cousues sur les manches et en bas de la jupe. Contrairement à la tradition haighlei, il n'y en avait pas au niveau du col ; le Collier de Fiançailles, à son cou, était une parure suffisante.

Ses cheveux étaient savamment coiffés ; sur le devant, on avait piqué un des Lis du Lion. Elle portait des bracelets d'or et d'ambre et une ceinture avec des têtes de lions assorties au collier. On eût dit une statue d'or et de marbre plutôt qu'une femme de chair et d'os.

Son expression trahissait la pression qu'elle subissait. Plus elle se sentait dépassée, plus elle avait l'air d'une statue.

— C'est officiel ? demanda Ambredragon, alors qu'elle venait s'asseoir à côté de lui sur le lit. Est-ce pour ça que tu portes des bracelets et une ceinture ?

Elle soupira, jouant distraitement avec un de ses lourds bracelets en or.

— Selon la rumeur, je t'ai abandonné à cause des crimes horribles dont tu t'es rendu coupable. Moi, bien sûr, je n'ai rien dit. Nous avons déménagé une partie de mes affaires dans l'autre suite, pour rendre notre histoire de séparation plus crédible… et j'ai emmené Brisechantante avec moi. Ou, pour être plus précise, elle est avec les petits griffons, à la nurserie.

Elle lui jeta un regard inquiet, s'attendant à ce qu'il proteste.

— Elle y sera plus en sécurité, au cas où le tueur déciderait de venir ici.

À la pensée qu'on pourrait faire du mal à leur fille, l'estomac d'Ambredragon se noua.

Dieux. Je préfère ne pas y penser. Mais je vais quand même en parler à Skan.

Malgré son trouble, il sourit, essayant d'alléger un peu l'atmosphère.

— Eh bien, ça me permettra de faire la grasse matinée ! Et elle aura deux compagnons de jeu dès l'instant où elle ouvrira les yeux.

» Franchement, je plains celui qui essaierait de l'atteindre… surtout s'il doit avoir affaire à Makke.

Il avait dit ça en plaisantant, mais Bichehivernale leva un sourcil et répondit très sérieusement :

— Moi aussi. Makke n'est pas seulement ce qu'elle essaie de faire croire.

Ce fut au tour d'Ambredragon de lever un sourcil.

Une mère doit savoir en reconnaître une autre et lui faire confiance. Il faudra que je me souvienne de ne jamais sous-estimer l'instinct maternel. Ni Makke.

— Donc, à partir de maintenant, tu n'as plus aucun lien avec moi.

Il se sentit abandonné et dut lutter pour n'en rien laisser paraître. C'était ce qu'il haïssait le plus dans leur plan. Il avait été seul si longtemps avant de rencontrer Bichehivernale... Et il n'avait pas pensé qu'un jour il devrait de nouveau affronter un lit vide.

Seule avec lui, la jeune femme laissa tomber le masque. À son expression, il comprit qu'elle partageait son désarroi...

Perversement, il se sentit réconforté. Savoir qu'elle aussi serait malheureuse et solitaire lui donna le courage de continuer. Soudain, il se sentit désiré et irremplaçable. En avait-elle conscience ? C'était probable.

Une bonne chose que Bichehivernale soit une excellente actrice ! Il la connaissait bien et savait sans l'ombre d'un doute qu'elle ne laisserait jamais transparaître ses émotions en public. Elle avait tenu un rôle bien plus difficile, par le passé, en cachant à ceux qui auraient pu la reconnaître qui et ce qu'elle était.

Et heureusement que je suis aussi sûr d'elle qu'elle l'est de moi. Sinon, je pourrais montrer mes doutes chaque fois que je la rencontrerai en public.

Il posa une main sur celle de la jeune femme et vit ses yeux s'assombrir. Au même instant, il sentit son cœur devenir aussi lourd que le sien.

Bichehivernale bomba le torse. Elle était brave et courageuse, il le savait. Ce qu'elle dit le conforta dans cette idée.

— Enfin, ce n'est que temporaire. Et au moins, si je dois t'éviter en public, en privé, rien ne changera.

Elle se mordit la lèvre ; il lui serra la main plus fort.

— Au cas où tu voudrais le savoir, Shalaman s'est comporté en frère attentionné. Personne n'a vu la différence, mais il me traite comme si j'étais un objet sacré, inaccessible à ses mains et à ses désirs profanes.

— Toi, tu dois te conduire comme la fiancée royale… et comme si tu n'avais plus du tout confiance en moi.

— Ça va faire plaisir à notre ennemi. Plus nous nous déchirerons, plus il pensera avoir une chance de nous coincer et de nous faire endosser la responsabilité d'un de ses meurtres.

Eh bien, le pire était passé : se mettre dans la tête qu'ils devaient se séparer pour un temps. Ambredragon s'avisa que son esprit fonctionnait de nouveau. Maintenant que ses émotions ne faisaient plus obstacle, il pensait aux différents paramètres de la situation. Curieusement, malgré les dangers, implicites et réels, et le fossé artificiel qui s'était creusé entre la femme de sa vie et lui, il trouvait la situation stimulante.

Skan était un stratège, mais il se révélait également parfait dans le rôle du coordinateur.

À propos… il ferait bien de changer de sujet. Discuter de stratégie et de tactique ferait du bien…

— Skan a parlé par la pensée avec Judeth, Étoileneige, Vikteren et Aubri, la nuit dernière.

» Judeth viendra en personne, avec neuf de ses Argents, à la place de la délégation diplomatique attendue.

— Ce n'est pas une mauvaise idée, mais j'aurais aimé que nous puissions faire venir quelques mages. C'est impossible, je le sais. Si Palisar, qui hésite encore à nous faire confiance, le découvrait…

— Il s'imaginerait que nous avons fait commettre les meurtres par nos mages, et peu importe ce que pourrait objecter l'Oracle.

Quand elle hocha la tête, il se rengorgea un peu, content d'avoir si bien compris le troisième conseiller.

— Et que pense-t-il de la fiancée royale ?

— Il fait bonne figure uniquement parce qu'il sait que c'est une supercherie. Il ne nous apprécie pas beaucoup. Je crois que nous lui faisons peur.

— Et moi, je crois que j'ai besoin d'un bain.

Ambredragon se leva et fit signe à sa compagne de le suivre. S'il y avait un endroit où personne, même un serviteur, ne viendrait les déranger, c'était bien la salle de bains.

— Au sujet de Palisar, je pense que tu as raison, dit-il en se déshabillant.

Puis il entra dans le bain qu'une servante lui avait préparé, retenant son souffle quand l'eau froide l'enveloppa – pour des raisons climatiques, les Haighlei préféraient l'eau fraîche à l'eau chaude. La baignoire était encastrée dans le plancher ; Bichehivernale s'assit à l'autre bout pour continuer leur conversation.

— Voile Argenté nous a dit que les Haighlei craignent et désirent tout à la fois les changements. Je crois que Palisar représente ceux qui en ont le plus peur… et Leyuet ceux qui sont capables de les accepter, dans une certaine mesure.

» Quant à l'empereur, il parle au nom des quelques Haighlei qui accueilleraient les changements à bras ouverts, s'ils le pouvaient.

— Et Voile Argenté, où se situe-t-elle ?

— Voile Argenté incarne le changement dissimulé dans une enveloppe immuable.

Ambredragon sourit, plutôt fier de sa trouvaille ; Bichehivernale lui fit une grimace et l'aspergea d'eau.

Ambredragon se laissa glisser sous la surface pour se rincer les cheveux ; quand il remonta, il passa à autre chose.

— J'aimerais que nous gardions secrète la véritable identité de nos « diplomates ». Le seul qui devra savoir, c'est Leyuet… Puisqu'il est responsable des Lanciers de la Loi, nous aurons besoin qu'il coopère avec Judeth. Sans connaître la vérité, pourquoi le ferait-il ?

Bichehivernale se contenta de secouer la tête et de hausser les épaules.

— Quoi que vous décidiez, Skan et toi, je vous suivrai. J'avoue que tout ça n'est pas de mon domaine. Le mieux, c'est que je joue mon rôle. Dis-moi ce que je dois faire et dire…

Grands dieux, suis-je en train de devenir un chef ?

Non, sûrement pas.

— Tu es parfaite…

Il inclina la tête en arrière, l'invitant à l'embrasser ; elle se pencha sur lui et posa un baiser tiède et insistant sur ses lèvres.

— Je me demande si tu sais à quel point tu es remarquable, lui souffla-t-il quand elle s'écarta.

— Oh, je sais, oui… Mais seulement quand tu me le répètes souvent.

— Dans ce cas…

Elle l'enlaça. Il était trempé, mais elle se fichait de mouiller sa robe.

— … je ne cesserai jamais de te le dire.

Ils étaient tous dans le jardin des griffons quand Leyuet entra. L'Oracle se déplaçait avec raideur et il pinçait les lèvres. Les quatre amis avaient appris à déchiffrer ces manifestations : mauvaise nouvelle. Cette fois, il était seul, mais son expression trahissait des pensées aussi sombres que sa peau.

Ils le regardèrent un long moment. Soudain, le bruit des jets d'eau leur parut assourdissant.

Une seule chose peut le mettre dans un tel état...

—Oh, dieux! s'exclama Ambredragon. Pas encore un autre...

Il n'eut pas besoin d'en dire davantage. Leyuet hocha tristement la tête et se laissa tomber sur un banc avec une profonde lassitude.

Il doit être épuisé. Cette affaire le touche tant.

—Nous l'avons découvert aujourd'hui, mais il a été commis la nuit dernière. Et je suis sûr que de nombreuses personnes se souviendront que Skandranon était dans les airs à ce moment-là.

» C'est bien ce qui me tourmente. Qui que soit le meurtrier, il sait quand l'un de vous n'a pas d'alibi et il en profite. Il a commis une erreur la première fois, et il semble bien décidé à ne plus la refaire.

—Le contraire m'aurait surpris, dit Ambredragon. Le meurtrier a donc laissé des preuves incriminant Skan?

—Des marques de serres de griffon sont-elles des preuves suffisantes? rétorqua Leyuet, avec un curieux sourire de triomphe. La victime semble avoir été battue à mort par une créature qui est entrée par la fenêtre.

Il ne nous dit pas tout, comprit Ambredragon... Mais il était prêt à attendre le temps qu'il faudrait. *On ne force pas la main du prestidigitateur. C'est impoli et ça gâche la fin du spectacle.*

—Comment se fait-il que Palisar ne soit pas encore venu tambouriner à notre porte? demanda Skan, surpris.

Apparemment, le griffon n'avait pas remarqué ce que le *kestra'chern* avait vu.

—Je n'y suis pour rien...

Leyuet fourra la main dans une manche de ses robes – les Haighlei n'avaient ni poches ni bourse.

Ah ! Voilà le moment que j'attendais.

L'Oracle sortit triomphalement un objet emballé dans un carré de soie noire. Quoi que ce puisse être, ça n'était pas plus grand qu'un doigt humain.

Personne n'avança la main pour le toucher. Leyuet déplia soigneusement le tissu, révélant un bout de bois.

Du bois noir très dur… artistiquement sculpté pour lui donner la forme d'une serre de griffon. Elle était tronquée au niveau de la troisième phalange ; le sculpteur n'avait pas remarqué que son matériau était défectueux.

— Eh bien ! s'écria Ambredragon, prenant la « serre » avec un coin du morceau de soi et la regardant de plus près.

Malgré tout le sang et toute la douleur résiduelle qui imprégnaient le bois, s'il restait une trace de l'identité du sculpteur, il ne voulait pas l'effacer par mégarde.

— Palisar est convaincu ? demanda-t-il.

Bizarre. La sculpture lui rappelait quelque chose, mais il n'arrivait pas à savoir quoi.

— Il a été incapable d'expliquer la présence de cet objet sur le lieu du crime, répliqua l'Oracle. Il a fait travailler les mages dessus, mais ça n'a rien donné.

» Ça ne veut rien dire. La magie nous joue de drôles de tours, ces dernières années. Ce soir, leurs sorts seront peut-être de nouveau efficaces.

— Hum… (Ambredragon lui redonna la griffe.) Quelqu'un d'autre est au courant ?

Leyuet secoua la tête et remit la preuve dans sa manche.

— Non, même les mages ignorent où nous l'avons trouvée. Palisar ne leur a rien dit.

Une découverte importante... Peut-être ce que nous attendions.

— Alors personne ne doit le savoir, en dehors du roi, de ses conseillers et de nous, décida le *kestra'chern*. Laissez courir le bruit que la victime a été déchiquetée par une sorte de grand lion.

» Si Skan redevient suspect ; ça ne sera pas gênant... et dans le cas contraire, nous pourrions faire circuler une rumeur selon laquelle je suis un mage puissant, capable d'invoquer des créatures démoniaques pour assassiner mes ennemis. Ce scénario pourrait me sauver la vie. Si on croit que je peux invoquer des démons, on y réfléchira peut-être à deux fois avant de s'en prendre à moi.

Leyuet hocha la tête ; Skan devait lui avoir raconté l'épisode de la flèche.

— Le roi arrivera d'un instant à l'autre. Il devait d'abord se débarrasser de sa garde personnelle. Officiellement, il vient ici pour passer un moment en privé avec sa promise...

— Une excellente excuse pour vous rencontrer tous, dit le roi en passant la porte. Personne n'oserait interrompre un tête-à-tête entre l'empereur et sa fiancée.

La voix de baryton de Shalaman était pleine de vigueur et d'énergie. Il ne faisait pas son âge ! Avec ses robes brunes, ambrées et dorées, il était parfaitement assorti à Bichehivernale.

Il vint s'asseoir sans cérémonie à côté d'Ambredragon.

— Nous espérions votre venue, Sérénité, répondit le *kestra'chern*.

Les manières du roi, surtout en *sa* présence, en disaient long sur le chemin qu'ils avaient parcouru.

Shalaman n'était pas vraiment amoureux de Bichehivernale... Il désirait ce qu'il croyait voir en elle. Ce qui est très différent, et dont il est plus facile de guérir.

Shalaman s'était remis de sa déception en un temps record.

Une leçon bien connue des kestra'chern. *Il arrive qu'une personne tombe amoureuse de l'idée qu'elle se fait d'une autre, tout en se laissant aveugler par ses propres désirs. Parfois, on est amoureux de l'amour, pas d'une femme.*

— Un autre meurtre…

Shalaman fit la grimace, mais il aurait tout aussi bien pu n'avoir jamais vu la victime. Peut-être était-ce le cas… Sa cour était immense et il ne connaissait pas tout le monde.

— Intéressant… Toutes les victimes étaient des femmes à la langue acerbe, dotées d'une personnalité désagréable. Et toutes avaient – ou avaient eu – de l'influence, des biens et du pouvoir et… de nombreux ennemis.

» Je dois dire – même si on n'avoue pas facilement ce genre de chose à ses alliés – que les assassinats font partie de la tradition des cours haighlei. Jusqu'à maintenant, il n'y en avait pas eu à ma cour, mais ils sont encore monnaie courante dans certains royaumes.

» Si toutes les preuves ne vous accusaient pas, ces crimes seraient passés inaperçus. Les gens auraient conclu que les victimes s'étaient fait un ennemi de trop.

— Dans les jardins des femmes, personne n'a versé de larmes pour les deux dernières victimes, ajouta Leyuet, qui reprenait courage. Dire qu'elles n'étaient pas aimées serait un euphémisme.

» Si le bruit avait couru qu'un de leurs ennemis les avait éliminées, nul n'aurait exigé une enquête. Personne n'apprécie ce genre de comportement dans une cour civilisée.

Ambredragon se retint de rire devant l'air guindé de

Leyuet. Au même moment, Shalaman croisa les yeux du *kestra'chern* ; ils échangèrent un regard amusé, comme deux gamins facétieux.

— Mais comme les preuves incriminent des ambassadeurs, ça devient une affaire entre les Haighlei et les méchants étrangers, dit le roi, reprenant une expression de circonstance. Comment la dernière est-elle morte ?

— Déchiquetée par des serres, semble-t-il… mais regardez ça !

Leyuet ressortit le morceau de bois de sa manche et le montra au roi.

— Nous l'avons trouvé dans une des blessures de la victime. Maintenant, nous tenons la preuve que quelqu'un veut nous faire croire à la culpabilité des ambassadeurs de Griffon Blanc.

— Je veux que nous gardions cette découverte secrète, intervint Ambredragon. Pour le moment.

Shalaman se redressa, faisant la moue.

— Je n'aime pas ça, mon ami. Comment puis-je garantir votre sécurité si toute ma cour est contre vous ?

Le *kestra'chern* choisit ses mots avec soin.

— Nous avons un ennemi, Sérénité. Il est intelligent et rusé. Et il a su mettre ses erreurs à profit… Nous ne devons pas lui faire comprendre qu'il en a commis une autre. Pour le moment, tout ce que la cour doit savoir, c'est que la victime a été déchiquetée. Laissons croire aux gens que le meurtrier a invoqué une créature démoniaque.

Shalaman réfléchit.

— Mais la magie n'est plus active ! objecta Leyuet. Tout le monde le sait !

— Quelqu'un aurait pu trouver un makaar vivant, avança Skan. Pas besoin de beaucoup de magie pour en faire des esclaves. Ils volent, ont juste assez d'intelligence pour obéir aux ordres et ils sont vicieux.

» Si je n'avais pas vu la fausse serre, j'aurais aussitôt pensé à l'ouvre d'un makaar. D'ailleurs, quand vous m'accuserez publiquement, c'est ce que je clamerai pour ma défense... Je dirai que Ma'ar devait avoir placé un agent ici, avec une escadrille de makaars, et qu'il essaie de me faire passer pour un assassin.

— Cela sonnera comme une mauvaise excuse, répondit le roi, pas convaincu.

— Aucune importance ! Le principal, c'est que ça poussera peut-être les gens à réfléchir avant de passer aux conclusions.

— Il est vital pour nous de laisser croire à notre ennemi qu'il n'a aucune raison de changer de méthode, dit Ambredragon. S'il est convaincu de n'avoir commis aucune erreur, et de nous avoir fait tomber dans son piège, il continuera de la même façon. Plus il prendra confiance en lui, plus nous aurons de chances qu'il fasse une erreur fatale.

Shalaman se pencha en avant, comme si ça pouvait l'aider à réfléchir aux paroles du *kestra'chern*.

— Je reste inquiet... Comme je l'ai déjà dit, même s'il n'y a pas eu d'assassinats dans cette cour pendant mon règne, les Haighlei sont enclins à la violence. Je ne veux pas avoir votre sang sur les mains. Des parents désireux de se venger pourraient décider de vous éliminer avant la fin de l'enquête des Lanciers de la Loi.

— Je comprends, assura Ambredragon, sentant que Shalaman était inquiet pour lui.

Comme la plupart des gens passionnés et puissants, Shalaman avait pris une décision immédiate et irrévocable...

Ambredragon était devenu son ami à l'instant où il lui avait pardonné son erreur.

Ce n'était pas la première fois que le *kestra'chern* était témoin de ce genre de revirement chez un homme de cette trempe.

— J'ai suggéré à Skan que nous laissions croire aux gens que nous avons commis ces crimes grâce à la magie... Peut-être y réfléchiront-ils à deux fois avant de s'attaquer à nous.

— Nous avons un autre problème, dit Leyuet. Jusqu'ici, nous n'avons pas eu besoin de nous en soucier, mais le dernier meurtre accuse Skandranon.

» La Cérémonie de l'Éclipse approche... et nous ne pourrons pas prendre de décision vous concernant tant que des soupçons pèseront sur vous.

Le roi acquiesça.

— C'est vrai. Nous ne pourrons pas nous engager sans avoir prouvé votre innocence, grâce à l'intervention d'un Oracle ou en coinçant le vrai coupable.

— Mais ça peut sûrement attendre...

— Oh, non ! dit le roi. Si nous ne pouvons pas prendre de décision, il faudra attendre la prochaine Cérémonie.

» Cette affaire doit être résolue avant l'éclipse. Sinon, vous serez obligés d'être nos prisonniers jusqu'à ce que nous ayons arrêté le vrai coupable. Ensuite, vous pourrez retourner chez vous, mais pas sans avoir payé un certain prix...

— Quoi ? s'insurgea Skan. Personne ne nous a jamais parlé de ça ! Quel prix ?

L'expression de Shalaman n'eut rien de rassurant.

— Le prix du sang. Je ne peux évidemment pas épouser Bichehivernale, ce qui aurait fait de vous mes alliés et résolu le problème. Par conséquent, puisque vous occupez mes terres sans permission, il faudra payer votre impudence de votre sang – peut-être même de votre vie. C'est la coutume et je me verrai obligé de l'appliquer.

» Si je ne le faisais pas, un de mes courtisans se mettrait dans la tête de lever sa propre armée et de prendre les choses en mains. Nous ne sommes pas un peuple pacifique par nature. Ce sont nos lois qui nous retiennent. Alors toutes les occasions de livrer une guerre légale sont bonnes à prendre.

Ambredragon se cacha le visage dans les mains. Même dans ses pires cauchemars, il n'aurait pas pensé que les Haighlei réagiraient de cette manière ! C'était tellement illogique !

Notre logique et la leur ont peu de chose en commun… Maintenant, je comprends pourquoi Leyuet et Voile Argenté insistaient tellement sur l'importance de l'éclipse…

Très bien ! Je travaille toujours mieux quand je suis sous pression… Le calme en temps de crise génère la confiance.

Il baissa les mains et releva la tête.

Tous ses amis avaient l'air aussi découragés que lui.

Ambredragon prit sur lui. Si Bichehivernale pouvait faire semblant d'avoir rompu avec lui, feindre un optimisme qu'il était loin de ressentir devait être dans ses cordes.

— Nous nous inquiéterons de ça après la Cérémonie, dit-il. À moins de nous concentrer sur un problème à la fois, nous serons très vite submergés. Pour le moment, le plus important, c'est d'attraper le meurtrier.

Il vit le visage de Leyuet s'éclairer. Le roi lui flanqua une grande claque sur l'épaule ; Skan le regarda comme s'il se retenait de poser la question qui lui brûlait la langue.

Il doit se demander si j'ai perdu la tête. Ou si je sais quelque chose que les autres ignorent.

Peut-être avait-il perdu la tête… Mais il savait qu'il avait raison ! Il fallait qu'ils se concentrent sur le meurtrier, sans penser à la Cérémonie de l'Éclipse.

— Comme tous les bons commandants, vous voyez au cœur des choses, dit Shalaman, qui avait recouvré son entrain. Alors préparons un plan pour mettre ce criminel à genoux.

Hadanelith se pencha pour jeter la patte en bois dans le feu et gloussa quand les flammes la léchèrent. Au petit déjeuner, Noyoki avait annoncé qu'il pratiquait désormais la magie avec plus d'aisance… Peut-être était-ce une façon de remercier le Nordiste d'avoir généré autant d'énergie née du sang.

Il était possible qu'assez de temps se soit écoulé depuis le dernier orage magique et que les flux aient repris leur cours. Dans ce cas, les mages haighlei ne tarderaient pas à tout découvrir…

Hadanelith n'était pas un mage, mais il avait pris grand soin de se renseigner sur les sorts employés par les « Gardiens de la Loi » pour traquer les criminels. Il était inutile de nettoyer une arme ayant servi pour commettre un crime. Le seul moyen de briser le lien résiduel, entre elle et la victime, c'était de la brûler.

Son admirable sculpture devait être détruite, ainsi que toutes les autres. Bien sûr, il resterait celle dont il avait fait cadeau à Kanshin, mais c'était au voleur d'en disposer…

Tout se passait si bien !

Il était assis dans le fauteuil préféré du cuisinier et regardait le feu danser dans l'âtre. Le cuisinier et ses aides l'ignoraient, mais il s'en moquait. Ils n'étaient pas dignes de son attention. Après tout, c'était des esclaves ; ils ne pouvaient pas sortir de la maison pour raconter ce qu'il avait fait.

Quel plaisir il avait éprouvé en entendant les dernières nouvelles de la cour !

L'excitation lui donna faim. Il demanda à manger sans cesser de regarder les flammes ; un serviteur lui apporta des fruits frais, préparés par le cuisinier en personne. Même s'ils faisaient semblant de ne pas le voir, ils ne pouvaient pas ignorer un ordre.

Et ils le craignaient.

Il resta dans la cuisine, pas mécontent de rendre les esclaves nerveux, et mangea pendant que le feu réduisait ses œuvres en cendres. Puis il se leva et quitta la pièce surchauffée, renversant la chaise et tout ce qui se trouvait sur son passage.

Ça leur apprendrait à l'ignorer !

Mais les nouvelles étaient trop bonnes pour que leur mépris gâche sa belle humeur. Il regagna ses quartiers en sifflotant.

Ambredragon était tombé en disgrâce et on disait qu'il avait été assigné à résidence. Maintenant, tout le monde, au palais, était persuadé qu'Ambredragon et Skandranon comptaient parmi les coupables des meurtres. Les victimes étaient toutes parmi leurs opposants les plus virulents, alors peu importait que les preuves soient si minces.

Ambredragon doit souffrir d'être accusé de meurtre. Et il doit souffrir doublement de savoir son ami griffon dans la même situation.

L'idée que la stupide créature pourrait avoir décidé de se débarrasser de leurs ennemis – non en les abreuvant de paroles, mais en les étripant joyeusement – doit le miner encore plus !

Et ce n'était pas tout...

Bichehivernale avait rompu publiquement avec le *kestra'chern*, déclarant qu'elle ne pouvait pas rester liée à un homme soupçonné de meurtre. D'après Noyoki, son discours bref mais passionné avait surpris la cour.

Lui ne l'était pas. Bichehivernale était une garce froide et frigide. Elle ne pouvait tolérer la moindre faiblesse et n'accepterait jamais de perdre la face. Il aurait pu le prédire, même s'il n'avait pas pensé que cela arriverait aussi vite.

Dès qu'il avait appris sa rupture avec Ambredragon, il avait su quelle autre nouvelle apportait Noyoki. La garce n'avait que deux solutions : trouver un parti plus intéressant que le *kestra'chern*, comme toute sangsue femelle qui se respecte, ou retourner à Griffon Blanc.

Il n'avait pas été étonné quand Noyoki leur avait dit que le roi l'avait demandée en mariage et qu'elle avait accepté. C'était elle tout craché !

Ambredragon devait être anéanti. Noyoki ignorait sa réaction, car le *kestra'chern* n'était pas sorti de sa suite. Mais Bichehivernale avait emménagé dans des appartements privés.

Il gloussa de nouveau en ouvrant la porte de sa chambre.

Ambredragon ne pourrait rien faire pour récupérer Bichehivernale ! Même s'il arrivait à prouver son innocence, il l'avait perdue ! Elle ne choisirait jamais de retourner vers quelqu'un comme *lui*, alors qu'elle pouvait épouser un roi.

Cette garce avide d'honneurs devait se féliciter de sa bonne fortune.

Il allait devoir trouver un moyen de la faire tomber de son piédestal, sans pour autant la jeter de nouveau dans les bras d'Ambredragon. Ainsi, ce chien en souffrirait davantage…

Mais comment ?

Il s'assit dans son fauteuil préféré, une réplique du trône qu'il s'était sculpté à Griffon Blanc. Mais un coup frappé à la porte interrompit sa réflexion. Fronçant les sourcils, il allait se lever quand Noyoki et Kanshin entrèrent.

Il les foudroya du regard, mais ils l'ignorèrent et s'assirent sans attendre d'y être invités.

La colère lui coupa le souffle.

— Vous vous êtes très bien débrouillé, Hadanelith, dit Noyoki, sur le ton hautain qu'il employait toujours avec lui. Vos résultats sont excellents. Kanshin et moi sommes d'accord : vous avez passé les épreuves avec brio.

Les épreuves ? De quoi parle-t-il ? Si ce porc de basse extraction s'imagine que je vais gober ça ! À qui croit-il avoir affaire ?

— Nous avons sélectionné votre prochaine victime, Hadanelith, annonça Kanshin.

Il était nerveux, très nerveux, même. C'était étrange. Le voleur ne montrait jamais de nervosité. En quoi cette mission différait-elle des autres ?

— Votre prochaine victime sera Shalaman.

— Shalaman ? L'empereur ?

Hadanelith n'en crut pas ses oreilles. Il bondit sur ses pieds et se campa devant ses deux complices, les poings sur les hanches.

— Vous avez bu ? Vous savez que je ne touche pas aux hommes ! Ils ne m'intéressent pas !

Il sentit son visage s'empourprer. Il leur avait dit et répété qu'ils ne devaient pas compter sur lui pour se débarrasser d'un mâle ! Il y en avait un qu'il souhaitait tuer de ses propres mains... Mais avant de l'achever, il attendrait qu'Ambredragon ait souffert. Peu importait que cela lui prît des années, voire des décennies, mais le *kestra'chern* paierait pour ce qu'il lui avait fait.

— Allons, Hadanelith, nous savons que c'est dangereux, dit Kanshin sur le ton qu'il aurait employé avec un enfant déraisonnable. Mais nous avons tout prévu. Ne l'avons-nous pas toujours fait ?

Hadanelith secoua la tête, écœuré. Il se fichait du danger et ils le savaient !

— Je refuse de m'occuper d'un homme ! cracha-t-il. Et je ne changerai pas d'avis parce que vous voulez assassiner votre empereur !

— Bien, si vous avez peur…, commença Noyoki.

— Non, je n'ai pas peur ! Mais je ne tue pas d'homme ! Nous avions un accord… Et si vous essayez de revenir dessus…

— Nous voulons simplement vous offrir un défi à la mesure de votre talent ! répondit Noyoki. Nous savons que vous êtes brillant et nous avons cherché une cible digne de vous.

Il jeta au Nordiste un regard en coin.

— Comment pouvez-vous refuser le défi d'assassiner le roi au milieu de la Cérémonie de l'Éclipse ?

La colère de Hadanelith disparut comme par enchantement. Il les regarda, bouche bée, sûr qu'ils étaient devenus fous… À moins qu'ils aient bu ou ingéré quelque chose qui leur avait ramolli le cerveau.

Assassiner le roi ? En public ?

— Vous êtes malades, dit-il, un frisson le parcourant des pieds à la tête. Complètement malades. Vous devriez être enfermés, pour votre propre bien.

Le voleur et le noble se contentèrent de le regarder.

— Et que pourriez-vous dire pour me convaincre que vous n'êtes pas fous ? demanda-t-il. Tuer Shalaman… c'est un suicide ! Je ne suis pas stupide, vous savez. Il faudra que vous me traîniez devant l'empereur et que vous guidiez ma main, si vous voulez que je commette ce meurtre pour vous !

Ils continuèrent de le fixer, muets ; malgré lui, il commença à se sentir intrigué. Pour agir ainsi, ils devaient avoir une idée derrière la tête.

Tant qu'ils ne prévoient pas de me sacrifier...

Il aurait aimé savoir, mais il n'avait pas l'intention de leur poser la question.

Si c'est un si bon plan, qu'ils se débrouillent tout seuls !

Ils ne lui avaient toujours pas donné une bonne raison de s'attaquer à un mâle. Il ne s'occupait pas des hommes, car ils n'étaient pas pervertis à cœur, contrairement aux femelles. S'il n'y avait rien à remodeler, où était le plaisir ?

— Notre plan est sûr à cent pour cent, dit Noyoki. Nous pouvons vous amener à côté du roi et vous faire disparaître avant que son cadavre touche le sol.

Bien. Aucun intérêt.

Son humeur changea de nouveau. Pour qui le prenaient-ils ? Pour une machine à tuer, un makaar qui se fichait de l'identité de sa victime ?

— Non, répondit-il, croisant les bras. Je me fiche de vos assurances. Shalaman est un mâle. Nos accords excluent les mâles.

— Et Bichehivernale ?

Hadanelith eut soudain très froid, puis très chaud. Il dut lutter contre son excitation... avant qu'elle soit trop visible.

— Bichehivernale ? dit-il en riant. Que vient-elle faire dans cette histoire ?

Si je pouvais mettre la main sur Bichehivernale... et la modeler... mais comment l'arracher à Shalaman ? Il faut qu'elle meure ! Je pourrais être la dernière chose qu'elle verra avant de mourir… et projeter vers elle mon désir de la voir anéantie…

Elle serait sienne à jamais. Il pourrait lui apposer sa marque et l'arracher à Ambredragon.

— Elle assistera à la Cérémonie, à côté de Shalaman, dit Noyoki. Vous devrez les tuer tous les deux. À moins que vous n'ayez pas la force de tuer le roi.

Il fronça les sourcils.

— Ou peut-être est-ce une question de courage ?

— J'ai du courage à revendre ! cria Hadanelith. C'est juste que… je ne m'intéresse pas aux hommes.

Une ombre voila le regard de Noyoki, comme s'il venait d'avoir une illumination. Mais Hadanelith choisit de l'ignorer.

Tuer le roi pour avoir Bichehivernale ?

J'ai déjà tué des hommes pour atteindre leurs femmes, à Griffon Blanc et ici. Ça peut être assez excitant…

Quand une femme voyait son protecteur tomber sous les coups de Hadanelith et réalisait qu'il n'y aurait personne pour la défendre… Ça, c'était excitant !

— Vous serez tranquille pendant toute l'éclipse, dit Kanshin. Et nous ne vous avons pas encore révélé le meilleur…

Le meilleur ? Ce n'est pas fini ?

Il sentit son intérêt s'éveiller et ne prit plus la peine de le cacher à ses deux visiteurs. Ils le tenaient – pour le moment. Il valait mieux qu'il les écoute.

D'abord, il voulait être installé confortablement.

Il se rassit et prit une expression de profond ennui, allant jusqu'à bâiller.

— Très bien, dit-il sur un ton traîsnant pour les mettre en colère. Puisque je ne peux pas me débarrasser de vous, parlez ! Essayez de me convaincre que vous n'êtes pas bons à enfermer !

S'il les avait blessés ou mis en colère, ils n'en montrèrent rien. Noyoki se pencha pour lui expliquer son plan. Hadanelith le compara mentalement à un héron sur le point d'embrocher un poisson.

— C'est très simple... commença-t-il.

Avant que Noyoki ait fini, Hadanelith riait à gorge déployée. Ce serait la chose la plus excitante qu'il eût jamais faite !

Chapitre 9

Skandranon déplia ses ailes fraîchement teintes et les exposa au soleil. Conscient qu'il devait avoir l'air d'un cormoran de la taille d'un cheval, il attendit qu'on lui en fasse la remarque. Allongé sur un lit de coussins, Aubri ne put résister très longtemps.

— Tu ressembles à un oiseau pêcheur au cou tronqué et au bec tordu, vieux corbeau ! Un idiot qui serait rentré dans une falaise, parce qu'il ne regardait pas où il allait ! Je suis impatient de voir la taille de la truite que tu as attrapée…

— C'est moi qui aime les poissons, Aubri, dit Zhaneel. Tu es aussi tête en l'air que paresseux.

Elle se leva et tourna autour de son compagnon.

— Tu auras beaucoup de chance si tu sèches avant la nuit, avec cette humidité.

— Je serai sec, répondit Skan avec toute la dignité dont il était capable, considérant les circonstances. Dragon est un excellent peintre sur plume. Il a tout mis en œuvre pour que je sèche rapidement et proprement. Tu ne te rappelles pas comme l'air était humide quand Ma'ar nous a envoyé des orages de son cru ?

Aubri secoua la tête.

— Je me demande pourquoi tu veux redevenir le Griffon Noir. Ces gens te prennent déjà pour un assassin… et tu te teins en noir pour voler de nuit ? Essaies-tu de leur donner des raisons supplémentaires de te montrer du doigt ?

Skan gonfla ses plumes. Collaient-elles ? Il ne le pensait pas. Mais tant qu'il ne serait pas sec et rincé, il ne pourrait pas se les lisser pour vérifier.

— Si je garde mon plumage blanc, ce n'est pas seulement un doigt qu'ils pointeront dans ma direction ! On m'a déjà tiré dessus. Nous devons trouver le coupable, ce qui signifie que je dois découvrir comment il s'introduit chez ses victimes. Dragon pense qu'il utilise la magie, mais je ne suis pas entièrement d'accord avec lui. Il le fait, c'est vrai, mais pas tout le temps. Je ne suis peut-être pas le plus grand mage du monde, mais je sais quand quelqu'un utilise la magie.

— Tu le sais quand la magie fonctionne normalement, souligna Aubri. Même Étoileneige ne se fie plus à rien…

Skan lui lança un regard sceptique.

— Je pense qu'il se glisse dans le palais, déguisé en serviteur, et qu'il observe plusieurs victimes potentielles, en attendant d'avoir l'occasion d'en approcher une. À moins qu'il s'agisse d'un serviteur ou d'un noble… Je crois que nous avons affaire à quelqu'un de l'extérieur, mais Dragon pense le contraire.

Ambredragon et lui avaient échafaudé plusieurs théories.

Le *kestra'chern* pensait que le meurtrier vivait à la cour et utilisait la magie pour se transférer de sa chambre à celle de sa victime. Une théorie plausible, sauf qu'il ne subsistait aucune énergie résiduelle prouvant la création d'un Portail. Skan pensait que le tueur se déguisait en serviteur et atteignait ses victimes en se servant de subterfuges de voleur.

Dragon objecte que c'est possible, à condition que tous les serviteurs soient sourds et aveugles... J'admets que quelque chose me chiffonne aussi. S'il s'agit d'un voleur, pourquoi n'en profite-t-il pas pour voler ? D'accord, il se ferait pincer en essayant de vendre certains objets, mais il n'est pas si difficile de fondre de l'or !

— Je ne sais pas, vieil oiseau, dit Aubri. Je crois que tu as choisi une proie trop grosse pour toi.

Skan se contenta de hausser les épaules.

— Tu peux penser ce que tu veux ! Mais j'ai pris ma décision. Jusqu'à ce qu'une preuve vienne bouleverser mes plans, je compte m'y coller...

— Tu collerais à n'importe quoi, avec tes plumes poisseuses !

— Sauf à toi, vieux busard ! Vous avez voulu que je sois à la tête de cette opération, et c'est comme ça que je compte m'y prendre !

Assise à l'ombre d'une plante grimpante, Judeth gloussa.

— Je m'en veux d'avoir à te dire ça, Skan, mais tu n'es à la tête de rien du tout. C'est Ambredragon le chef.

Ces paroles le frappèrent comme un seau d'eau glacé en pleine figure. Il faillit se démettre le cou en tournant la tête pour la regarder.

— Ambredragon est bien meilleur que toi pour coordonner les opérations. Toi, tu es parfait dans l'action. Tous ceux qui vous connaissent le savent. (Elle haussa les épaules.) De plus, Dragon peut garder un secret, lui. Quand as-tu pu garder ton bec fermé pour la dernière fois ?

Skan se contenta de la fixer avec des yeux ronds, incapable de formuler une réponse.

— Quand tout le monde aura eu la preuve que tu es un vieux crâne de piaf casse-cou, qui risque bêtement sa vie, tu continueras à faire comme si de rien n'était. Nous te connaissons, Skan. C'est aussi pour ça qu'Ambredragon est le chef, ici.

Elle examina attentivement l'ourlet de sa tunique, évitant ainsi de croiser son regard.

—Mais aussi stupide que ça puisse paraître, il dit que tu sais ce que tu fais et que nous devons te laisser agir à ta guise.

Judeth pense que Dragon est un meilleur chef que moi ? Le sait-il ? Il ne m'a rien dit !

Il eut l'impression d'avoir été pris dans un ouragan invisible. Pourquoi Ambredragon lui faisait-il ça ? Pourquoi ne pas lui en avoir parlé ?

Peut-être avait-il pensé que ce n'était pas nécessaire. Skan n'avait pas fait mystère de son allergie croissante au rôle de chef. Mais... bon sang, il aurait aimé que quelqu'un lui en parle, avant de donner la place à Ambredragon !

—Dragon risque sa vie autant que moi, souligna-t-il, essayant de remettre de l'ordre dans ses pensées.

Inutile de provoquer une dispute maintenant... Mais ils ne perdaient rien pour attendre.

D'abord, je dois leur prouver que je sais ce que je fais. Au moins, Dragon est de mon côté...

Il agita les ailes pour donner plus de poids à ses mots.

—Les Haighlei pensent que c'est Dragon le cerveau de l'affaire, sinon l'auteur de plusieurs des meurtres. Si quelqu'un revenait à la bonne vieille coutume de l'assassinat, il y laisserait la vie. Shalaman nous a prévenus.

—Mais il est assez raisonnable pour rester dans ses appartements ! dit Aubri. Il ne passe pas ses nuits à se faufiler en douce dans les jardins, pour attraper un meurtrier en train de grimper à une fenêtre...

— Parce qu'il en est *incapable*, coupa Skan. Il n'a jamais été un espion ou un combattant, contrairement à moi. Essaie un peu de me défier !

Aubri secoua la tête et claqua du bec.

— Tu ne m'auras pas à ce jeu-là. Je ne suis pas au mieux de ma forme et je vois bien que tu l'es. Mais ça n'excuse pas ton attitude irresponsable.

Skan soupira. Il avait fait de son mieux pour démontrer l'urgence de la situation aux Argents. Il pensait avoir réussi à convaincre Judeth. C'était leur chef.

Mais Aubri était tellement têtu…

Aubri est vieux, lui souffla une petite voix.

Il s'avisa que son ami avait le plumage un peu dégarni et qu'il bougeait avec une évidente lenteur.

Il est plus vieux que toi. Et la guerre ne l'a pas épargné. Toi non plus, d'accord, mais tu étais jeune et les jeunes guérissent mieux.

Comme toutes les vieilles créatures, il est devenu prudent. Il a oublié à quel point le danger est excitant. Il se souvient seulement de la douleur et de l'échec.

Skan n'avait pas oublié la douleur de l'échec… Mais il ne voulait pas que ça l'empêche d'agir. Surtout si la sécurité des habitants de Griffon Blanc était en jeu.

Son expérience lui avait appris qu'une guerre symbolique restait… une vraie guerre. S'il fallait croire Shalaman, déplacer la colonie ne servirait qu'à reculer l'échéance. Et dès qu'un Haighlei serait tué dans leur guerre « symbolique », les règles changeraient. Un commandant avide de vengeance irait sur place.

— Rappelle-toi la première règle du soldat, Skan, dit Judeth. Les plans de bataille survivent rarement au premier engagement. Garde l'esprit ouvert, sois prêt à changer de stratégie.

Elle avait raison, il devait l'admettre, et elle savait qu'il le savait. Mais il n'était pas obligé d'aimer ça.

— Qui sait ? répondit-il. Il se peut que mes patrouilles nocturnes deviennent si importantes qu'Aubri devra se teindre en noir pour m'assister.

— Pas si je peux l'éviter, grogna l'intéressé. Être un oiseau pêcheur au bec tordu est amplement suffisant pour moi !

Skan plia un peu les ailes.

Qui a décidé de mettre Dragon à la tête des opérations ? Judeth ? Dragon lui-même ?

Ambredragon était le plus grand expert en teinture sur plume du contingent d'Urtho. Il avait juré à Skan qu'il pouvait diluer la teinture apportée dans les bagages des Argents, pour la rendre plus liquide et faire en sorte qu'elle sèche plus vite.

Inutile de prétendre que tu n'es pas blessé. Mais il faut être raisonnable. Qui est le chef et qui ne l'est pas, quelle importance ?

Objectivement, ça n'en avait aucune. Skan ferait ce qui était le mieux pour tous, Ambredragon et Judeth le savaient. Toujours objectivement, il était sans doute préférable qu'il n'ait pas à se soucier de coordonner les opérations et de tenir tout le monde au courant tout en remplissant sa mission clandestine.

Mais il n'était pas facile d'être objectif quand on pensait être le roi griffon… et qu'on revenait pour trouver quelqu'un assis sur son trône.

Il devrait réfléchir à tout ça dans le calme. Inutile de se fâcher.

Je n'ai pas envie d'être calme et rationnel ! Je veux me fâcher ! Mais… non, je pense que je ne suis pas fâché. Mon amour-propre en a pris un coup parce que personne ne m'a rien dit, c'est tout.

—Au fait, où est Dragon ? Il est bientôt l'heure de la cour du soir. Ne doit-il pas y assister ?

—Il a dit qu'il allait donner aux gens une autre raison que les meurtres de lancer des ragots, répondit Judeth, les lèvres pincées en signe de désapprobation. Il a refusé de me révéler ce qu'il compte faire, pour que Bichehivernale puisse avoir une réaction naturelle.

Skan se dévissa de nouveau le cou pour la regarder.

Il n'a rien dit à Judeth, ni à Bichehivernale… Oh, non ! Oh, Dragon, dans quel guêpier vas-tu te fourrer ?

Shalaman soupira et tapota l'épaule d'Ambredragon.

—J'espère que vous savez ce que vous faites, mon ami. Ça semble un jeu très dangereux… Et si je puis ajouter, pas très gentil pour la dame.

Le *kestra'chern* haussa les épaules.

—Je l'espère aussi, Sérénité…, avoua-t-il. Et j'espère que Bichehivernale pourra me pardonner… Mais vous connaissez mes raisons.

Shalaman acquiesça en resserrant un peu sa ceinture. Comme toujours, il était impeccablement vêtu – mais, selon les critères d'Ambredragon, de manière un peu trop voyante : une tunique longue et en un pantalon bouffant en soie safran, ornée de lourdes broderies rouge, noir et doré, le tout agrémenté d'un pectoral à tête de lion et de bracelets en or…

Par opposition, Ambredragon avait l'air pitoyable.

Mais c'était l'image qu'il voulait donner ; celle d'un homme innocent, injustement accusé de meurtre, que sa compagne avait abandonné. Toute personne dans cette situation aurait eu l'air pitoyable.

Ses longs cheveux noirs pendaient librement dans son dos et semblaient ne pas avoir vu de peigne depuis des jours. Ses robes étaient froissées, comme s'il avait dormi avec. Il ne s'était pas rasé et n'avait pas eu besoin d'avoir recours à des cosmétiques pour se dessiner des cernes sous les yeux. Ils étaient naturels !

En le voyant, Shalaman avait été choqué par son apparence qui prouvait l'efficacité de la ruse.

— Je sais pourquoi vous voulez donner matière à commérage, dit pensivement le roi. Mais cela aura-t-il les résultats escomptés ?

— Si je joue bien mon rôle et si Bichehivernale réagit comme je l'attends, toute la cour ne parlera plus que de ça. Je suis doué pour les scènes déplaisantes. Sans doute parce que je dois en connaître toutes les ficelles pour pouvoir les éviter.

Shalaman ne fit aucun commentaire sur cette dernière remarque.

— Si nous leur en laissons le temps, Palisar et Leyuet trouveront un moyen d'obtenir les mêmes résultats ! (Quand il se retourna pour regarder le *kestra'chern*, ses yeux étaient voilés par l'inquiétude.) Je ne veux pas voir souffrir Bichehivernale.

— Moi non plus… mais je dois être honnête avec vous. Je ne crois pas que Palisar soit très motivé par l'idée de nous aider. Quant à Leyuet, il n'est guère doué pour imaginer ce qui fascine les gens ordinaires… Et nous ne disposons pas de beaucoup de temps. La Cérémonie de l'Éclipse aura lieu dans quinze jours. Les gens qui n'ont rien de mieux à faire adorent les scandales et les tragédies ; je vais leur donner ce qu'ils demandent. J'espère ainsi leur fournir un autre sujet de commérage que les meurtres de quelques harpies. Et j'aurai ainsi une bonne raison de rester enfermé dans mes appartements, sans pour autant paraître avoir été assigné à résidence. Avec un peu de chance, ça poussera notre ennemi à se montrer.

Shalaman soupira et fit signe à son serviteur d'ouvrir la porte. Le domestique, comme ses deux gardes du corps, était dans la confidence. Tous trois étaient au service du roi depuis des années…

Ambredragon avait accepté ces « complices », même si ses compagnons et lui n'avaient pas entièrement écarté la probabilité que Shalaman soit l'instigateur de l'affaire. Peut-être cherchait-il une raison légale de déclarer la guerre à Griffon Blanc, et si cette possibilité arrivait en queue de liste, elle n'en était pas moins réelle.

Nous devons faire confiance à quelqu'un ou nous ne pourrons pas agir du tout.

— Très bien, dit l'empereur. Je me fie à votre jugement, mon ami. Merci de m'avoir averti.

Ambredragon sourit tristement quand Shalaman sortit, emmenant son serviteur avec lui. Ce fut à son tour de faire les cent pas, en attendant le bon moment d'intervenir. Il fallait que tous les participants soient à leur place. Skan ne serait pas là – il s'en était assuré en choisissant l'heure de la sieste pour lui teindre les plumes en noir. Judeth et les Argents ne seraient pas présents non plus, car il le leur avait demandé.

Le comportement de Judeth lui semblait bizarre. Depuis son arrivée, elle s'était retenue plusieurs fois de le saluer. Elle n'avait salué personne depuis la mort d'Urtho, pas même Skan…

A-t-elle décidé que c'était moi le chef, dans cette affaire ?

Il n'était pas sûr d'aimer cette idée… Mais il n'aimait pas non plus, étant donné les circonstances, savoir Skandranon à la tête de leur délégation. L'ancien Skan était une tête brûlée. Il agissait sans réfléchir. Ce côté de sa personnalité revenait au galop, et ce n'était pas le moment.

Toi, n'agis pas impulsivement, le tança sa conscience.

J'ai bien réfléchi avant de prendre ma décision, répondit-il. *Et j'ai consulté Shalaman.*

Si j'en avais parlé à Skan ou à Judeth, Bichehivernale aurait tout appris. Je dois la prendre par surprise. Si elle sait mieux que personne cacher ses émotions, elle n'est pas douée pour les feindre.

Sa conscience grommela qu'il la sous-estimait. Possible... mais il était trop tard pour revenir en arrière.

Il inspira profondément, ouvrit la porte de la petite pièce que le roi utilisait pour ses rendez-vous privés et se dirigea vers la salle d'audience. S'il jouait bien son rôle, les courtisans parleraient de sa prestation pendant les décennies à venir.

S'il échouait, ils en parleraient tout aussi longtemps, mais Bichehivernale ne lui adresserait plus jamais la parole.

Il attendit le bon moment pour entrer en scène. Bichehivernale ignorait encore qu'ils étaient tous les deux dans la même pièce...

La nouvelle de sa présence se répandit dans la foule de courtisans, qui commença à s'écarter. Les Haighlei laissèrent entre eux un couloir assez large pour que deux hommes puissent passer de front. Puis ils regardèrent Ambredragon, pour ne pas perdre une miette du spectacle.

Bichehivernale s'avisa du mouvement de la foule et aperçut un homme debout près de la porte. Elle se retourna, croisa son regard et sursauta. Un silence de plomb descendit sur l'assemblée, comme toujours quand une tragédie allait se jouer.

— *Oh, dieux!* cria-t-il, portant les mains à sa gorge. Oh dieux, c'est donc *vrai*! Je me disais qu'ils mentaient. Je me disais…

Il avança ; la jeune femme se tenait au pied de l'estrade où était posé le Trône du Lion. Shalaman aurait pu être une statue. Il ne remua pas un cil.

— Garce ! gronda-t-il. Chienne infidèle, prête à se vautrer aux pieds du premier homme qui lui donnera un meilleur os à ronger ! Sale bâtarde ! Sale… *perchi* !

Bichehivernale le regarda, les yeux écarquillés de stupeur.

— Il ne t'a pas suffi qu'on m'accuse à tort ! Il ne t'a pas suffi qu'on m'emprisonne sans m'avoir fait de procès ! Tu m'as rejeté et il fallait en plus que tu ailles te rouler à ses pieds ! Que tu profites de l'occasion pour devenir *reine* ! Tu es pire qu'une *perchi* ! Au moins, elle, elle vous en donne pour votre argent ! Toi, tout ce que tu sais donner, c'est des promesses et du vent. Tu joues sans cesse la comédie ! Tu feins ce que tu es incapable de ressentir et tu le fais très mal !

Il continua, s'épanchant à loisir sur ses défauts d'amante.

Bichehivernale s'empourpra ; son air choqué disparut. Alors, il sut qu'il allait en prendre à son tour plein la figure.

Bichehivernale était une dame… mais elle avait servi dans l'armée avec des soldats qui ne voyaient pas l'utilité d'employer un langage châtié. Sans compter qu'elle avait soigné des griffons, les créatures les plus terre à terre qui soient.

Elle était dans une rage folle, incapable de réfléchir, et tout ce qu'elle voulait, c'était rendre coup pour cou. Quand elle en arriva à crier aussi fort que lui, s'il restait encore l'ombre d'une réputation au *kestra'chern*, elle fut réduite à néant.

Ambredragon profita de son hystérie pour la pousser à bout. Ils se disputèrent comme deux putains des bas-fonds. Un instant, Ambredragon craignit d'avoir trop bien exécuté son plan. Bichehivernale se défoulait… et donnait l'impression de penser tout ce qu'elle hurlait.

Alors que sa voix commençait à trahir une douleur sincère, il surprit une lueur familière dans le regard de sa compagne.

Il faillit s'évanouir de soulagement – une fin tout à fait dramatique, mais pas celle qu'il comptait donner à leur dispute.

Finissons-en avant qu'elle éclate de rire !

— Je ne peux pas supporter ça ! cria-t-il, tirant un couteau de ses robes.

Il le leva au-dessus de sa tête veillant à faire un geste suffisamment imprécis pour laisser au public le soin de l'interpréter – avait-il voulu se tuer ou tuer la jeune femme ?

Ça n'avait pas d'importance. Prévenus par leur roi, les deux gardes du corps intervinrent. Ils le ceinturèrent, lui arrachèrent son arme et l'expulsèrent de la salle d'audience. Par-dessus ses cris, il entendit le roi ordonner qu'il soit enfermé dans ses appartements.

Maintenant, il avait la meilleure excuse du monde pour ne pas réapparaître en public… *sous sa véritable identité.*

Il était *kestra'chern*, adepte des costumes et de la mise en scène. Ce n'était pas seulement un, mais plusieurs personnages qu'il pouvait jouer à la perfection ! Or, il y avait justement un certain nombre de nouveaux « diplomates » à la cour… Ce « pauvre fou d'Ambredragon » resterait enfermé dans sa suite. Un autre rejoindrait les rangs de Judeth.

Un homme un peu plus grand que le *kestra'chern*, avec des goûts vestimentaires austères, limité au cuir noir et aux coupes simples. Un individu à l'air farouche, aux cheveux de jais – la teinture de Skan pouvait servir à autre chose qu'à teindre des plumes – sévèrement lissés et retenus par un lien sur sa nuque. Le garde du corps parfait pour le Griffon Noir…

Il va adorer ça !

Les gardes du roi cessèrent de le rudoyer dès qu'ils furent sortis de la salle d'audience. Mais ils ne le lâchèrent pas avant que les portes de ses appartements se soient refermées derrière eux.

Ambredragon les remercia de leur aide… et leur tendit son couteau.

— Je préfère que vous le gardiez, au cas où on vous le demande. Je suis un individu dangereux, alors vous ne devriez pas me laisser en possession d'une arme.

Ils sourirent, révélant des dents très blanches et régulières. Contrairement à la plupart des sujets de Shalaman, ils avaient la peau si noire qu'elle en était presque bleutée.

— Merci, dit le plus grand. Il pourrait prendre l'envie à cet idiot de chambellan de demander à le voir !

Ambredragon regarda leurs visages amicaux, un peu surpris.

— Vous semblez très… accommodants… envers un homme soupçonné de meurtre.

Le plus grand haussa les épaules.

— Voilà ce que nous pensons : l'empereur doit vous croire innocent, sinon il ne participerait pas à cette mascarade. S'il pense ça, c'est qu'il vous a fait sonder par son Oracle… mais, pour une raison quelconque, il n'a pas rendu public le verdict. Ça nous suffit.

Le petit s'amusa à jongler avec le couteau « confisqué » avant de le passer à sa ceinture.

— Nous avons vu ce qu'on a fait aux victimes, souligna-t-il. Ainsi que les scènes des crimes. Ça pourrait être l'œuvre d'un mage… mais vous n'en êtes pas un, ou vous auriez tué ces femmes avec plus de subtilité. Je suis sûr qu'il aurait été plus facile de les faire tomber raides mortes, sans trace de violence.

» Donc, les crimes ont été commis par un individu qui est à la fois un voleur et un bourreau de grand talent. Étant un *kestra'chern*, vous devez vous y connaître en moyens de torture. Mais apprendre un métier tel que le vôtre demande beaucoup de temps et ne laisse aucun loisir. Alors, à moins que vous soyez beaucoup plus vieux que vous semblez, vous n'avez pas pu apprendre toutes les ficelles de la profession de voleur.

» En résumé, les meurtres pourraient avoir été commis par plusieurs personnes travaillant de concert… Mais à chaque crime, seul l'un de vous n'avait pas d'alibi, les trois autres en avaient un.

» J'ai foi en mon empereur et en son Oracle et… je crois aussi à la logique.

Ambredragon écouta non sans étonnement.

— Vous tenez un tel raisonnement et vous n'êtes que de simples gardes du corps ? Que les dieux me protègent, je ne voudrais pas rencontrer un de vos lettrés !

Les deux hommes éclatèrent de rire.

— Nous ne sommes pas seulement des gardes du corps, *kestra'chern* Ambredragon, répondit l'un d'eux en s'inclinant légèrement. Je suis le fils de l'empereur Sulemeth, du Ghandai. Et voilà mon frère. (Il désigna l'autre garde, qui s'inclina à son tour.) C'est comme ça que Shalaman et les autres rois haighlei assurent la paix de leur royaume… Ils prennent les fils de leurs voisins comme gardes du corps et leurs filles comme Guérisseuses, prêtresses, épouses ou concubines.

— Mais je pensais… commença Ambredragon. Je croyais que Shalaman n'avait ni épouse ni enfant !

— Shalaman n'a pas eu d'enfant d'une Épouse Royale, corrigea l'homme avec un petit sourire. Mais il en a eu avec dix épouses-de-l'année, pendant la première décennie de son règne. Les fils ou filles-de-l'année peuvent hériter du trône de leur père s'il n'a pas eu d'autre descendant.

— Il n'est pas sage de songer à attaquer son voisin quand ses propres fils vous servent de garde du corps. Mais ce n'est ni l'heure ni le lieu pour discuter de nos coutumes. Nous allons vous laisser vous reposer.

— Merci. (Ambredragon sursauta, se rappelant soudain de sa mission diplomatique.) Merci de vous montrer aussi corrects.

— Au début, tout le monde pensait que vous étiez des barbares. Tout ce que je peux dire, c'est que vous n'en êtes pas… Vous êtes civilisés, mais différents de nous. Le temps du changement est venu pour tous… y compris pour l'empereur.

Bichehivernale entra dans la salle de bains alors qu'il mettait la touche finale à son déguisement.

— Espèce de monstre ! Misérable chien galeux ! cria-t-elle, saisissant le premier objet qui lui tomba sous la main…

Heureusement, c'était un bol de savon en poudre et pas celui qui contenait la teinture.

— Espèce de *salaud* !

Elle lança le récipient ; Dragon esquiva le projectile, qui s'écrasa contre le mur.

Ce petit acte destructeur accompli, la rage déserta la jeune femme.

— Comment as-tu pu ? gémit-elle, passant de la colère aux larmes. Comment as-tu pu me dire toutes ces choses…

Ambredragon se figea, horrifié. N'avait-elle pas compris son jeu ?

— J'ai pu les dire parce que je n'en pense rien ! s'écria-t-il. Oh, *kechara*, comment as-tu pu croire que je pensais ça de toi ?

— Mais ces choses à propos de… Tu *sais* que je suis particulièrement sensible au sujet de…

Elle éclata en sanglots ; il lâcha la coupe qu'il tenait pour la prendre dans ses bras – ajoutant d'autres débris de poterie à ceux qui jonchaient déjà le sol.

Dès qu'il la toucha, il fut submergé par la douleur qu'elle ressentait et fut incapable de l'endiguer. Comme il était habitué à rester ouvert en sa présence, elle déferla sur lui avec la force d'un raz de marée.

Ferme-toi, ferme-toi ou tu ne pourras jamais…

Il lutta et réussit à abaisser ses boucliers avant d'être perdu dans cette émotion qui n'était pas la sienne.

Considère-la comme une patiente, Dragon… sors-la de là. Tout ça n'est autre que le résultat de la pression qui s'exerce sur elle depuis des jours – comme la crise de fou rire qui aurait pu tout gâcher, dans la salle d'audience.

Et elle a eu tout le temps de ressasser ce qui s'est passé… Plus elle gamberge, plus elle déforme les choses. Tu savais que c'était une mascarade… mais elle ne pouvait pas en être absolument certaine. Pas au moment du choc initial, en tout cas. Même si elle a confiance en toi, elle a subi un choc terrible, et elle se demande si certaines choses que tu as dites ne sont pas la vérité.

Il la consola et l'apaisa. Par bonheur, Brisechantante n'était pas là. Il n'aurait pas voulu qu'elle assiste à une telle scène : la petite était si sensible que ça aurait pu l'affecter.

— Tu as été parfaite, mon amour. Tu t'es dressée devant la cour et tu as mis ton cœur à nu. Personne, maintenant, ne pourra jamais t'accuser de dissimuler tes sentiments. La brise soufflée par nos lèvres deviendra une tempête en quittant les leurs !

Il réussit à la faire enfin rire. Mais la situation s'y prêtait. Il lui suffit d'évoquer la surprise et la curiosité avide qui s'étaient peintes sur les visages des courtisans et le beau remue-ménage que leur scène avait provoqué dans leur vie réglée par les coutumes.

— À voir leurs têtes, on aurait pu croire que nous venions de poser un tas de fumier au milieu de la salle d'audience ! Si ça les a choqués, je me demande ce qu'ils auraient pensé des scènes que faisaient certains sujets d'Urtho !

— Tu as admirablement réussi à vider leurs esprits de toute pensée relative aux meurtres ! dit Bichehivernale alors qu'il lui essuyait tendrement le visage avec un linge, pour effacer toute trace de ses pleurs.

» Je parie qu'ils ne penseront à rien d'autre pendant les deux jours à venir ! Déjà, ils ne parlent plus que de ça.

Maintenant, je sais qui est favorable à qui et à quoi. Il m'a suffi de voir qui venait me consoler et qui faisait des gorges chaudes de mon malheur.

— Oh, dit le *kestra'chern*, certains doivent t'en vouloir de ta bonne fortune…

Ils s'assirent sur le lit.

Le soleil s'était couché. La brise nocturne chassait la moiteur de la pièce.

— Et il y a ceux – en majorité des femmes – qui ne te croient pas coupable et pensent que j'ai mérité tout ce que tu m'as dit.

Elle leva un sourcil, feignant la jalousie.

— Tu as fait quelques conquêtes à la cour, tu sais ! Je ne serais pas surprise si elles commençaient à venir frapper à ta porte… histoire de te consoler.

— De me consoler ? Des femmes ont pitié de moi et désirent me consoler ?

Cette possibilité ne lui était pas venue à l'esprit… Et elle comportait un certain nombre d'inconvénients majeurs.

— Tu n'avais pas pensé à ça ?

Bichehivernale souriait. Elle était ouvertement moqueuse – probablement pour se venger de ce qu'il lui avait fait.

— Je suis sûre qu'elles sont *terriblement* impatientes de venir te consoler…, de n'importe quelle façon, évidemment. Mais les médecins du roi ont dit que tu es fou et que personne ne doit t'approcher. Shalaman a envoyé quelqu'un te servir de « gardien », alors personne n'entrera à moins que tu le – ou la – laisses entrer.

Ambredragon soupira de soulagement. Shalaman avait pensé à tout ! Il connaissait ses courtisans mieux que le *kestra'chern*.

Bichehivernale cligna des yeux et toucha les cheveux de son compagnon.

— Que leur as-tu fait ? demanda-t-elle, surprise. Tu ne vas pas pouvoir te montrer en public comme ça...

— Pas sous l'identité d'Ambredragon... Mais en me faisant passer pour Ventfaucon, le garde du corps de Skandranon, ça ne posera aucun problème. Ne t'inquiète pas, ce n'est pas une vraie teinture. Ça partira au premier lavage. Évidemment, je ne pourrai pas nager ou me baigner en public, mais tout le monde ne sait pas nager et les Haighlei n'ont pas de bains publics. J'espère seulement qu'il ne pleuvra pas ! Au fond, je ferais bien de ne jamais sortir sans capuchon.

— Pourquoi tout ça ? Nous avons assez de gens sur place.

— Pour trois raisons. Skan devrait avoir un garde du corps et il n'écoute que moi – même s'il ne s'en donne pas toujours la peine...

» Si je ne suis pas là et qu'un assassin vient pour me tuer, il sera le seul à savoir que j'étais absent. Si quelqu'un devait m'accuser de sortir en douce de mes appartements, il ne pourrait s'agir que de l'assassin ou de son commanditaire.

» Pour finir, personne ne fait attention aux gardes du corps, comme je viens de m'en apercevoir. Je pourrais voir et entendre des choses que Skan et toi ne verrez et n'entendrez pas.

Elle hocha la tête et ajouta une quatrième raison.

— Avoue que tu deviens fou, à rester enfermé ici.

— C'est vrai, admit-il.

Il n'avait eu aucune intention de lui dire ça, mais c'était sans compter avec la perspicacité de la jeune femme. Elle le regarda, pensive.

— Je m'en aperçois, maintenant, commença-t-elle.

Des coups frappés à la porte donnant sur le balcon l'interrompirent.

Avant que l'un ou l'autre ait eu le temps de se lever, le Griffon Noir entra, laissant la porte entrouverte. La brise nocturne rafraîchit un peu plus l'atmosphère.

— Je suis un griffon extrêmement frustré, leur dit-il.

Après avoir rendu visite à ses amis, Skandranon finit sa troisième nuit de patrouille comme il avait terminé les deux précédentes : sans rien entre les serres.

Mais ce n'était pas l'entière vérité. Cette nuit, il avait attrapé trois voleurs.

L'un d'eux essayait de se glisser dans une des petites tours du trésor par une fenêtre à peine assez grande pour laisser passer un enfant. L'individu devait être un nain, ou appartenir à une race très petite, car cela ne lui avait pas posé de problème.

Ce qui paraissait être un avantage, au début, avait très vite tourné à son désavantage : à cause de sa petite taille, le Griffon Noir n'avait eu aucun mal à l'arracher du mur et à l'emporter dans les airs, pour le livrer aux autorités. Comme ses collègues, le petit homme avait fait des aveux complets. Son sort dépendait maintenant des Lanciers de la Loi de Leyuet.

Selon Skan, puisque la magie ne fonctionnait pas normalement, leur ennemi ne pouvait pas s'en servir pour se cacher… Donc, ses talents de patrouilleur et d'espion volant devaient surpasser ceux des gardes cloués au sol. Qui que soit le meurtrier, il n'avait pas dû penser à une menace venue du ciel. Même les soldats de Ma'ar, habitués pourtant aux griffons, oubliaient parfois cet élément.

Tout ce qu'il avait surpris, pour le moment, c'était de banals voleurs. Pas des meurtriers. Ces rats n'étaient même pas dangereux !

Si on opposait une vieille femme alitée armée d'une canne à l'un ou l'autre de ces clowns, je parierais sur la vieille !

Mais il n'avait pas l'intention d'abandonner... Ne serait-ce que parce que Dragon le lui avait commandé.

Que l'affaire ait été confiée à Ambredragon, voilà qui lui était resté en travers de la gorge ! Logiquement, il approuvait cette initiative. Mais émotionnellement...

Il détestait l'idée d'avoir été supplanté. Mais surtout, il reprochait à ses amis de n'être pas venus lui demander son avis. Ils avaient simplement présumé qu'il serait d'accord.

C'était ça qui lui laissait un arrière-goût amer dans la bouche.

Alors qu'il planait, il continua de ressasser leur trahison.

Dragon est un organisateur de génie. Il a su monter cette opération comme un pro.

Dragon sait ce qu'il fait et, oui, je suis un peu trop impulsif... Mais tant que c'est mon propre cou que j'expose aux serres des makaars...

Enfin... S'ils étaient venus me parler.

Il aurait probablement dit oui. Peut-être même aurait-il sauté de joie. Alors que là... Ça le démangeait comme une plume en train de pousser !

La Cérémonie de l'Éclipse aura lieu dans quelques jours et nous n'avons toujours pas trouvé le meurtrier.

Ça aussi, c'était une source d'inconfort.

Shalaman ne peut pas épouser Bichehivernale, donc il ne peut pas s'allier avec nous par le biais d'un mariage. Il ne peut pas non plus déclarer que nous sommes ses alliés tant que nous resterons soupçonnés de meurtre. Et déclarer que nous sommes innocents forcerait la main à notre ennemi… Le résultat pourrait être catastrophique.

Le tueur se contenterait peut-être de partir en nous laissant plusieurs cadavres sur les bras et pas de réponse. Mais il pourrait tuer de nouveau avant la Cérémonie et faire en sorte que je sois accusé…

Hé! Une minute… C'est quoi, ça?

Il avait repéré un mouvement…

Quelqu'un montait le long d'une tour!

Ça pouvait être un simie, une de ces créatures qui ressemblaient tant aux humains. Ils vivaient dans les jardins et rendaient les oiseaux complètement fous avec leurs cabrioles. Quand ils se lassaient de tourmenter les perroquets, les simies quittaient parfois le sol, à la recherche d'une bêtise à faire.

Mais l'ombre que j'ai entr'aperçue m'a semblé un peu grande, pour un simie…

Hé!

Il était là…

Skan descendit en spirale, prenant garde à ne pas trahir son approche par un claquement d'ailes.

Silence…

L'homme escaladait la tour. Bizarre. Il existait au moins une demi-douzaine d'autres moyens d'y pénétrer, et aucun ne supposait un tel effort.

Si c'était un simple voleur, pourquoi se compliquait-il la tâche? L'expérience du griffon lui souffla qu'il agissait comme un pro…

Il se déplaçait de telle manière que les plumes de Skan se hérissèrent. Il bougeait… puis se figeait dans une position étrange pour ressembler à une ombre, pas à un être humain.

Et ainsi de suite. Il ne grimpait pas non plus en ligne droite, mais zigzaguait, profitant des véritables ombres.

Ce doit être lui !

Au moment où Skan se dit ça, l'homme disparut.

Jusque-là, le griffon n'avait pas vu la fenêtre, mais sous ce nouvel angle…

Skan plongea tête la première, ne ralentissant qu'au tout dernier moment pour saisir le rebord de la fenêtre. Il resta accroché une seconde, le temps de constater qu'elle était ouverte et qu'il n'aurait aucun mal à suivre l'intrus. Puis il replia soigneusement ses ailes, poussa sur ses pattes de derrière et tendit celles de devant.

Où est…

Il n'eut pas le temps de finir sa phrase.

Skan se réveilla en sursaut. Ainsi, il avait été assommé par un sort, pas en inhalant une drogue ou à cause d'un coup sur la tête. Cependant, il était toujours incapable de bouger. On l'avait attaché. Luttant contre ses liens, il ne réussit pas à les desserrer.

Il était allongé sur le flanc, face à un mur, une planche de bois dans le dos. Sa tête, son cou et sa queue y étaient ficelés. Il crut sentir d'autres sangles en travers de son ventre et de sa poitrine.

Il portait une sorte de muselière, mais n'avait pas de bandeau sur les yeux. Ses pattes étaient écartées et retenues par des anneaux et des barres en métal. Il pouvait remuer les serres mais sans utilité.

Un bruit de pas, derrière lui, lui apprit qu'il n'était pas seul.

— Un système artistique, n'est-ce pas ? dit une voix qui lui sembla vaguement familière. Je l'ai conçu moi-même.

Skan découvrit qu'il pouvait parler malgré la muselière.

— Fascinant. Maintenant que vous avez un système pour trousser un griffon, seriez-vous assez aimable pour me laisser partir ?

— Non. Je préfère vous avoir ainsi. Ça me rappelle mon chez-moi.

Pourquoi ai-je l'impression de le connaître ? Qui est cet imbécile ? Il parle notre langue, pas le haighlei... Un des hommes de Judeth ? Non, il n'aurait pas pu tuer toutes ces femmes...

Tout cela remuait quelque chose dans sa mémoire, mais il n'arrivait pas à rassembler les morceaux du puzzle.

— Vous ne me reconnaissez pas ? Quel dommage ! Vous devenez sénile, Griffon Noir, ou je ne suis pas aussi célèbre que je le pensais. La première supposition me semble la meilleure...

— Autrement dit, vous vous êtes montré plus malin qu'un vieux fou, dit Skan. Très impressionnant.

Il espérait énerver suffisamment son « hôte » pour lui soutirer des informations, mais l'homme se contenta de glousser.

— Mais vous n'êtes pas celui que je veux, dit-il d'un ton suffisant. Juste un petit tracas à éliminer pour continuer notre œuvre. Nous avons un plus gros gibier en vue.

— « Nous » ? demanda Skan.

L'homme gloussa de nouveau.

— Vous ne m'aurez pas aussi facilement ! Vous avez un don pour vous échapper à la dernière seconde... contrairement à ces vieilles garces sur qui je me suis fait la main. Elles ne valaient vraiment rien ! Du bois pourri... Vraiment, elles étaient indignes de mon temps et de mon talent.

» Mais vous êtes prometteur et je vais m'amuser à lui... ah... montrer de quoi vous êtes fait. D'habitude, je ne travaille pas sur les mâles, mais je ferai une exception, pour impressionner Ambredragon.

Skandranon se jeta en avant et ne réussit qu'à s'étrangler. Tandis qu'il essayait de reprendre son souffle, il dut constater l'efficacité du système créé par son « hôte ».

Qu'est-ce qu'Ambredragon a à voir avec ça ?

L'homme n'avait pas fini.

— Je lui dois beaucoup, vous savez.

La dernière pièce du puzzle se mit en place.

Ambredragon... torture ?... femmes... attacher... découper...

Hadanelith !

— Vous êtes fou, Hadanelith ! S'il vous restait une once de bon sens quand vous viviez à Griffon Blanc, vous l'avez perdue quand on vous en a banni à coups de pied dans le derrière !

— Vous avez fini par deviner ! Comme il est doux de constater que je suis enfin reconnu ! Il est si bon de voir que je n'ai pas travaillé dur en vain !

— Et que croyez-vous accomplir avec toutes ces bêtises ? demanda le griffon, feignant l'ennui.

Kechara écoutera mes pensées... Elle découvrira que j'ai des ennuis et le dira aux autres.

Le problème, c'est que j'ignore où je suis. Pas facile de sauver quelqu'un dans ces conditions...

— Tuer ces vieilles chauves-souris avait pour objectif de vous faire passer pour de vilains garnements. Et j'ai réussi... plus personne ne vous aime. Même la charmante Bichehivernale vous a abandonnés.

Cette fois, le ton était jubilatoire. Et la façon dont ce fou prononçait le nom de Bichehivernale... Il le susurrait presque. Skan en eut la chair de poule.

Kechara, j'espère que tu es à l'écoute...

Cela dit, le revirement de Bichehivernale avait trompé tout le monde, y compris Hadanelith. Cela serait-il suffisant pour la garder en vie ?

— Les projets de mes collègues n'étant pas à leur terme, je n'en discuterai donc pas avec vous.

» J'espère que vous m'excuserez de vous faire attendre pour goûter à mes talents, mais je dois d'abord mettre la main sur Ambredragon. Peut-être le laisserai-je vivre ; ce serait une telle punition… Pendant la guerre, j'exerçais mon art sur les abrutis venus se réfugier au pied de la Tour d'Urtho. J'aimais regarder vos congénères partir combattre Ma'ar, et je me réjouissais intérieurement quand ils ne revenaient pas.

» Urtho l'« artiste » a créé les griffons, mais il est mort avant d'avoir achevé son travail. Il vous a fait beaux, mais vides. En mourant, le Griffon Noir sera le plus vide de tous.

D'une voix presque suppliante, Skan répondit :

— Ne vous moquez pas d'Urtho !

— Me moquer d'Urtho ? (Hadanelith rit tout près de son oreille, espérant sans doute qu'il se débattrait.) Prononcer le nom d'Urtho est une moquerie suffisante ! Mais il serait déshonorant de railler un artiste inférieur. Enfin, si j'avais de l'honneur…

» Ma'ar était plus digne du nom de créateur que le « Mage de l'Ennui ». Ma'ar s'est servi des erreurs qu'avait commises Urtho avec les griffons pour créer les makaars. Ça, c'étaient des œuvres d'art ! Les makaars n'étaient pas des créatures bouffies d'orgueil et bonnes à rien mais des chasseurs ! Ils avaient du style !

» En parlant de style… je crois que je vais écrire une fin amusante à la légende du Griffon Noir en faisant de lui… une femelle makaar.

Oh. Mon Dieu. Je n'aime pas ça du tout.

— Imaginez que vous allez devenir un hommage à feu l'artiste inférieur Ma'ar ! Hélas, comme celle de Ma'ar, la durée de vie de l'œuvre sera très courte. Dommage, mais transformer le « Griffon Noir » en « Makaar Saignant » sera suffisant. Je vais commencer par...

Il continua à décrire en détail ce qu'il comptait lui faire, en commençant par ses parties intimes. Le griffon essaya de bannir de son esprit les images ainsi évoquées, mais ce ne fut pas facile. il avait toujours détesté souffrir.

Skan se concentra sur le mur, espérant qu'il n'y avait pas d'écrans antimagie. Avec un peu de chance, les « collègues » de Hadanelith ignoraient que les griffons pouvaient parler par la pensée et Kechara le retrouverait très vite.

Dans trois jours, le Griffon Noir ne pourrait plus grand-chose pour améliorer les relations entre les Kaled'a'in et les Haighlei. Et Hadanelith avait dû prévoir de mettre son plan à exécution avant cette échéance.

Zhaneel ne paniquait pas encore, mais elle n'en était pas loin.

— Quelle zone devait-il survoler ? demanda Ambredragon.

N'ayant pas beaucoup dormi, il n'avait pas les idées très claires. Il massa ses tempes douloureuses.

— Le palais, surtout, mais aussi la partie de la ville la plus proche. (Le plumage de la femelle griffon montrait qu'il avait été trop « lissé ».) Leyuet dit qu'il a été vu pour la dernière fois à 3 heures sur la clepsydre, quand il a intercepté un intrus. Ils l'ont laissé repartir : il venait seulement voir une servante.

— Et Leyuet a découvert ça au matin ?

— Je l'ignore… (Zhaneel secoua tristement la tête.) Ils n'ont pas laissé partir le type avant l'aube, pour lui flanquer la frousse.

— Il n'a donc rien à voir avec la disparition de Skan… (Ambredragon se mordilla l'ongle du pouce, essayant de réfléchir.) Il a dû prendre l'assassin sur le fait… mais alors, que s'est-il passé ? Où est-il ?

— Que pourrait-il lui vouloir ? dit Zhaneel, faisant écho à ses paroles. Kechara ne l'a pas trouvé !

— N'oublie pas qu'elle doit savoir *où* chercher, lui rappela le *kestra'chern*. Elle est obligée de « fouiller » toute la ville.

J'espère qu'il n'est pas derrière des écrans. Kechara est douée, mais j'ignore si elle en a déjà percé. Et saurait-elle seulement en reconnaître un ?

— Kechara sait-elle ce qu'est un écran antimagie ? demanda-t-il. Pourrait-elle en traverser un ?

— Je l'ignore, mais je peux sûrement lui expliquer ! Il serait plus rapide de chercher un écran que de chercher Skan ! Quant à en percer un… Dragon, tout ce qu'elle a entrepris, en matière de parole par la pensée, elle l'a toujours réussi.

— La prochaine fois qu'elle te contactera, parle-lui du problème.

C'était l'inconvénient majeur : les Kaled'a'in pouvaient seulement parler à Kechara quand elle faisait une pose dans ses recherches. Or, ils n'avaient avec eux que deux individus doués de la parole par la pensée – en dehors de Skan – : Zhaneel et un *trondi'irn* nommé Aiglestival. Aubri avait le Don, mais il n'était pas assez puissant. Bichehivernale n'était pas plus douée que le griffon. Quant à Ambredragon, il était Empathe, pas télépathe.

C'était tellement frustrant !

Mais Étoileneige supervisait Kechara et il l'interrompait régulièrement pour conférer avec les « diplomates ». Si personne n'avait veillé sur elle, la pauvre petite se serait épuisée, tellement elle était inquiète pour son « papa Skan ».

Si nous devons jamais découvrir ses limites, ce sera maintenant.

Il se creusa la cervelle, essayant de trouver un moyen d'accélérer les recherches. Il n'y avait pas eu de nouveau meurtre. Si Skan avait rencontré le tueur, c'était avant qu'il sévisse.

Que pouvaient-ils faire de plus ? Demander une fouille du palais ? Cela provoquerait la colère des nobles, déjà ennuyés par la présence des Kaled'a'in.

Et le ravisseur pourrait « déménager » Skan…

— Reste ici, au cas où il reviendrait avec le feu aux trousses, ordonna-t-il à Zhaneel. Moi, je vais parler à Voile Argenté. Peut-être pourra-t-elle nous aider.

Ambredragon laissa Zhaneel se consoler avec les jumeaux, qui jouaient, inconscients du trouble de leur mère, et sortit de la suite sous son déguisement de garde du corps. Comme beaucoup de *kestra'chern*, à cause de la nature même de son travail, Voile Argenté était généralement seule le matin et en début d'après-midi. Il la trouva assise au bord d'un bassin, en train de déjeuner. Elle sut aussitôt que quelque chose n'allait pas, même si elle n'avait pas autant d'empathie que lui.

— Que se passe-t-il ? demanda-t-elle. Je n'ai pas entendu parler d'un autre meurtre !

— Nous non plus, mais Skan a disparu. L'un de nous, doué de la parole par la pensée, est à sa recherche.

Les yeux de Voile Argenté s'arrondirent quand elle apprit la disparition du griffon.

— Que puis-je faire pour vous aider ?

— J'allais vous le demander, justement. Vous n'avez pas une idée ?

Quand elle secoua la tête, le cœur de Dragon se serra. Il n'avait pas vraiment espéré qu'elle aurait une solution, mais tout de même… Voile Argenté était pleine de ressources. Il était difficile de s'imaginer qu'elle ne pouvait pas tout résoudre.

— Je n'ai pas la solution à tous les problèmes, dit-elle, faisant écho à ses pensées. Je ne suis même pas capable de résoudre les miens.

Il s'avisa alors que la *kestra'chern* avait les yeux rougis et gonflés, comme si elle avait pleuré. Des cernes les soulignaient, témoignant de nombreuses nuits sans sommeil.

— Je ne peux rien faire de plus pour retrouver Skan, dit-il d'une voix douce en la guidant vers un banc, à l'ombre de la végétation. Pourquoi ne me dites-vous pas ce qui vous chagrine ? Je ne pourrais peut-être pas vous aider, mais au moins vous offrir une oreille compatissante.

Elle se laissa faire sans protester et s'assit.

— Rien de nouveau ! Je le sais depuis que je suis arrivée ici. Ce que j'ignorais, c'était à quel point j'aurais mal en voyant une autre femme porter le Collier de Fiançailles.

— Bichehivernale ? Que…

La tristesse qu'il lut sur son visage répondit mieux que des mots à sa question.

— Oh, par la Déesse ! Vous êtes tombée amoureuse de Shalaman ?

Elle acquiesça, ses joues s'empourprant.

— C'est terrible à avouer, pour une *kestra'chern*, mais je suis tombée amoureuse de mon principal client.

— Je suis également tombé amoureux de la mienne…

— Bichehivernale n'est pas un roi. Et vous n'êtes pas des Haighlei. Ils pensent qu'un *kestra'chern* est un individu trop précieux pour n'appartenir qu'à une seule personne. Et l'Épouse Royale ne pourrait pas… vous voyez ?

— Le pire, c'est que je crois qu'il vous aime aussi ! Tout s'explique ! C'est pour ça qu'il a cru être amoureux de Bichehivernale ! Il projetait sur elle ses sentiments pour vous !

— Elle me ressemble beaucoup, par certains côtés, et il n'avait aucune raison de la croire inaccessible. Je ne lui ai jamais avoué mes sentiments et la coutume le pousse à nier les siens. Aussi souple qu'il puisse se montrer, il n'en est pas moins très respectueux des traditions.

Ambredragon prit Voile Argenté dans ses bras. Elle posa la tête contre sa poitrine en soupirant à cœur fendre.

— Tant que je n'avais pas de rivale, j'ai pu tenir le coup. Mais quand je l'ai vu offrir le collier à Bichehivernale… ça m'a fait si mal !

» J'ai dû assister à la scène et continuer à sourire, tandis que mon cœur saignait ! Même maintenant, alors que je sais que ce n'est qu'une mascarade, je peux à peine supporter de la voir tenir la place de la fiancée royale.

— D'une manière ou d'une autre, tout sera terminé dans deux jours, lui rappela-t-il.

Disant cela, il sentit la peur serrer son cœur d'une main glacée. Comment cela finirait-il ? Dans les rires et l'allégresse… ou par une guerre sanglante ?

— Mais pour moi, rien ne changera. Un jour, il devra se marier. Je le sais aussi bien que lui. Je le supporterai, car je n'aurai pas le choix… Mais, dès cet instant je ne serai plus jamais la même !

— J'aimerais vous aider. S'il y avait une autre *kestra'chern* de votre talent, croyez-vous que vous pourriez…

—Je l'ignore. Aucun roi n'a encore jamais épousé une *kestra'chern*. S'il le décrétait possible, au cours de la Cérémonie de l'Éclipse, alors…

Tant de choses dépendent de cette maudite Cérémonie !

—Je ne peux rien vous promettre, mais je ferai mon possible pour vous aider, comme vous l'avez si souvent fait pour moi. Si tout se passe bien pendant la Cérémonie, peut-être gagnerez-vous votre part de bonheur…

—Vous ne devez pas lui parler des sentiments que j'ai pour lui ! C'est déjà très pénible, mais ce serait encore pire pour nous deux !

» Aimer en silence est douloureux, mais aimer en sachant que l'autre partage votre sentiment et que tout vous sépare ! J'ai vu ça trop de fois.

Lui aussi, malheureusement…

—Je vous promets le silence, assura-t-il. Et je vous jure également que je ferai de mon mieux pour trouver une solution, s'il en existe une.

Il l'embrassa sur le front et lui sourit.

—Je pourrais offrir mes services à l'empereur, ajouta-t-il, plaisantant à moitié. Alors, vous auriez un remplaçant. Vous avez toujours dit que j'étais aussi talentueux que vous.

—Vous êtes *meilleur* que moi… Et faites attention à ce que vous dites, je pourrais vous prendre au mot. En attendant, je vais consulter Leyuet. Ses Lanciers de la Loi peuvent peut-être vous aider à retrouver Skandranon.

—Merci, Voile Argenté. Je dois retourner près de Zhaneel, ou elle va s'arracher toutes les plumes ! Je vous ferai savoir s'il y a du nouveau.

—Moi de même. Étrange comme on oublie ses problèmes en se chargeant de ceux des autres…

—N'est-ce pas ?

Elle le raccompagna jusqu'à la porte et le serra une dernière fois dans ses bras.

Dès qu'il l'eut quittée, l'angoisse le submergea de nouveau. Il retourna dans les appartements des griffons.

Zhaneel n'avait pas bougé, mais elle semblait un peu moins tendue.

— J'ai parlé à Kechara, annonça-t-elle. Je crois qu'elle a compris le concept d'écran. Étoileneige va lui montrer ce que c'est et comment le traverser. Il pense qu'elle peut y arriver, car ces gens ignorent tout de la magie mentale.

Ambredragon soupira de soulagement. Enfin une bonne nouvelle !

— Il ne reste plus qu'à attendre, continua la femelle griffon.

— Oui. Et… à espérer. Après tout, n'est-il pas redevenu le Griffon Noir ? Et le Griffon Noir n'est-il pas toujours revenu, quelles que soient les difficultés ?

Elle acquiesça.

Pour le moment, c'était suffisant.

Chapitre 10

Ambredragon faisait les cent pas dans la suite des griffons, entouré par le contingent venu de Griffon Blanc. Chacun tuait le temps à sa manière. Tandis qu'il nouait et dénouait une cordelette de satin, Zhaneel se lissait les plumes à tel point qu'elle leur faisait plus de mal que de bien. Judeth aiguisait son couteau, qui devait être le plus tranchant du continent. Ses Argents l'imitaient, y compris Aubri, qui affûtait ses serres. Quant à Bichehivernale, elle nattait et dénattait les franges de sa ceinture.

Cela faisait deux jours que Skan avait disparu et Kechara n'avait toujours pas pu le contacter.

Mais elle savait désormais ce qu'était un écran et comment le pénétrer ou le contourner. Le comprendre ne lui avait pris qu'une journée. Ambredragon était étonné de la vitesse à laquelle elle apprenait. Il ne l'aurait pas crue capable de retenir autant de choses en si peu de temps, et encore moins des concepts parmi les plus complexes.

Kechara cherchait des écrans antimagie depuis l'aube et les perçait. Dans la majorité des cas, ils appartenaient à des personnes ayant un Don et qui se protégeaient ainsi des agressions extérieures. La plupart étaient d'ailleurs relativement simples. Les autres protégeaient des temples, ou les esprits des prêtres haighlei, ce qui n'avait rien d'étonnant, étant donné ce qu'ils pensaient de la parole par l'esprit.

Kechara faisait un rapport sur chaque écran découvert et Étoileneige s'inquiétait pour sa santé.

Mais le temps leur manquait. La Cérémonie de l'Éclipse commencerait à l'aube et se terminerait dans la soirée. Tous ceux qui y assisteraient – tout le contingent, à l'exception de Zhaneel et d'Ambredragon – devaient rejoindre les prêtres haighlei pour une purification rituelle qui durerait jusqu'au lever du soleil.

Ambredragon en était exclu à cause de sa « folie ». Quant à « Ventfaucon », il était censé garder le *kestra'chern*.

Des serviteurs viendraient les chercher d'un instant à l'autre.

On frappa à la porte ; Gesten alla répondre.

— Ils sont ici, annonça-t-il. Allons-y.

Judeth se leva de son fauteuil ; tous l'imitèrent.

— Si nous voulons retirer notre queue du brasier, il va falloir jouer le jeu, dit-elle, pour la énième fois.

Ambredragon se contenta d'acquiescer sans desserrer les dents. Sa patience avait atteint ses limites et il ne voulait pas s'emporter injustement. Judeth attendit un instant, puis décida de prendre son hochement de tête pour un ordre et poussa tous les autres dehors, y compris Gesten. Bichehivernale fut la dernière à sortir. Elle jeta un regard angoissé à son compagnon.

Il sentit qu'elle voulait dire quelque chose comme : « ne fais rien de stupide en notre absence », mais elle se tut sagement. Il sourit et lui envoya un baiser. Elle fit de même.

Le silence qu'ils laissèrent derrière eux était si pesant qu'Ambredragon secoua la tête pour s'assurer qu'il n'était pas devenu sourd.

— Alors ? demanda-t-il, histoire d'entendre sa propre voix.

Zhaneel leva la tête. N'ayant pas dormi depuis la disparition de son compagnon, elle était épuisée.

— Elle a trouvé un autre écran et elle essaie de le percer. C'est un écran antimagie.

Il fronça les sourcils en frottant ses yeux fatigués et douloureux. C'était étrange. *Très* étrange, même. Le principal effet des orages magiques était de déstabiliser ou de détruire les écrans. Donc celui-ci avait dû être créé après la dernière perturbation.

Mais ériger un tel écran réclamait une extraordinaire dépense d'énergie. Pourquoi prendre cette peine ?

Peut-être parce que la personne qui se cachait derrière avait quelque chose à dissimuler aux prêtres…

De la magie ? De la magie du sang ?

Il avait espéré tellement de fois en vain qu'il avait peur d'être déçu. Pourtant, cette fois, les paramètres concordaient…

Ils attendirent ; la clepsydre approchait des 3 heures.

Zhaneel bondit sur ses pattes.

— Dragon ! Elle l'a trouvé ! Il est vivant !

Vivant, mais pas en bonne santé… D'après Zhaneel, Skan était ficelé comme une oie prête à passer au four. Blessé, il n'avait rien bu ni mangé depuis sa capture. Connaissant les besoins des griffons, il n'était pas étonnant qu'il soit au bord de l'évanouissement.

Obtenir des détails d'un griffon pris de vertiges, transmis par un griffon simple d'esprit à un griffon au bord de la crise d'hystérie fut pour le *kestra'chern* une leçon de patience.

— Kechara est inquiète pour son papa Skan. Elle ne comprend pas le problème, mais elle sent que quelque chose ne va pas. Skandranon a essayé de la rassurer, mais il est mal en point…

— Très bien, je veux que tu me communiques chaque détail qu'elle pourra lui arracher. Il faut qu'elle nous décrive tout ce qu'il entend, sent, et voit. S'il est dans le palais, je pourrai peut-être identifier l'endroit. Les dieux savent que j'ai sondé chaque centimètre carré pour y chercher des indices !

Zhaneel ferma les yeux.

— Il sent l'odeur des poivriers et des trompettes-de-nuit, dit-elle. Les pierres du mur sont jaune pâle… C'est du marbre. (Elle se tut un moment.) Kechara a fouillé dans les souvenirs de Skan. Elle y a vu des meubles précieux, comme ceux que nous avons dans nos suites.

— Il pourrait être n'importe où, grommela Ambredragon. Même être quelque part en ville. *Sketi !*

— Quant aux bruits… S'il était en ville, il entendrait la foule. Or, tout est calme…

Le *kestra'chern* reprit espoir. Si Skan était dans le palais, ça leur faciliterait la tâche.

— Une fontaine ou un bassin, continua Zhaneel. Et le son caractéristique d'un carillon éolien en bois. Il y a des chanteurs-nocturnes tout près, peut-être dans le jardin !

Cette dernière information réduisait le champ de recherche aux sections les plus anciennes du palais. Les chanteurs-nocturnes étaient des insectes. Tombés en disgrâce quelques siècles plus tôt, on en avait débarrassé les jardins du palais… sauf ceux de ses résidents qui eux-mêmes n'avaient pas les faveurs du roi et de la cour. La mode était aux oiseaux nocturnes depuis trois générations.

— Rien d'autre ? demanda Dragon, impatient, le cou et les épaules douloureusement contractés.

— Non… oui ! cria-t-elle. Il y a une sentinelle, non loin de la chambre ! Elle égrène les heures !

Ambredragon bondit sur ses pieds, le cœur battant la chamade. Il n'y avait qu'un seul endroit, dans le palais, d'où on pouvait entendre les sentinelles crier les heures. Près du mur d'enceinte… là où personne ne pouvait l'entendre.

— Il est dans le Hall de la Joie Odorante ! Zhaneel, va voir les prêtres et demande-leur de te laisser parler aux autres. Je vais essayer de retrouver Skan, avant qu'ils le blessent davantage.

— Toi ? Mais tu n'es pas un combattant ! Comment pourrais-tu…

Je refuse d'y penser maintenant, ou je n'aurai jamais le courage d'aller jusqu'au bout.

— Zhaneel, c'est une nuit sans lune et tu sais que tu ne voles pas bien dans l'obscurité ! Skan a une vision nocturne améliorée, pas toi ! Si tu ne peux pas voler, tu devras y aller à pied, devenant une cible terriblement vulnérable.

» Et une fois à l'intérieur… Dans les anciens bâtiments, les couloirs sont très étroits. Et si tu ne peux pas te déplacer, comment te défendre ? Je ne suis peut-être pas un guerrier, mais je pourrai me faufiler sans risque de rester coincer aux intersections.

Il prit la tête de Zhaneel entre ses mains et la regarda dans les yeux.

— Et je n'ai pas l'intention de me battre ! Je me contenterai de trouver Skan, de le libérer et de ressortir ! Si j'y vais tout de suite, personne ne me verra. Toi, tu es un peu trop reconnaissable.

Elle dut capituler.

— Va chercher les autres ! Et dis-leur de me rejoindre. Maintenant, je dois y aller.

Inutile de se changer. Les vêtements noirs de Ventfaucon étaient parfaits pour ce qu'il s'apprêtait à faire. Zhaneel claqua du bec, hésitant à lui obéir. Enfin, elle sortit.

Ambredragon ne se donna pas la peine d'utiliser la porte. Il n'était pas un combattant, mais il n'avait pas passé des années à bâtir une cité sans acquérir des talents plutôt étranges pour un *kestra'chern*.

Je dois agir sans réfléchir aux conséquences de mes actes.

Il avait un balcon à sa disposition. Descendre le long d'une colonne était plus rapide que prendre l'escalier.

Et si leur ennemi les surveillait, il ne le verrait pas sortir.

Il enjamba la rambarde et s'y retint du bout des doigts pendant que ses pieds cherchaient la colonne. Cela lui prit une seconde. Il enroula les jambes autour et se laissa glisser le long de la pierre tiède, comme un garnement qui fait le mur.

Contrairement à un gamin, il ne se sentait pas très excité. La peur faisait trembler ses muscles et battre son cœur à tout rompre. Il était conscient d'agir comme un fou téméraire.

Tapi au pied de la colonne, à l'ombre des buissons, il tendit l'oreille, essayant de déterminer s'il était seul.

Je suppose que j'aurais pu sauter au lieu de me laisser glisser. Un étage, ce n'est pas bien haut. Mais si je m'étais cassé une cheville, quel intérêt pour Skan ?

Il entendait souffler la brise nocturne avec une clarté quasi surnaturelle. Il n'y avait personne aux alentours. Bien. Tous les Haighlei étaient censés être à une cérémonie de purification. Seuls les malades, les blessés, les fous (comme lui) et ceux que leur travail retenait à leur poste en étaient exemptés. Le palais n'avait jamais été aussi silencieux. Les lampes s'éteignaient les unes après les autres, les serviteurs faisant le tour des pièces vides.

Le meilleur moyen pour ne pas avoir l'air suspect – si

un homme à la peau claire le pouvait – était de faire comme s'il agissait sur un ordre. Dès qu'il fut certain d'être seul, il se redressa, tira sur sa tunique et se dirigea d'un pas décidé vers le Hall de la Joie Odorante.

Ambredragon avait l'impression que des centaines d'yeux étaient rivés sur lui.

Il aurait aimé courir, mais il ne voulait pas attirer l'attention. Ici, personne ne courait. Ça ne se faisait pas.

D'ailleurs, même s'il l'avait voulu, il n'aurait pas pu. Le sentier était à peine visible. S'il accélérait l'allure, il risquait de se rompre le cou.

C'est malin, Dragon ! Te voilà parti, sans savoir si tu auras des renforts. Tu as présumé que Skan serait seul, mais tu n'en es pas sûr. Vouloir jouer les héros est bien beau, mais tu sais que tu n'en as pas l'étoffe !

Que feras-tu quand tu arriveras et que tu constateras que Skan a de la compagnie ? Tu essaieras de t'en tirer avec de belles paroles ? Personne ne te croira quand tu diras que tu faisais un tour et que tu es là par hasard ! Avec ton visage pâle, tu ne passeras pas pour un Haighlei !

Sa petite voix intérieure ne faisait rien pour le rassurer. Même les poings serrés, ses mains continuaient de trembler.

Les bâtiments se dressaient autour de lui, au-dessus de la végétation, noirs et sans vie. Il n'y avait pas un bruit : ni musique ni conversation, rien. Seulement des appartements déserts et le sentier à peine visible, sous le ciel étoilé, dans la moiteur de la nuit.

Il ne discernait pas grand-chose au-delà de l'écran que formaient les arbres et les buissons bordant le chemin.

Merci, Skan, d'être sorti sans penser à couvrir tes arrières. Il aurait suffi qu'Aubri se poste sur un toit pendant que tu jouais au grand guerrier !

Maintenant, tu es en danger et je viens à la rescousse, comme l'imbécile que je suis. Dans le noir. Seul.

La visibilité étant médiocre, il devait rester concentré pour ne pas trébucher sur un obstacle.

Quand une ombre se détacha du tronc d'un arbre et se jeta sur lui, il n'eut pas le temps de réagir.

Il ne sentit pas le coup qui l'assomma.

Ambredragon avait mal à la tête…

Ses tempes battaient au même rythme que son cœur. Sa lèvre inférieure était douloureuse. Il la toucha du bout de la langue et sentit du sang. Elle était coupée et tuméfiée.

Ses bras étaient attachés sous lui, dans son dos. Il gémit et essaya de changer de position en roulant sur lui-même. Qu'avait-il fait, la nuit dernière, pour…

Il s'arrêta en sentant quelque chose tirer sur son cou. Il ne pouvait pas se retourner. De fait, il était entièrement immobilisé.

Ambredragon ouvrit lentement les yeux. Ils semblaient gonflés, et ils étaient douloureux, mais pas autant que sa tête. Cela ne lui apprit pas grand-chose il était face à un mur de marbre jaune.

Il était couché sur le côté, mais quelqu'un s'était montré assez « prévenant » pour l'allonger sur un matelas de fortune.

Pourquoi cela ne me réconforte-t-il pas ? Sans doute parce qu'on m'a assommé et que je suis pieds et poings liés.

Remuer avait réveillé une sourde douleur dans ses membres et son cou. Ses bras étaient attachés au niveau des coudes, dans son dos, mais pas rapprochés au point que la position soit inconfortable.

Pas encore. Mais je suis kestra'chern, *je peux forcer mes muscles à se détendre.*

Ses poignets aussi étaient attachés. Et il avait autour du cou un collier relié à une chaîne. C'était ce qui l'avait empêché de se retourner.

Tout ça pour sauver Skan! Son ravisseur faisait surveiller nos appartements...

Dieux, j'espère qu'il n'a pas capturé Zhaneel!

La douleur le submergea. Quand elle reflua, il finit de faire l'inventaire de sa situation. Curieusement, il s'avisa qu'il n'avait plus peur.

Sans doute parce que le pire s'est déjà produit.

Ses chevilles et ses genoux aussi étaient attachés, mais il pouvait faire jouer ses articulations. Il tendit le cou et baissa la tête aussi loin que le collier le lui permettait pour vérifier la nature des liens. Sa tête pulsait douloureusement, mais les sangles semblaient assez lâches pour qu'il songe à se détacher.

Sauf que je ne suis pas dupe...

— Réveillé ? grogna Skan.

— Oui, répondit-il. Quelle heure est-il ?

— C'est le milieu de la matinée, je crois... La cérémonie a commencé. Le désastre est complet, en ce qui nous concerne.

Le milieu de la matinée ? Oh, sketi*! Ça veut dire que Zhaneel n'a pas réussi à convaincre les prêtres... ou qu'ils l'ont obligée à se purifier pour pouvoir approcher des autres.*

Enfer et damnation! C'est la seule qui sache où nous sommes... Où je crois que nous sommes.

Ce n'était pas seulement un désastre mais une catastrophe!

Il roula de nouveau sur lui-même, cette fois en direction du mur, et réussit à se retourner. La chaîne était attachée à un anneau dans le sol.

Skandranon était vraiment ficelé comme une oie. Il

n'avait pas l'air très en forme, mais il n'avait pas subi trop de dommages... Pas autant qu'Ambredragon.

De nouveau le *kestra'chern* eut le souffle coupé par la douleur. Il attendit qu'elle passe, puis s'assit, lentement, car il devait en même temps se rapprocher de l'anneau pour avoir assez de mou.

Sa tête lui faisait payer cher chacun de ses mouvements, lui rappelant à quel point il avait été stupide de partir au secours du griffon sans attendre des renforts.

Comme s'il avait besoin qu'on le lui rappelle !

— Je suppose que tu es venu à mon secours sans renforts ? dit Skan. Évidemment... Tout le monde se préparait pour la Cérémonie, mais tu es censé être fou. Sous l'identité de Ventfaucon, tu étais exempté d'y assister, sous prétexte de devoir te garder toi-même.

— C'est pour ça qu'il y avait un Kaled'a'in de trop ! dit une voix ravie. Dix nouveaux Kaled'a'in étaient arrivés de Griffon Blanc, mais onze se promenaient dans le palais...

Ambredragon leva les yeux vers le fou qui se tenait sur le seuil.

— Hadanelith, dit-il d'une voix sans timbre, sa tête résonnant douloureusement. Je ne prétendrai pas que c'est un plaisir de vous revoir. Vous êtes venu vous vanter, pas vrai ? C'est si banal que ça ne peut qu'être votre style.

Hadanelith approcha d'Ambredragon sans se presser, sourcils froncés, et s'arrêta pour être hors de portée d'un coup de pied.

— Vous n'auriez jamais dû vous teindre les cheveux. Ça ne vous va pas.

Ambredragon leva un sourcil. Puis il cligna des yeux, certain d'avoir des hallucinations. Pourquoi Hadanelith porterait-il une copie de son costume ?

— Je vois que vous avez enfin le sens de la mode, répondit-il, essayant de trouver une explication à la conduite de son « hôte ».

— Oh, ça ? (Hadanelith passa les mains sur la poitrine brodée de perles de sa tunique.) Ça fait partie du plan, voyez-vous.

— Un plan que vous allez nous décrire en détail, soupira Skan.

Comme s'il ne craignait pas ce que pouvait inventer le cerveau dérangé de Hadanelith et que l'ennui fût la pire des tortures.

— Épargnez-nous ça, d'accord ? Grands dieux, pourquoi les criminels se croient-ils obligés de se vanter ? Ne pouvez-vous pas vous contenter de nous tuer, pour que nous n'ayons pas à subir vos discours ?

Hadanelith foudroya le griffon du regard et croisa les bras.

— Oui, je suis « obligé de me vanter ». Je veux que vous sachiez comment, pourquoi et quels moyens je compte mettre en œuvre !

» Il faut que vous sachiez tout, jusqu'au moindre détail, parce que vous ne pouvez rien faire pour m'arrêter !

Skan poussa un gémissement, comme quelqu'un qui doit se résigner à écouter un discours assommant.

— Vous n'avez rien inventé, vous savez. Peu importe ce que vous croyez, d'autres idiots l'ont fait avant vous. Ma'ar n'avait pas son pareil, concernant la vantardise. Vous pouvez me croire, j'en sais quelque chose.

Ambredragon se raidit pour empêcher ses muscles de trembler. Comprenant ce que le griffon essayait de faire, il feignit un ennui égal au sien quand Hadanelith le regarda.

Écoute ce qu'il a à dire, montre ton intérêt, et il la fermera. Mais si tu lui cries d'aller se faire pendre ailleurs, il bavassera jusqu'à plus soif.

— Vos amis et vous êtes finis, *kestra'chern* ! beugla Hadanelith.

Ambredragon bâilla à s'en décrocher la mâchoire. Sa lèvre se fendit un peu plus, mais il s'en fichait.

— Oui ? répondit-il d'un ton indifférent. Et alors ?

Le visage de Hadanelith se tordit de rage.

— Vous croyez être très malins ! Mais vous n'aviez pas pensé à la magie, n'est-ce pas ? Une magie qui fonctionne… Celle du sang, obtenue grâce à ces vieilles taupes et à quelques esclaves. Nous avons assez d'énergie pour parer à toute éventualité. Même si un orage magique nous frappait maintenant, nous aurions assez de pouvoir pour mener à bien nos projets.

Oh, dieux… Ça explique tout.

Ambredragon sentit un froid glacial l'envahir et dut lutter pour ne pas se trahir.

Aucun d'eux n'avait envisagé qu'un sorcier pourrait se servir de la magie du sang pour jeter des sorts qui échouaient en toute autre circonstance…

— Nous avons concocté une petite surprise pour les Haighlei et les Kaled'a'in, continua Hadanelith en souriant. J'ai un travail à faire pour mes amis. Normalement, je ne me serais pas chargé de ce genre de chose, mais je pense que je leur dois une faveur. (Il leva un sourcil, feignant la malice.) Ne voulez-vous pas savoir ce que c'est ?

— Retrouver vos esprits ? suggéra Skan. À moins que ce soit votre virilité…

Hadanelith s'empourpra de nouveau et grinça des dents.

Ambredragon ne put s'empêcher d'être fasciné. Il n'avait jamais entendu personne grincer des dents de rage. Or, il *entendait* Hadanelith le faire.

Dire que j'ai toujours cru que c'était un cliché...

—Nous allons assassiner le roi, continua l'aliéné. En public. Pendant la Cérémonie de l'Éclipse.

Il avait repris son calme avec une rapidité qui aurait pu sembler étonnante s'il n'avait pas été fou.

—En cadeau pour vous, cher Ambredragon, nous tuerons aussi Bichehivernale.

Ambredragon sentit son corps se pétrifier en même temps que son cerveau. Sa vue s'embruma et il entendit un bourdonnement à ses oreilles.

Hadanelith vit sa réaction ; son sourire s'élargit.

—Mes amis sont assez puissants pour me faire disparaître dès que j'aurai terminé le travail, continua-t-il. Tout le monde blâmera les Kaled'a'in.

» On dira que le Griffon Noir est un lâche et un traître pour avoir fui avant le meurtre du roi. Un de mes amis est bien placé pour y veiller, car le roi n'a pas nommé d'héritier. Il s'assurera que vos amis soient exécutés et que le royaume déclare la guerre à Griffon Blanc. Quand tout sera fini, il sera acclamé comme un héros. Le peuple voudra le voir sur le Trône du Lion...

Ambredragon ferma les yeux, luttant pour ne pas s'évanouir.

Bichehivernale...

Il devait réfléchir, vite. Pour gagner du temps, il devait continuer à faire parler Hadanelith.

—Et pourquoi les Kaled'a'in seraient-ils blâmés ? demanda-t-il. Les Haighlei ne sont pas idiots... ils ne pensent pas que tous les étrangers se ressemblent ! Vous ne pourrez pas les tromper simplement en vous habillant comme moi.

— Cher Ambredragon ! répondit Hadanelith. Mon très cher *kestra'chern* ! Ce n'est pas moi qu'ils verront quand ils regarderont le meurtrier !

Ses traits devinrent flous. Un instant, Ambredragon se demanda si le coup qu'il avait pris sur la tête avait troublé sa vision. Mais tout le reste était normal. Le visage de Hadanelith redevint net...

... Mais ce n'était plus le sien.

C'était un visage qu'Ambredragon connaissait bien, car il le voyait chaque fois qu'il se regardait dans un miroir. Pour Bichehivernale, c'était celui de l'homme qu'elle aimait.

— Vous voyez ? Ces gens abhorrent tellement la magie qu'ils n'imagineraient pas qu'un individu puisse se cacher derrière une illusion ! C'est le cadeau que je leur ai fait... Mon originalité ! Ils n'auraient jamais pensé à ça. Ce n'est pas moi que les Haighlei verront assassiner leur roi et la fiancée royale, mais vous.

Il ricana, produisant un son aigu qui ébranla un peu plus les nerfs d'Ambredragon.

Je l'aurais banni rien qu'à cause de son rire...

— Et la dernière chose que verra votre chère compagne déloyale, continua joyeusement Hadanelith, c'est son ancien amant en train de l'étriper en souriant. Votre scène, devant la cour, présageait d'une fin dramatique.

Ambredragon réalisa qu'il avait lui-même offert une occasion en or à leurs ennemis. Et ce n'était pas le roi que Hadanelith voulait... c'était Bichehivernale. Il assassinerait le roi parce que c'était le seul moyen d'atteindre Bichehivernale.

— Elle aurait pu être à moi, dit l'aliéné d'une voix douce, comme s'il n'avait pas conscience de parler à voix haute.

Ambredragon comprit qu'il s'agissait d'une obsession et il en eut la chair de poule. Depuis quand Hadanelith désirait-il Bichehivernale ? Il devait pourtant savoir qu'il ne pouvait pas l'avoir !

Toutes les femmes qu'il a maltraitées, à Griffon Blanc, étaient comme Bichehivernale : minces, élégantes, volontaires… jusqu'à ce qu'il les brise.

Comment ai-je pu être aveugle à ce point ?

— Si elle ne peut pas être mienne, je dois m'assurer qu'elle n'appartiendra à aucun homme, murmura Hadanelith.

Puis il s'ébroua et regarda le *kestra'chern* avec son drôle de sourire.

— Un coup de poignard dans le ventre, dit-il d'un ton pensif. Dans le nombril, puis sur la gauche, et finalement vers le haut. Elle devrait agoniser un moment, mais pas assez pour qu'un Guérisseur arrive à temps.

» Gardez bien cette image l'esprit, jusqu'à mon retour. Après, Skandranon et moi jouerons à des jeux très divertissants. Si je suis d'humeur, je vous apprendrai peut-être certains de mes tours avant de vous laisser partir.

— De me laisser partir ? répéta le *kestra'chern*.

— Bien sûr ! Pourquoi pas ? Personne ne vous croira si vous dites la vérité. Et mes « amis » seraient contents d'avoir le privilège de vous capturer. On m'a raconté que les exécutions haighlei étaient très divertissantes.

Alors qu'Ambredragon posait sur lui un regard incrédule, Hadanelith leva la main et le salua, agitant les doigts comme un enfant. Puis il exécuta une pirouette, fit un pas de côté et disparut.

— Kechara a tout transmis aux autres, souffla Skan d'une voix rauque. C'est pour ça que je n'ai pas dit grand-chose.

Hadanelith n'avait sûrement pas tenu compte de ça...

— Le problème, c'est que tous sont loin du roi, sauf Bichehivernale, continua le griffon. Mais son Don de parole par l'esprit n'est pas assez puissant pour que nous puissions l'avertir. Aubri ne peut pas intervenir, il porte une sorte de toge de cérémonie et il ne peut pas voler...

— Peu importe ! dit Ambredragon.

Il força certains de ses muscles à se détendre et d'autres à se crisper et se contorsionna.

Je dois d'abord libérer mes coudes...

— Hadanelith a oublié autre chose...

C'était des cordelettes en soie. Elles paraissaient solides, mais elles étaient très lisses. La soie était le pire matériau pour faire des liens...

Ceux qui maintenaient ses coudes tombèrent de l'articulation. En se tortillant et en se secouant, il parvint à les amener au niveau de ses poignets.

Heureusement, il n'a pas pensé à attacher les liens de mes coudes au collier. Les néophytes font toujours l'erreur de travailler le long de la colonne vertébrale, sans penser aux diagonales. Il m'a attaché d'une manière spectaculaire, mais pas très efficace...

Il se pencha en arrière pour faire passer ses poignets sous ses fesses puis bascula vers l'avant, pour ramener ses jambes dans le cercle formé par ses bras. Une seconde plus tard, il leva les poignets à hauteur de son visage et s'attaqua à la cordelette avec ses dents.

— Je suis… un *kestra'chern*… Skan, dit-il sans lâcher la corde. Un vrai… *kestra'chern*. J'ai probablement… oublié… plus de choses… sur les nœuds et les liens… que cet imposteur… n'en a jamais appris. Voilà !

Les cordes tombèrent de ses poignets, suivies par celles des coudes. Il défit le collier – qui n'était même pas verrouillé ! – et rampa jusqu'à Skandranon. Il détacherait ses jambes plus tard. Le plus important, pour le moment, c'était de libérer le griffon.

Les liens qui retenaient Skan étaient judicieusement placés, mais eux non plus n'étaient pas très efficaces.

— Dilettante ! marmonna le *kestra'chern* tandis qu'il dénouait d'autres cordelettes en soie et débouclait des sangles. Amateur !

Maudits nœuds ! Maudit Hadanelith ! Que tous ces salauds croupissent dans le plus glacé des enfers ! Je jure que si j'avais un couteau… Si Bichehivernale… Oh, dieux, si Bichehivernale…

Couteau… Bichehivernale…

Il cligna des yeux et secoua la tête. Au même moment, la lumière sembla baisser.

— Ça vient de moi ou la lumière diminue ?

— L'éclipse ! cria Skan. Cet abruti de Hadanelith a suffisamment le sens de la mise en scène pour attaquer au plus fort de l'éclipse ! Dépêche-toi !

— C'est ce que je fais ! dit Ambredragon en se demandant si la brume rouge qu'il voyait était due à l'éclipse.

Shalaman se tenait bien droit malgré le poids des robes cérémonielles, et il regardait son peuple.

Celui-ci était rassemblé à ses pieds, véritable marée vivante de visages. Il y avait autant de Haighlei que la place pouvait en accueillir. Les portes du palais étaient ouvertes, comme à chaque cérémonie officielle. Les habitants de la capitale avaient fait la queue pendant des jours pour être sûrs de pouvoir assister à la Cérémonie de l'Éclipse.

Ils étaient si serrés les uns contre les autres qu'ils ne pouvaient pas bouger. Par moments, les couleurs vives et le reflet des rayons du soleil sur les bijoux qu'ils portaient aveuglaient presque le roi.

En bas, la chaleur devait être insupportable, mais personne ne se plaignait. C'était la Cérémonie de l'Éclipse, le temps du changement, et personne ne voulait rater ça.

Contrairement à leur habitude, les Haighlei étaient silencieux. On entendait les oiseaux chanter par-dessus le bruit des respirations et des chuchotements. La lumière baissait depuis un moment – entraînant les oiseaux dans leurs chants annonciateurs du crépuscule – et même s'il n'était pas encore vrai que l'air se rafraîchissait, le soleil tapait de moins en moins fort.

À la droite du roi se tenait Bichehivernale et à sa gauche ses trois conseillers. À part eux, il était seul sur la plate-forme… et seul à pouvoir prendre la décision concernant les habitants de Griffon Blanc. Il était le roi ; ses sujets l'aimaient. Ils l'écouteraient et le suivraient, car ils savaient qu'il avait leurs intérêts à cœur.

Les pensées de Shalaman se tournèrent vers les gens à la peau blanche venus du Nord. Ils étaient ensemble, derrière sa garde personnelle. Il n'avait pas voulu leur faire de faveur particulière avant d'avoir décidé de leur sort.

Il devait se remémorer ce qu'il avait décidé la nuit précédente. Depuis le début, même s'il avait préféré les laisser dans le doute, il prévoyait de les intégrer à la partie de la Cérémonie traitant des « changements à venir ». Tant pis si les meurtriers n'étaient pas retrouvés à temps ! Il aurait été préférable qu'ils le soient, mais ce n'était pas une nécessité absolue.

Les mots qui sortaient de la bouche d'un Oracle de Vérité pendant la seconde moitié de la Cérémonie étaient considérés comme un message des dieux. Shalaman avait l'intention de demander à Leyuet de répéter à la foule ce qu'il avait appris en sondant les esprits de Bichehivernale et d'Ambredragon. Avoir un Couple Lié à la cour attirerait sur eux la bénédiction des dieux. Leyuet proclamerait l'innocence d'Ambredragon au moment de la Cérémonie où il serait la Voix des Dieux.

Mais il avait besoin du roi griffon pour parler au nom de ses amis… or, celui-ci n'était nulle part. Ambredragon ne pouvait pas prendre la parole – officiellement, il était fou, et les fous ne devaient pas assister à la Cérémonie.

Sans l'un ou l'autre des deux acteurs principaux, Shalaman ne pouvait rien faire pour les Nordistes et leur colonie ! Pas avec les soupçons de meurtre qui pesaient sur le griffon et le *kestra'chern*… Et Leyuet ne pouvait pas innocenter des absents.

Ne sachant plus que faire, le roi avait envoyé ses hommes quérir Ambredragon. Les prêtres n'apprécieraient pas que le *kestra'chern* n'ait pas été purifié, mais tant pis pour eux. Si Leyuet déclarait qu'il était sain d'esprit, sa présence n'entacherait pas la Cérémonie. Dès que son innocence serait établie, les habitants de Griffon Blanc deviendraient leurs alliés. Mais les hommes tardaient à revenir, et il avait laissé traîner les prières et les chants plus que nécessaire.

Restait une chose qu'il ne pouvait pas retarder : l'éclipse elle-même.

Il baissa les yeux sur le soleil habilement reproduit dans un cercle, à ses pieds. L'ombre était jetée par un carré de pierre percé d'un trou permettant à un rayon de lumière de tomber devant le roi.

Ce qui arrivait au petit disque lumineux reproduisait ce qui se passait dans le ciel. Or, il était de plus en plus dévoré par l'ombre… Les plus malins – ceux qui n'essayaient pas de regarder le soleil en face – pouvaient le voir à la manière dont les ombres s'étiraient, prenant peu à peu le pas sur la lumière.

Et toujours aucun signe du roi griffon ou d'Ambredragon…

Ce doit être la volonté des dieux. Nous avons pourtant cherché des solutions…

Le cœur lourd, le roi leva son sceptre et commença à entonner les Mots du Changement.

Au même moment, comme si ce geste avait invoqué sa présence, Ambredragon apparut sur la deuxième des trois marches menant à la plate-forme.

Shalaman le regarda, bouche bée.

Que… Mes hommes ont dû le retrouver… Et sachant que le temps nous était compté, les prêtres ont utilisé un Portail magique pour l'amener directement ici.

Il était si soulagé qu'il en avait le vertige. Finalement, tout était bien.

Son soulagement fut de courte durée. Les Kaled'a'in essayaient de repousser la garde pour approcher de l'estrade. Au lieu d'accueillir son compagnon à bras ouverts, Bichehivernale recula.

Il y avait quelque chose de très étrange, voire de *malsain*, dans l'expression d'Ambredragon, tel qu'aucun être humain sain d'esprit n'aurait pu en avoir.

Shalaman recula d'un pas, une main glacée se refermant sur son cœur quand il croisa le regard du *kestra'chern*. Il n'y lut que de la folie et se demanda si c'était le véritable Ambredragon… Si l'homme était possédé, son côté démoniaque pouvait être responsable des meurtres.

Pourquoi les gardes ne faisaient-ils rien ?

Ils ne font rien parce que c'est moi qui leur ai demandé de le laisser passer ! Ils ne peuvent pas voir son visage, alors ils ne bougent pas…

Shalaman ouvrit la bouche pour appeler à l'aide.

Aucun son ne franchit ses lèvres.

Et il ne pouvait plus bouger. Il était cloué sur place aussi sûrement que par des chaînes. Il lutta contre ses liens invisibles. Sans succès. Il était pétrifié dans sa dernière pose, le sceptre levé au-dessus de la tête et son bras libre tendu vers le soleil.

Le soleil… Le disque disparut entièrement derrière la lune, plongeant la scène dans le noir.

Ambredragon éclata de rire… Si on pouvait appeler rire ce ricanement de hyène. Il tira un couteau de sa tunique et plongea sur Shalaman tandis que les émissaires de Griffon Blanc essayaient de franchir le cordon de gardes.

Le *kestra'chern* hurla et se rua en avant, jouant du couteau comme un assassin.

Mais une mince silhouette vêtue d'argent s'interposa entre le roi et son assassin

Ce n'était pas Bichehivernale, qui était habillée d'or. C'était Voile Argenté.

« *Tous les* kestra'chern *apprennent à se défendre, car ils pourraient un jour en avoir besoin,* avait-elle dit un jour au roi. *Ils connaissent par cœur le corps humain et ils savent où frapper.* »

Il avait souri avec indulgence et une pointe d'incrédulité. C'était le genre de chose que disait un maître d'armes pour impressionner son capitaine sans que ce soit nécessairement vrai.

Aujourd'hui, il la croyait.

La *kestra'chern* pivota et flanqua un coup de pied dans les jambes de l'assassin, le faisant tomber à genoux.

L'homme fut prompt à recouvrer son équilibre. Il bondit sur ses pieds. Alors que Voile Argenté frappait de nouveau, il lui saisit la cheville d'une main et l'envoya bouler en travers de la plate-forme. Haletante, elle s'étala de tout son long.

L'assassin se jeta sur le roi.

Shalaman ferma les yeux, la seule partie de son corps qu'il contrôlait encore, et recommanda son âme aux dieux.

Au moins, je périrai bravement, même si ce n'est pas en guerrier. Voile Argenté, je ne t'oublierai jamais...

Mais les dieux durent décider qu'ils ne voulaient pas de son âme pour le moment.

Un cri retentit au-dessus de la foule. Toutes les têtes se levèrent. Même l'assassin sursauta et fit volte-face.

Du disque solaire noir, le roi griffon jaillit et poussa un hurlement, brisant le sort qui retenait le roi captif.

Shalaman se jeta hors de la trajectoire de l'assassin... vers Voile Argenté. Le tueur se fendit, brandissant son couteau contre les dix serres effilées du prédateur qui fondait sur lui.

Dans un craquement d'os brisés, Skandranon, le Griffon Noir, aplatit l'assassin contre le sol de pierre.

Au même moment, le soleil réapparut, auréolant sa silhouette sombre et se reflétant dans ses yeux.

Les gardes comprirent enfin qu'il se passait quelque chose d'anormal et se précipitèrent vers l'estrade. Mais le

Griffon Noir n'avait pas encore fini de faire des merveilles. Il posa une patte sur le visage de l'assassin et dessina dans l'air un symbole…

Le visage d'Ambredragon disparut, révélant à sa place celui d'un inconnu… qui se couvrait rapidement d'ecchymoses.

Shalaman se redressa. Il était toujours entre l'assassin et Voile Argenté. L'inconnu glapit et commença à se débattre. Puis il hurla de douleur.

Bichehivernale regarda l'homme et poussa un petit cri. Elle commença à parler, mais dans sa langue, et si vite, que Shalaman ne comprit pas un traître mot.

Skandranon tenait toujours son prisonnier, qui, de terreur, s'était fait dessus.

— Voici votre meurtrier, roi Shalaman, dit-il. Voici l'homme qui a tué vos sujets pour récolter l'énergie magique libérée par leurs morts. Il nous a retenus contre notre volonté, Ambredragon et moi, pour pouvoir attenter à votre vie.

» Nous l'avons banni de Griffon Blanc, pensant que la forêt et les bêtes sauvages lui régleraient son compte. Nous aurions mieux fait de l'abattre. Il a utilisé ses talents pour faire croire à des meurtres commis par un mage.

— S'il s'agit de l'un des vôtres…, commença Shalaman.

— Nous l'avons banni, donc il est à vous. Il a commis de nombreux crimes dans ce royaume, et c'est ici qu'il doit être jugé.

— Il est à nous et nous pourrons en faire ce que nous voulons ?

Le Griffon Noir regarda Hadanelith.

— Oui.

— *Mensonges!* hurla le prisonnier. Il ment! Ils m'ont chassé pour que je puisse utiliser mes talents ici et exécuter leurs plans! Ils…

— *Silence!* cria Skandranon.

Il prit Hadanelith à la gorge et serra jusqu'à ce qu'il n'en sorte plus qu'un gargouillis.

Des gouttes de sueur apparurent sur le front de l'assassin ; Shalaman aurait eu pitié de lui s'il n'avait pas commis des crimes plus monstrueux les uns que les autres.

Mais il fallait être absolument certain de sa culpabilité.

Shalaman fit signe à Leyuet, qui secoua la tête.

— Je n'ai pas besoin d'entrer en transe, Sérénité, dit-il avec beaucoup de dignité. C'est cet homme qui ment. Son âme… je n'ose pas y toucher. (L'Oracle tremblait comme s'il avait eu la fièvre.) Elle est vile et malsaine… aussi noire que la vôtre est pure.

Des murmures de colère et de peur coururent dans les premiers rangs, parmi ceux qui avaient pu entendre la déclaration de l'Oracle. Mais il ne subsistait plus le moindre doute… Bientôt, tout le monde connaîtrait la nouvelle.

L'homme recommença à crier, mais ses paroles n'avaient aucun sens.

— Noyoki, espèce de salaud! Tire-moi de là! Tu me l'as promis! Aide-moi! *Aide-moi!*

L'assassin avait pensé disparaître aussi facilement qu'il était apparu? Si c'était le cas, il avait des complices. Mais « Noyoki » ? *Personne?* Ce n'était pas un nom!

— Vos complices vous ont abandonné, dit le roi. Pensez-y en attendant que ma justice s'abatte sur vous.

Où est Ambredragon?

Était-ce grâce à lui que les complices du tueur n'avaient pas pu venir à son secours?

Mais il n'avait pas le temps d'y penser pour le moment. Sur ordre de Palisar, les gardes emmenèrent l'assassin, suivis par deux prêtres censés l'empêcher de s'échapper. L'homme hurlait toujours à pleins poumons, mais ses paroles n'étaient plus cohérentes.

Shalaman s'occuperait de lui plus tard. Il fallait d'abord terminer la Cérémonie.

Voile Argenté s'était relevée. Même si elle boitait légèrement, elle avait repris sa place à sa gauche. Le roi griffon demeura à côté de Bichehivernale, sur la plate-forme.

Shalaman se tourna de nouveau vers son peuple, écartant de son esprit toute pensée relative à Ambredragon et à son sort.

— Grâce aux dieux et à la force de mes amis, j'ai été épargné ! dit-il d'une voix qui porta jusqu'au dernier rang. Voilà l'augure du changement... Skandranon, le roi griffon, autrefois aussi blanc que sa cité, est venu me sauver sous l'apparence du Griffon Noir et il a arrêté lui-même le meurtrier !

» Qu'en dites-vous, mes sujets ? Allons-nous accueillir ce peuple honorable venu du Nord ? Allons-nous ajouter un autre Roi Noir parmi les monarques des Haighlei ?

S'il y eut des voix contre, elles furent noyées par les rugissements approbateurs de la foule. Shalaman s'inclina, acceptant la décision de son peuple. Puis il se tourna vers Bichehivernale.

— Voulez-vous me rendre mon collier, ma chère ? demanda-t-il, plongeant son regard dans les yeux de la jeune femme.

Elle sourit, le passa par-dessus sa tête et le lui tendit avec un soulagement qu'elle ne prit pas la peine de dissimuler.

Son âme et celle d'Ambredragon sont liées. S'il lui était arrivé quelque chose, elle le saurait...

Il prit le Collier de Fiançailles et approcha de ses conseillers. Voile Argenté était flanquée par Leyuet et Palisar. Une chose à la fois... Il devait commencer par la plus pressée.

La *kestra'chern* était encore sous le choc, mais elle s'en était sortie sans mal... n'était la peur qu'elle avait éprouvée pour lui, dont l'ombre planait toujours sur son regard limpide. Ce fut suffisant pour qu'il comprenne les sentiments qu'il avait pour elle.

Je n'ai jamais aimé Bichehivernale. Je trouverai une solution au problème. Je ne veux pas laisser passer cette occasion.

— Vous seriez morte pour moi, dit-il tandis que la foule se taisait.

Shalaman sentit la présence de la masse humaine dans son dos. Elle ne comprenait pas ce qui se jouait. Mais dans l'euphorie du moment, elle dirait oui à tout. Il était le roi et le temps des changements était venu.

Voile Argenté fit « oui » de la tête. Leyuet retint son souffle, mais Palisar – Palisar le sévère... souriait... Continuerait-il quand il aurait compris ce qu'il s'apprêtait à faire ?

— Vous seriez morte pour moi. Accepteriez-vous de vivre pour moi ? demanda-t-il. De vivre *uniquement* pour moi ?

Il lui tendit le collier.

Voile Argenté ne feignit pas la surprise et ne joua pas non plus les timides. Mais ses yeux s'illuminèrent, lui donnant la réponse qu'il attendait.

Les désirs de son cœur étaient enfin les mêmes que ceux qu'elle lui avait cachés toutes ces années, pour ne pas faire pression sur lui. Il le lut dans son regard.

—Oui, mon roi, dit-elle.

Il leva le collier et le passa autour du cou de Voile Argenté.

Shalaman jeta un coup d'œil vers ses deux autres conseillers. Leyuet avait joint les mains; son visage exprimait une joie sincère... Comme celui de Palisar!

—Vous avez des fils-de-l'année parmi lesquels choisir un héritier, Sérénité, dit l'Interlocuteur des Dieux. Mariez-vous donc par amour!

Il n'y avait plus d'obstacle à son bonheur. Il prit la main de Voile Argenté devant la foule silencieuse.

—Pour nous aider à attraper le meurtrier, dame Bichehivernale s'est fait passer pour ma fiancée et l'honorable Ambredragon pour... un fou. Apprenez que les chefs de Griffon Blanc ont risqué leur vie et leur réputation pour sauver des Haighlei. Et sachez que les dieux ont béni ce palais par la présence d'un couple d'âmes liées: dame Bichehivernale et le *kestra'chern* Ambredragon.

Les Haighlei furent sidérés par ces révélations.

—Voilà le temps du changement! Qu'il commence par un mariage entre le roi et sa bien-aimée Voile Argenté!

La foule cria de joie. Shalaman ignorait que la *kestra'chern* était aussi populaire... Raison de plus pour l'épouser! Un roi pouvait faire infiniment plus de choses avec le soutien de son peuple.

Voile Argenté prit la place de Bichehivernale, qui avait reculé pour être à côté du Griffon Noir.

Shalaman regarda son peuple en liesse, alors que le soleil reprenait possession des cieux. Il n'aurait jamais cru éprouver un tel contentement.

Quand il leva son sceptre, le silence revint instantanément.

— Écoutez les changements ! Nous sommes désormais alliés aux habitants de Griffon Blanc, qui nous apportent de nouveaux arts et de nouveaux êtres, la nouveauté dans tout notre pays et dans nos vies. Un nouveau Roi Noir compte dans les rangs des empereurs haighlei : Skandranon. Et je vais prendre Voile Argenté pour femme. Il est désormais permis au roi d'épouser sa *kestra'chern*.

Il continua, énumérant les petits et les grands changements que ses conseillers et lui avaient jugés nécessaires.

Mais sa tête était ailleurs.

Grâce à ces étrangers, je vis enfin et j'ai pris conscience de l'amour que je porte à Voile Argenté. Ma dette est immense, mais je la rembourserai avec joie.

Shalaman sentit la présence de sa bien-aimée et de ses amis et sourit à la foule.

— J'espère que c'est bientôt fini, grommela Skandranon. Je vais m'évanouir. Après ça, je m'empiffrerai et dormirai pendant deux jours, puis je…

Shalaman étouffa un éclat de rire. Le roi griffon fournissait une description très explicite de ce qu'il comptait faire lui-même avec sa compagne. Les habitants de Griffon Blanc n'avaient pas fini de choquer son cœur.

Mais une ombre planait sur la joie du souverain.

Où était Ambredragon ?

Chapitre 11

Ambredragon finit de se détacher et se leva. Ses mains et ses pieds le picotaient toujours.

Et maintenant… il faut que je trouve les complices de Hadanelith. D'après ce qu'il nous a dit, ils ne sont pas plus de deux.

Si quelqu'un avait déclaré devant lui qu'il était courageux, le *kestra'chern* lui aurait ri au nez. La bravoure n'était pas son fort. D'autres l'avaient dans le sang. Pas lui. Capable de reconnaître le courage quand il le voyait, Il savait qu'il n'en possédait pas une once. Il avait souvent peur et il n'avait pas de scrupules à le montrer. Certes, cela arrivait aussi aux plus braves, mais eux savaient surmonter leur peur pour agir.

Il ne se serait pas non plus attribué de courage *physique*. Skan et Zhaneel en avaient, c'était certain. Cela les poussait à risquer leur vie encore et encore, comme si les conséquences de leur audace ne pouvaient pas être pires qu'un bain froid une matinée d'hiver.

Pour l'heure, Ambredragon avait l'impression d'être le plus grand lâche que portait un monde prêt à voler en éclats. En voyant Skan disparaître, il n'eut qu'une envie : trouver un trou où se terrer jusqu'à ce que tout soit fini. S'il avait pu s'enfermer à double tour quelque part, pour que personne ne puisse l'atteindre... C'était la chose la plus sensée à faire, non ? Que pouvait-il espérer accomplir ?

Pas question de me cacher alors que nos ennemis les plus dangereux et les plus puissants sont ici. Je dois faire en sorte de les arrêter. Ils pourraient être tellement accaparés par leur magie que...

Le *kestra'chern* n'avait pas le Don de parole par l'esprit. Il ne saurait pas si Skan avait réussi à arriver à temps pour sauver Bichehivernale et le roi.

La lumière continuait de baisser... Hadanelith devait frapper au plus noir de l'éclipse, et personne ne savait où était Ambredragon, à part Skan et Kechara. Si celle-ci ne passait pas tout son temps à veiller sur le griffon, elle saurait peut-être ce qui se tramait de son côté...

Mais je doute qu'elle puisse s'arracher à la contemplation de « papa Skan ».

Était-ce ce que ressentait Skan quand il partait pour une mission en solo ? La solitude, l'abandon, la terreur ?

Non, pas la terreur. Pas Skan. Il a sans doute déjà eu peur, mais il a toujours gardé confiance en lui.

Si elle le surveillait et que les choses tournaient mal pour lui, Kechara pourrait lancer un appel au secours... À condition qu'elle comprenne qu'il avait des ennuis. Ces derniers temps, elle avait fait montre d'une certaine agilité intellectuelle, mais son cerveau était celui d'une enfant, pas d'une guerrière.

Je dois admettre que je suis seul. Cette certitude lui noua les tripes, mais il fallait regarder la vérité en face. *Je dois trouver les « amis » de Hadanelith et les neutraliser avant qu'ils puissent le faire revenir... Le temps que les prêtres haighlei le rendent imperméable à la magie.*

Cette décision était presque courageuse...

Il n'avait pas le temps de tergiverser. Il devait trouver les complices du fou avant que l'éclipse soit totale.

Ambredragon rassembla toutes les « armes » qu'il pût trouver : la cordelette avec laquelle il avait été attaché et une barre de fer. Il fut fier de pouvoir ramasser celle-ci sans produire de raclement sur la pierre.

S'il cessait de se concentrer sur son objectif – pour le moment, ne pas faire de bruit –, il savait qu'il se figerait de peur comme un lapin pris au piège.

Le *kestra'chern* entreprit de traverser la pièce, s'arrêtant à chaque pas. Ses mains tremblaient si fort qu'il faillit lâcher la barre. Il ferma les yeux et inspira profondément, puis se remit en mouvement. Quand il atteignit la porte, il se plaqua contre le mur, et tendit l'oreille, retenant sa respiration.

Rien. Il n'entendait pas même un brouhaha de voix distantes. Si les « amis » de Hadanelith étaient de l'autre côté, il les aurait entendus, non ? Même si les murs étaient très épais, il était tout près de la porte...

Saisissant la poignée, il la tourna et poussa la porte en serrant les dents, tellement il s'attendait à l'entendre grincer.

Ce serait bien ma veine...

Mais les gonds demeurèrent silencieux et il ne vit pas de garde.

Il fit appel à tout son esprit logique pour tenter de deviner qui étaient les complices de Hadanelith.

On dirait que je suis dans une des suites du palais. Donc, un des complices de Hadanelith au moins appartient à la cour. Mais qui est-ce ?

Ambredragon ignorait où étaient logés tous les membres de la noblesse ; seul le chambellan devait le savoir. Mais ces appartements étaient beaucoup trop près des murs d'enceinte – donc du bruit incessant de la ville et des sentinelles – pour qu'il y fasse bon vivre.

Les quelques personnes qui habitaient là avaient un statut trop bas pour se plaindre de leurs conditions de logement. Qui donc, plus qu'un nobliau, pouvait vouloir se venger du roi et de tous ceux qui le méprisaient ?

Cela n'excluait pas la possibilité qu'une personne de haut rang se soit approprié une suite dans cette partie peu prisée du palais. Les conspirateurs semblaient savoir tout ce qui se passait à la cour…

Hadanelith avait dit qu'un de ses « amis » était bien placé pour prendre la succession de Shalaman et monter sur le Trône du Lion… Mais de qui pouvait-il s'agir ? Tous les fils-de-l'année de l'empereur étaient placés à la cour des Rois Noirs.

Un des fils-de-l'année pouvait utiliser la magie pour se déplacer… Mais quelqu'un s'en serait aperçu ! À moins qu'un « double » le remplace, là-bas… Non, c'est encore plus tiré par les cheveux que ma théorie sur l'utilisation de la magie…

Oui… et non. Il ferma les yeux et serra les dents, imaginant Hadanelith s'attaquer à Bichehivernale en portant *son* visage. Un coup au ventre… Puis un autre.

Reprends-toi, Ambredragon ! Réfléchis. Pense à ce que tu as appris. Les couples unis pour la vie ont un lien très spécial. Si elle était blessée, tu…

Il serait malade, réalisa-t-il, son estomac se contractant douloureusement. Et si ce n'était pas la peur qui faisait trembler ses mains ? Mais de sentir mourir sa bien-aimée Bichehivernale ?

Utilise ta tête, Dragon… Vivante, morte ou mourante, Bichehivernale aurait honte de tes tremblements et de tes jérémiades ! Peu importe ce qui peut vous arriver. Tout ce qui compte, c'est Griffon Blanc.

Le *kestra'chern* poussa un peu plus la porte… Il ne se passa rien. Bien. Son esprit se tourna aussitôt vers les conspirateurs éventuels.

Il avait des soupçons et il espérait ardemment se tromper.

Mais une pensée le hantait…

Se peut-il que ce soit Palisar ?

Soupçonner le conseiller le mettait mal à l'aise. Cependant, l'aurait-il fait si Palisar ne s'était pas montré ouvertement hostile envers les étrangers ? Si les Haighlei avaient des coutumes et des rituels pour tout, il leur était peut-être interdit de cacher leurs véritables sentiments…

Palisar était bien placé pour tout savoir sur ce qui se passait à la cour. Il devait connaître les habitudes et les faiblesses de chacun.

De plus, c'était un prêtre en qui tout le monde avait confiance. Qui aurait pu s'assurer mieux que lui que ses victimes étaient seules ? Si l'Interlocuteur des Dieux leur avait envoyé un message leur demandant de le recevoir en privé, ne se seraient-elles pas toutes arrangées pour renvoyer leurs serviteurs ?

Étant le conseiller du roi, il pouvait se faire ouvrir toutes les portes en prétendant apporter un message de la part de Shalaman. En tant que prêtre, il pouvait laisser entendre qu'il voulait parler de religion.

Et c'est un mage…

S'il est comme ceux de Griffon Blanc, il doit être terriblement frustré par les ratés de la magie.

Nos mages ont tout essayé pour reprendre le contrôle des choses – sauf la magie du sang. Mais même Étoileneige a admis que la tentation d'y recourir était grande, quand un sort échouait pour la énième fois.

Il est possible que Palisar en ait eu assez des orages magiques... Et qu'il ait cessé de résister à la tentation.

Chacun de ces arguments pouvait s'appliquer à n'importe quel prêtre-mage haighlei. Mais Palisar était ouvertement contre la présence des étrangers, et il avait suffisamment de pouvoir et de moyens pour tenir Hadanelith en laisse.

Je ne sais pas comment fonctionne la succession au trône, dans ce royaume, mais un conseiller peut avoir du sang royal. Si c'est le cas, notre arrivée lui aura semblé une chance inespérée de s'emparer du trône.

Ambredragon poussa encore un peu plus le battant. Il était maintenant assez entrouvert pour qu'il puisse se glisser à l'intérieur, s'il en avait envie.

Non, je n'en ai pas envie, mais je le dois. Je n'ai pas le choix.

Il frissonna et serra plus fort la barre en fer. Même si Skan arrivait à temps pour arrêter Hadanelith, il ne fallait pas que ses complices puissent le récupérer. Sinon, ils seraient dans une situation pire qu'avant la Cérémonie. Car tout indiquerait qu'Ambredragon avait essayé de tuer le roi.

Les soldats m'abattront à vue ! Le roi leur donnera l'ordre de me tuer d'abord et de m'interroger ensuite ! Et je doute que même Skan puisse lui faire entendre raison...

Non qu'Ambredragon l'en blâmât...

Pourquoi suis-je encore planté là ? Je dois empêcher les conspirateurs de sauver Hadanelith !

Excellente initiative, Dragon... Dès que tu te seras transformé en une patrouille de mercenaires, ce ne sera plus un problème.

La pièce s'assombrit encore ; l'éclipse devait être dans sa phase finale. Le temps pressait. Hadanelith allait frapper d'un instant à l'autre ! Mais que pourrait-il faire si les mages – ou le mage – étaient ailleurs ?

Pendant un instant, il sentit la panique le gagner, puis son bon sens reprit le dessus.

Hadanelith n'est pas assez fiable pour être laissé sans surveillance. Il se vantait, donc il n'a pas menti. Il est fou, mais il n'a pas la réputation d'être un menteur Il a laissé entendre que ses « amis » restaient ici. Ils doivent observer la Cérémonie à distance, pour pouvoir le récupérer en temps voulu.

C'était logique. Et ça voulait dire qu'il devait se dépêcher d'agir.

Mais comment ? Attaquer deux personnes, voire plus ? Une très mauvaise idée.

Je ne suis pas un combattant. Je sais me défendre, mais pas passer à l'attaque. Alors, que me reste-t-il ?

Le bluff ?

Pourquoi pas ? Ça pourrait nous faire gagner du temps. Dès que Skan aura terminé, il m'enverra des renforts. Et tant que je pourrai les bluffer, ils se contenteront de m'observer.

Si Skan réussit à attraper Hadanelith, ça donnera aux hommes du roi le temps de le placer sous un écran.

À condition que Palisar ne soit pas dans le coup…

Il secoua la tête, la peur formant une boule glacée au creux de son estomac. S'il continuait ainsi, il ne ferait jamais rien ! Chaque seconde comptait, désormais.

Ambredragon ouvrit la porte et découvrit qu'elle ne donnait pas sur un couloir, comme il l'avait cru, mais sur le haut d'un escalier. Il devait être dans une des tours formant les coins du Hall de la Joie Odorante. C'était très pratique, surtout si on désirait envoyer un complice sur les toits, la nuit. Et encore plus si on voulait isoler un fou dans un endroit d'où il lui serait difficile de s'échapper.

Il descendit les marches sur la pointe des pieds, tendant l'oreille. La cage d'escalier devint de plus en plus sombre. La main qui tenait la barre de fer commençait à s'engourdir, tellement il la serrait fort. Il passa devant une porte, sur un premier palier, mais n'entendit rien de l'autre côté. Il continua et soudain, à mi-chemin du rez-de-chaussée, il capta une sorte de bourdonnement : des voix. Encore quelques marches et il entendit clairement le nom « Hadanelith ».

Il s'agrippa de sa main libre à la rampe, pour ne pas tomber, ses jambes se dérobant sous lui. C'était bien les complices de l'aliéné. Et ils étaient deux…

L'idée qu'il risquait de se faire assommer dès qu'il aurait franchi le seuil lui traversa l'esprit. Il l'écarta sans ménagement. S'il s'y attardait trop, il finirait par remonter l'escalier.

Ambredragon avait la gorge serrée et la respiration oppressée. Les muscles de son dos et de sa nuque étaient noués. Les sons lui semblaient anormalement forts et ses yeux le brûlaient.

Il se força à avancer. Un pas. Un autre. Il atteignit le bas de l'escalier et se retrouva dans un couloir. De chaque côté, il repéra plusieurs portes. Mais il savait derrière laquelle étaient les conspirateurs. La première ! Elle était entrebâillée ; de la lumière en filtrait, déchirant l'obscurité.

La cage d'escalier était éclairée par une lucarne haut placée qui dispensait une lumière diffuse. À mesure qu'il descendait, le ciel s'obscurcissait. Maintenant, il faisait aussi sombre qu'au crépuscule.

Il entendit clairement les voix des complices de Hadanelith. Soulagé, il s'avisa qu'aucune n'appartenait à Palisar.

Le *kesträ'chern* tendit l'oreille. Il ne semblait pas y avoir plus de deux personnes. Sans plus hésiter, il flanqua un grand coup de pied dans la porte.

Le battant percuta violemment le mur. Les deux hommes assis à une petite table ronde se retournèrent et le dévisagèrent, les yeux écarquillés.

Bluffe, Dragon !

Trois lanternes éclairaient la petite chambre sans fenêtre. À part la table ronde, deux fauteuils et une petite bibliothèque, elle n'était pas meublée. Les étagères étaient remplies d'objets plus que de livres, mais il n'eut pas le temps de les identifier. Il y avait quelque chose entre les deux hommes, sur la table… une coupe de clairevision en céramique !

Il ne s'était pas trompé.

— Posez les mains à plat sur la table ! ordonna-t-il de la voix qu'on lui avait appris à utiliser pour maîtriser une foule. (Il n'en avait jamais eu besoin avant leur fuite vers l'ouest ; aujourd'hui, elle lui venait naturellement.) Je suis un agent de Leyuet et des Lanciers de la Loi ! Je vous conseille de vous rendre !

Les deux hommes obéirent, mais sans se hâter. Ce n'était pas bon signe…

— Nous savons tout, continua-t-il en franchissant le seuil d'un pas décidé. Nous avons arrêté Hadanelith et il se montre très coopératif. Vous feriez bien de l'imiter. Nous savons qu'il travaillait pour vous. Et qu'il est le seul à s'être rendu coupable de meurtre. Puisque vous ne les avez pas commis vous-mêmes, Sa Sérénité est disposée à se montrer clémente et à vous laisser la vie sauve, à condition que vous confessiez vos fautes.

Vont-ils y croire ?

Ils semblaient toujours sous l'emprise de la surprise, mais ils auraient bientôt recouvré leurs esprits. Beaucoup trop vite au goût du *kestra'chern*.

Au même moment, le soleil disparut derrière la lune. Il fit nuit en plein jour.

Hadanelith allait frapper ! Il fallait absolument qu'il les empêche de regarder dans la coupe !

Il devait la détruire…

Oh, dieux ! Que faire s'ils tentent quelque chose ?

Il se répétait cette question en boucle pendant qu'il avançait lentement. Tous ses sens étaient en alerte. Si l'un des deux hommes bougeait, il voulait avoir le temps de…

De faire quoi ?

Skandranon n'avait pas autant souffert depuis dix ans. La douleur émanait de lui par vagues, faisant tressaillir Bichehivernale, Voile Argenté et toutes les personnes suffisamment sensibles pour la percevoir.

Après avoir été assoiffé, affamé et gardé attaché dans une position qui n'avait rien de naturel, il avait dû voler et combattre sans prendre le temps de récupérer un peu. Maintenant, le bout de ses ailes tremblait de fatigue et son corps tout entier le brûlait.

Je suis réduit à un tas de plumes inutile, songea-t-il, dépité. *J'aurai de la chance si je parviens à atteindre mes appartements sans m'évanouir. Tout ce qu'il me reste, c'est ma vivacité d'esprit.*

Il ne se gêna pas pour se plaindre à haute voix pendant que la Cérémonie de l'Éclipse s'achevait. Quand Palisar s'adressa à la foule, Skan décida que c'était le bon moment pour parler au roi.

— Sérénité, Ambredragon m'a libéré avant de finir de se détacher lui-même, pour que je vienne vous sauver. Mais il est toujours là-bas, avec les complices de Hadanelith…

Shalaman eut une expression que le griffon ne lui avait jamais vue. Instinctivement, il sut que c'était celle qu'il adoptait au cours de ses chasses aux grands prédateurs. À la surprise de Skan, le roi défit ses robes de cérémonie et emprunta son arme à un soldat.

— Dites-moi où il est, fit-il, le regard implacable, tandis que ses gardes du corps prenaient place derrière lui.

Le Griffon Noir acquiesça, puis il ferma les yeux pour contacter Kechara.

— *Kechara ? Kechara, chaton… S'il te plaît, écoute-moi.*

— *Papa Skan !*

La voix mentale de la petite grifaucon était aussi claire que d'habitude, mais avec l'étrange « écho » qui trahissait la fatigue chez les individus doués de télépathie.

— *Papa ! Tu t'amuses bien ?*

Skandranon ne put s'empêcher de sourire mentalement. Kechara ne comprenait pas ce qui se passait.

— *Tu es blessé, papa ?*

— *Oui, cher cœur, j'ai été blessé. Je suis très fatigué. Kechara, j'ai besoin de toi. Trouve Ambredragon, et aide-le. Tu as compris ?*

Il y eut une pause, puis :

— *D'accord ! Tu me manques !*

Kechara quitta son esprit.

Le roi Shalaman se redressa.

— Dites-moi où il est, répéta-t-il.

Skandranon croisa le regard farouche du roi. Il s'apprêtait à lancer un bref « Suivez-moi ! », mais s'interrompit. Ce n'était pas une façon, pour un roi, de s'adresser un autre roi.

Il inspira profondément, replia ses ailes et rassembla ce qui lui restait de force.

— Courez à mes côtés, roi Shalaman, comme au cours de vos chasses au lion, et je vous guiderai. Nous devons faire vite.

Alors que ses doigts se crispaient sur la barre en fer et la cordelette en soie, Ambredragon sut qu'il avait perdu la partie. L'effet de surprise ne serait bientôt plus qu'un souvenir. Les deux complices ne pourraient plus ignorer très longtemps qu'ils avaient affaire à un homme seul.

Pour le meilleur ou pour le pire, il était temps qu'il affronte son destin.

Il lança la cordelette, à laquelle il avait fait un nœud coulant, en direction de la table. Puis il tira de toutes ses forces.

Un « splash », suivi d'un raclement puis d'un « boum » retentirent. Il avait réussi à faire tomber la coupe. Pour faire bonne mesure, il jeta la barre de fer dessus. Le récipient vola en éclats.

Ça y est, Dragon... Tu as enfin agi.

Il regarda les deux conspirateurs.

Au même moment, il entendit...

Ce n'était pas vraiment une voix, car il ne l'entendait pas réellement, mais...

Une sorte de... présence. Il reconnut une aura joyeuse et joueuse, un peu émoussée par la fatigue, mais soutenue par une curiosité inextinguible.

Kechara? pensa-t-il, essayant de lui renvoyer l'image d'elle-même qu'elle lui projetait.

Oui...

Avant qu'il pût répondre, elle enchaîna avec une onde d'intense curiosité. Il ne fallait pas être un génie pour comprendre le sens de sa question.

« Que fais-tu ? »

Le soulagement lui coupa le souffle et l'étourdit légèrement... Il n'était plus seul, enfin !

Mais comment avait-elle trouvé le meilleur moyen de

le contacter ? Elle le faisait par le biais de son Don le plus puissant, l'empathie, et lui parlait sans avoir recours à la parole par l'esprit ! Où avait-elle été pêcher cette idée ?

Le contrôle qu'il gardait sur sa peur faillit lui échapper. Il n'avait aucun moyen d'expliquer la situation à Kechara… sans employer de mots !

Pense à ce que ferait Skan, Dragon… n'utilise pas de mots… fais-lui sentir la situation… laisse la pénétrer ton esprit !

Il n'avait jamais complètement baissé ses boucliers devant personne – sauf Bichehivernale – car un Empathe devait toujours craindre de se perdre dans les émotions des autres… Mais comment pouvait-il avoir peur de Kechara ? Elle n'avait pas une once de malice !

Il lui ouvrit son esprit et la laissa entrer.

Dehors, le soleil commençait à réapparaître.

Ambredragon perdit le contrôle de son corps… Son dos et ses bras se relâchèrent…

Un des deux hommes assis à la table se leva et saisit un des objets posés sur les étagères. Quand il se retourna, la lumière diffuse éclaira ce qu'il tenait (l'estomac du *kestra'chern* se souleva ; il sentit le mouvement de recul de Kechara, qui avait imité sa réaction) : une baguette magique taillée dans un os ! Il aurait pu s'agir des restes d'un animal, mais Ambredragon sut instinctivement que ce n'était pas le cas. Il ne s'agissait pas de n'importe quel os, mais de celui d'une cuisse… humaine. Avait-il appartenu à une des premières victimes du sorcier ?

Probablement. À sa toute première victime, sans doute. Nous ne connaîtrons peut-être jamais son identité.

L'horrible relique devait être le point focal du mage, l'objet où il accumulait le pouvoir magique dérobé à ses victimes et aux femmes que Hadanelith avait tuées pour lui.

Ambredragon ne quitta pas la baguette des yeux ; un flot de bile lui remonta dans la gorge. Incapable de bouger, il ne pouvait même plus penser, mais seulement regarder cette chose qui lui donnait la nausée tandis que le mage la faisait rouler entre ses paumes, un sourire mauvais sur les lèvres. L'autre conspirateur s'appuya au dossier de sa chaise en ricanant.

Le *kestra'chern* comprit qu'ils n'avaient pas cru un seul instant à son bluff. Le courage l'abandonna et son cœur se serra. Ils avaient toujours su qu'il était seul.

Le mage noir allait lancer sur lui une attaque magique… et il ne pourrait pas se défendre.

Il essaya de bouger et découvrit que ça lui était impossible ; la barre de fer lui échappa et tomba sur le sol. Il n'était pas sous le coup d'un sort. Non, simplement submergé par la peur.

Je vais mourir.

Ce n'était pas une supposition, mais un *fait*.

— *MÉCHANTS !* hurla Kechara dans son esprit.

Il chancela et tomba à genoux à côté de la barre abandonnée, momentanément « aveuglé » et « assourdi » par le cri mental de la petite femelle. Il était si clair qu'il n'était pas nécessaire d'être doué de télépathie pour le percevoir… Les deux hommes qui lui faisaient face se raidirent de surpris, comme si eux aussi avaient « entendu ».

Instinctivement, Ambredragon releva ses boucliers… C'était le moment qu'attendait Kechara.

— *Méchants ! Méchants !* cria-t-elle de nouveau.

Cette fois, elle accompagna son cri rageur d'un hurlement perçant dont la puissance allait crescendo… Elle le dirigea vers les deux conspirateurs, qui ne s'y attendaient pas.

Ambredragon non plus, il fallait l'admettre. Il avait tellement l'habitude de considérer Kechara comme une enfant, innocente et sans la moindre malice, qu'il l'avait sous-estimée, oubliant qu'elle savait reconnaître un « méchant » quand elle en rencontrait un.

Les deux adversaires du *kestra'chern* s'écroulèrent.

— *Aïe*, dit Kechara.

Et sa présence quitta l'esprit du *kestra'chern*.

Aïe, en effet.

Il frémit, impressionné par la puissance insoupçonnée de la petite femelle. Heureusement, elle avait des amis aimants et attentionnés pour la guider et la surveiller... *Maintenant*, il comprenait pourquoi Urtho l'avait gardée dans la Tour. Le rayon d'action de son Don de parole par l'esprit était impressionnant, et il leur avait été d'une aide précieuse. Mais son potentiel n'était pas seulement impressionnant. Avec ce genre de pouvoir mental, Kechara aurait pu devenir très dangereuse...

Danger.

Son esprit n'avait pas été touché par l'attaque de Kechara, mais il ne pouvait toujours pas bouger. Il venait de voir la mort en face et cette expérience l'avait paralysé. Immobile au milieu des débris de céramique, il regardait les corps prostrés des conspirateurs.

— Dragon ? cria une voix venant de l'étage supérieur.

À travers la brume qui obscurcissait toujours ses pensées, Ambredragon réalisa qu'il faisait de nouveau plein soleil.

— Dragon ? Tu vas bien ? Où es-tu ?

— En bas, répondit-il d'une voix rauque.

Une seconde plus tard, Skan, Aubri *et* Zhaneel dévalaient l'escalier.

— Dragon ! rugit Skan dès qu'il le vit.

Le *kestra'chern* secoua la tête. Le griffon le saisit par les épaules, s'agrippa à lui et le regarda comme s'il avait peur de le voir disparaître ou tomber en poussière.

— Dragon… Kechara nous a dit que tu avais des problèmes, puis elle a… disparu. Nous pensions que quelque chose vous était arrivé !

— Kechara ne vous a pas menti, j'avais des problèmes, coupa Ambredragon avant que Skan devienne hystérique.

Il a bien mérité le droit de craquer. Et moi aussi, d'ailleurs…

Hébété, il regarda les hommes qui venaient d'entrer derrière ses amis. Stupéfait, il reconnut Shalaman parmi eux.

— Celui-ci… (il montra du doigt le plus costaud des deux conspirateurs)… est votre mage noir. il allait m'anéantir avec une attaque magique quand… j'ai brisé leur coupe de clairevision et ils se sont effondrés.

Ambredragon haussa les épaules, feignant l'incompréhension. Les griffons et lui échangèrent des regards entendus. Ils savaient que Kechara était responsable de l'état des deux criminels, mais ils avaient été avertis de l'interdit frappant le Don de télépathie. Mieux valait que les Haighlei continuent d'ignorer son existence.

Shalaman ne dit rien. Il regarda sans ciller l'homme que lui avait désigné le *kestra'chern*.

— Que les dieux nous protègent ! s'écria un de ses gardes du corps. C'est le Disgracié ! Celui qui n'a pas de nom !

— Qui ? demanda Skan. De quoi parlez-vous ?

— Celui qui n'a pas d'honneur, dit le roi. Mon frère.

L'« Homme sans nom » fut ligoté comme un vulgaire ballot de linge sale et placé sous tous les sorts de restriction que les prêtres maîtrisaient. Puis les gardes le traînèrent hors de la pièce, vers une destination inconnue. Son complice fut encore plus maltraité que lui.

Ambredragon avait pourtant le sentiment que ça serait leur expérience la plus agréable avec les prêtres...

Ni le *kestra'chern* ni Skandranon ne furent autorisés à partir. Zhaneel et Aubri furent poliment invités à suivre Shalaman et ses gardes du corps pour retourner au palais, où ils devraient attendre leurs amis.

Ambredragon ne s'inquiéta pas. Peut-être était-il trop épuisé pour ça. Le griffon et lui étaient les héros du jour. Personne ne maltraitait des héros, même s'ils avaient appris une chose politiquement embarrassante.

Il s'appuya contre Skan et attendit.

Finalement, Leyuet arriva, escorté de Palisar.

Skan se redressa dès qu'il les vit entrer et posa sur eux un regard impatient.

— Très bien, dit-il. Je présume que nous sommes toujours ici parce que nous avons appris une chose... délicate. Vous vouliez donc nous parler en privé, sans autres témoins qu'une poignée de Lanciers de la Loi. Alors... parlez. Vous pourriez commencer par nous dire qui est cet « Homme sans nom » et ce qu'il a fait pour le devenir. Plus vite nous le saurons, plus vite nous pourrons manger, prendre un bain, dormir et honorer nos compagnes, dans l'ordre qui nous siéra.

— Je comprends... même si je préférais ne pas avoir à parler de lui, dit Palisar, avec une moue de dégoût. Hadanelith nous a dit qu'il se faisait appeler Noyoki, « Personne » ! Si seulement c'était vrai... Il déshonore sa famille. Mais vous avez gagné le droit de connaître la vérité ; Shalaman nous a ordonné de vous la révéler. Je ne peux pas vous faire prêter serment de n'en parler à personne, mais nous apprécierions que vous vous limitiez à le dire à vos compagnes respectives. Moins il y aura de personnes au courant, mieux ce sera.

Il regarda les deux lanciers, qui s'empressèrent de sortir.

Ambredragon se pencha un peu en avant, impatient de connaître le fin mot de l'histoire.

— L'« Homme sans nom » est le frère de Shalaman, commença Leyuet.

Mais Palisar l'interrompit.

— Son demi-frère, corrigea-t-il. La mère de Shalaman était la première épouse du roi Ibram et... continuons à l'appeler Noyoki... et Noyoki, le fils de sa troisième épouse. Si elle avait vécu, la pauvre serait morte de honte de lui avoir donné le jour.

— C'était une femme de bien, acquiesça Leyuet.

Il se massa les tempes. Sa migraine devait valoir celle d'Ambredragon.

— Ce n'est pas sa faute si elle a donné naissance à un individu sans honneur. Il n'a peut-être jamais eu d'honneur, même à la naissance.

Palisar leva un sourcil sceptique mais il ne fit aucun commentaire.

— Quand Noyoki était enfant, les prêtres ont découvert qu'il avait un grand potentiel magique, continua-t-il. Il a été envoyé à l'école de magie comme tous les autres. Mais il a abusé de ses pouvoirs et ils auraient logiquement dû lui être enlevés. Je ne m'explique pas comment il a pu y échapper... Mais nous le saurons un jour, je vous le promets ! Nous allons enquêter.

— Je dois vous avertir d'une chose, dit Skan. D'après mon expérience de la magie, même si vos prêtres ont fait correctement leur travail, il est possible que Noyoki, avec de la volonté, ait pu réussir à utiliser les pouvoirs de la magie noire.

Palisar se redressa sur sa chaise, alarmé.

— Dites-moi que ce n'est pas vrai !

Ambredragon secoua la tête.

— J'aimerais pouvoir vous rassurer, mais c'est un problème que nous connaissons bien, dans le Nord. Avec peu ou pas de Don, certains individus réussissent à utiliser des pouvoirs qu'ils devinent mais ne peuvent pas sentir.

» Avec tous les réfugiés qui vont déferler ici, un jour ou l'autre, les Haighlei apprendront que ce genre de chose est possible. C'est un des sujets que nous aurions pu aborder ensemble, si la situation n'était pas devenue si compliquée. Tôt ou tard, un mage dépourvu de Don entrera en terre haighlei et transmettra son savoir à d'autres.

— Et nous ne pouvons rien faire pour l'éviter, résuma Palisar en hochant la tête. Très bien. Nous réglerons ce problème. Ensemble. Ce sera une des priorités sur notre agenda.

— Noyoki, insista Skan. Je veux entendre le reste de l'histoire.

— Ce qui le rendait terriblement dangereux, c'était qu'il ne possédait pas *seulement* le Don de la magie, dit Leyuet. Il en avait un autre, beaucoup plus rare. Personne ne l'avait développé depuis des décennies, voire un siècle…

— Voilà pourquoi les prêtres auraient dû veiller à brûler ses centres de la magie, ajouta Palisar. Je me rappelle le jour où je l'ai vu faire une démonstration de ce talent très particulier. Il était capable de transporter une chose d'un bout à l'autre de la cité.

Ambredragon hocha la tête. Maintenant, il comprenait beaucoup de choses.

— J'avais déjà entendu parler de Noyoki, même si mon informateur ne m'a pas révélé son identité quand on nous a prévenus que seuls les prêtres ont le droit d'utiliser la magie mentale. Mais je n'aurais jamais deviné qu'il avait un autre pouvoir. S'en est-il servi pour tricher ?

Palisar acquiesça tristement.

— Les prêtres ne voulaient pas qu'un homme sans honneur comme lui soit lâché dans la nature. Et voilà pourquoi ils auraient dû brûler le centre de ce pouvoir avant de toucher à sa magie.

— C'est comme ça qu'il a pu faire entrer et sortir Hadanelith d'une pièce fermée de l'intérieur, dit le griffon. Et c'est comme ça qu'il a fait apparaître Hadanelith devant le roi, pendant la Cérémonie. Et qu'il comptait le récupérer après son crime. Je commence à comprendre…

— À l'époque, nous ignorions qu'il était capable de déplacer des objets plus gros que… disons… un pichet d'eau, fit l'Interlocuteur des Dieux. Il s'est bien gardé de dévoiler l'étendue de son pouvoir. À moins que ce genre de Don puisse être développé.

Ambredragon regarda Skan.

— Urtho et toi parliez beaucoup de ce type de chose. Te rappelles-tu avoir évoqué avec lui un tel pouvoir ?

— Oui, cette sorte de pouvoir peut sans doute être développée, mais pas beaucoup. Noyoki ne doit pas pouvoir transporter un être humain très souvent et sur de grandes distances. Voilà pourquoi il faisait venir ses complices ici, n'utilisant son Don que s'il n'y avait pas d'autre moyen d'atteindre une victime. Si ça peut vous rassurer, ce pouvoir est aussi rare parmi nous qu'ici.

Palisar haussa les épaules.

— Nous saurons bientôt tout ce que nous désirons savoir. Nous n'aimons pas beaucoup employer ceux qui ont la capacité de lire dans les pensées. Mais avec de pareils criminels… Nous attendrons d'eux qu'ils utilisent leur Don sans la moindre pitié.

Le *kestra'chern* cligna des yeux. Avait-il bien entendu ?

Ils vont utiliser la force coercitive pour dépouiller *leurs esprits ?*

— Leurs esprits seront cassés en deux comme des œufs avant que nous retrouvions Shalaman, confirma Leyuet. Comme avec des œufs, on extraira leur contenu et ils ne seront bientôt plus que des coquilles vides. Nous ne les tuerons pas. Ils finiront leurs jours sur la place publique, pour servir d'exemple.

» En fouillant dans leurs esprits, nous pourrons peut-être découvrir ce qui les a rendus mauvais. Afin d'empêcher qu'une telle chose se reproduise.

Ambredragon frissonna devant la détermination du conseiller. Depuis qu'il avait reçu la première attaque mentale de Kechara et assisté à la deuxième, il savait ce qu'un individu doté d'un puissant Don télépathique pouvait faire. Il préférait ne pas imaginer la sensation qu'on éprouvait quand on vous arrachait l'esprit, une couche après l'autre, jusqu'à ce qu'il n'en reste rien. La mort était préférable…

Méritent-ils notre miséricorde ? Après la façon dont ils ont torturé et assassiné des êtres humains ?

Je… je ne sais pas. Et je suis bien content de n'avoir pas à prendre ce genre de décision.

Les chants des oiseaux, dans le jardin, lui semblèrent étrangement déplacés.

— Il n'y a rien à ajouter pour l'instant.

Palisar se leva et les invita à le suivre vers la partie principale du palais. Ambredragon n'était pas mécontent de quitter le Hall de la Joie Odorante.

Je crois que la force que confère la peur est en train de me lâcher.

Ses articulations et ses muscles lui faisaient mal. Il n'avait qu'une envie : s'allonger. Son cerveau était embrumé. Plus tard, il pourrait réfléchir à loisir à tout ça, mais pour l'instant...

Il voulait se jeter dans les bras de Bichehivernale et se reposer.

C'est terminé. C'est enfin terminé !

Le trajet de retour fut long et silencieux. Palisar et Leyuet semblaient perdus dans leurs pensées. Ambredragon était trop fatigué pour réfléchir ou dire quoi que ce soit. Quant à Skan, il employait le peu de force qui lui restait pour mettre une patte devant l'autre.

Quand ils atteignirent les portes des appartements royaux, Palisar les arrêta d'un geste.

Le soleil brillait et les baignait d'une lumière dorée, mais l'Interlocuteur des Dieux ne semblait pas s'en apercevoir.

— J'ai des choses à vous dire, lâcha-t-il. Je ne suis pas favorable au changement et à la présence d'étrangers parmi nous. J'étais certain que les meurtres avaient commencé à cause de vous. Volontairement ou involontairement, selon moi, vous étiez la cause de nos malheurs.

» Mais je ne suis pas un imbécile. La cause était déjà là, vous n'avez fait qu'apporter l'instrument. Si vous ne l'aviez pas fait, Noyoki aurait trouvé un autre moyen pour atteindre son frère... Un homme ne s'acoquine pas avec un voleur pour ériger des temples. Vous avez essayé de vous débarrasser de Hadanelith en le punissant sévèrement. Ce n'est pas votre faute s'il est tombé entre des mains disposées à se servir de lui.

Ambredragon acquiesça et attendit qu'il continue.

Il est sur le point de faire une concession. Mais de quelle envergure ?

— J'ai dit que je n'étais pas favorable au changement, continua Palisar. C'est mon rôle et mon devoir de conseiller du roi. Mais je ne m'oppose pas au changement quand il est inévitable. Et je ne condamne pas des innocents pour les crimes commis par d'autres.

L'Interlocuteur des Dieux tendit la main à Ambredragon. Il n'y avait rien de chaleureux dans son geste, mais il ne le faisait pas à contrecœur non plus. Si Palisar ne serait jamais l'ami des kaled'a'in, il ne serait plus leur ennemi.

Ambredragon lui serra la main avec la même réserve. Puis ils entrèrent dans la salle d'audience.

Deux semaines plus tard, Skandranon et Ambredragon regardaient Makke empaqueter le dernier cadeau que les Haighlei avaient offert au Griffon Noir et à Zhaneel. Ils partaient avec assez de bijoux pour se parer jusqu'à la fin de leurs jours.

— Ils vont faire de moi un oiseau vaniteux, dit Skan alors qu'un autre coffret rejoignait le reste de leurs bagages.

La brise soulevait paresseusement les rideaux.

Allongé sur le seul sofa de la pièce, Ambredragon ne put se retenir de rire.

— Impossible. Tu l'es déjà !

— Je ne suis *pas* vaniteux ! Simplement conscient de mes capacités et de mes talents. Tu sais, la fausse modestie ne vaut pas mieux…

Le *kestra'chern* ricana, railleur, puis but une gorgée du verre qu'il tenait. Skan était heureux de voir que les cernes, sous les yeux très bleus de son ami, avaient disparu. La semaine suivant la Cérémonie de l'Éclipse avait été très dure pour Ambredragon. D'après Bichehivernale, il s'était réveillé toutes les nuits en hurlant.

— Je serai content de te voir revenir à Griffon Blanc, ajouta tristement Skan. La cité me paraîtra beaucoup trop calme sans toi.

Ambredragon regarda par la fenêtre de la terrasse avant de lui répondre.

— Je ne veux pas rentrer tout de suite, dit-il tout bas. Il y a certaines choses que je dois faire, et ici, je pourrai travailler en même temps.

Il regarda son ami dans les yeux.

— Étoileneige nous a fait parvenir un message. Il ne veut pas devenir le nouveau chef de Griffon Blanc.

— Alors ce que je t'ai proposé il y a quelques jours est toujours valable, répondit le griffon. (Désormais, il savait qu'il n'était pas fait pour administrer une ville.) J'ai offert à Étoileneige de me remplacer, puisqu'il le fait depuis notre départ, mais s'il ne veut pas de cette responsabilité...

— C'est une des choses auxquelles je dois réfléchir. Devenir le chef de Griffon Blanc n'est pas une décision qui se prend à la légère.

— Je ne dis pas le contraire. Mais tu serais parfait dans ce rôle, Dragon ! On me considère comme un symbole vivant et je ne peux rien y faire. Pourtant, j'ai appris que je ne suis pas un chef... Enfin, pas le genre de chef qu'était Urtho.

— Tu es différent, admit le *kestra'chern*. Mais quand des décisions urgentes sont à prendre, tu réponds « présent ! ». Je t'ai vu agir très souvent ; alors ne le nie pas, tu as un Don pour donner aux autres l'envie de te suivre. Et un instinct très sûr quand il s'agit de choix.

— C'est bien beau, mais ce n'est pas suffisant, soupira

Skan. J'admire les chefs comme Urtho, mais je ne peux pas les imiter.

Il rougit d'embarras.

— Régler les problèmes des autres m'ennuie profondément, Dragon. Et quand je m'ennuie, je ne progresse pas et je grossis. Alors, je m'amuse à créer une situation de crise, pour me sentir utile…

» Toi, en revanche, tu fais ce genre de travail naturellement. Je crois que ça vient du fait que tu as été formé pour ça, en quelque sorte.

— Comment ça ? s'étonna Ambredragon. Hum… tu as peut-être raison… Un *kestra'chern* apprend l'art de l'organisation, de parler aux autres et de déléguer ou reprendre son autorité. Tu sais, je n'avais pas vu ça sous cet angle…

— Tu ne t'ennuieras pas et tu ne grossiras pas, ajouta Skan. Judeth a dit qu'elle voulait bien me redonner mon poste. Si je trouve un remplaçant, elle veut me voir à la tête des griffons engagés dans les Argents.

— Oh, vraiment ? Fascinant. Je me demande comment tu l'as convaincue.

Skan se posait la même question. Judeth s'était montrée très compréhensive…

Mais commander à des griffons demandait des aptitudes particulières.

Parfois, ils me font penser à des sauterelles. Pas facile de leur faire comprendre que le travail d'équipe ne se fait pas seulement sur le champ de bataille.

— Nous ne sommes pas les seuls à avoir fui le Nord. Simplement les premiers à être arrivés ici. Elle pense que nous devrons aider les Haighlei à s'occuper des réfugiés, dont certains ont fait partie de l'armée de Ma'ar. Elle veut que l'escadrille soit opérationnelle pour le jour où éclatera la première crise.

J'espère seulement que tous ces maudits makaars sont morts en même temps que leur maître.

— Si nous coopérons, les gens comme Palisar finiront par être convaincus de notre bonne foi, reconnut Ambredragon. Eh bien, Judeth a raison. Je ne crois pas non plus que nous soyons tirés d'affaire.

Son expression devint songeuse.

— Les orages magiques sont de plus en plus faibles. Un jour prochain, la magie sera de nouveau active. Urtho et Ma'ar étaient les deux mages les plus puissants du Nord, ils n'étaient cependant pas les seuls...

Skandranon n'aima pas beaucoup cette dernière remarque. Mais son ami avait raison. De nombreux mages rôdaient dans le Nord. La plupart s'étaient alliés à Urtho ou à Ma'ar. S'il n'y avait pas de souci à se faire au sujet des premiers, il fallait espérer que les seconds auraient péri avec leur maître.

Quant à ceux qui étaient restés neutres en attendant de voir qui serait le vainqueur... Où étaient-ils ?

Personne ne le savait. Et nul ne connaîtrait leur sort, à moins qu'ils se décident à se montrer.

Quand un mage choisit de rester dans son trou, rien ne peut l'en faire sortir avant qu'il soit prêt...

Mais aucun mage n'avait reçu l'aide des griffons. Or, c'étaient eux qui avaient précipité la chute de Ma'ar.

Et nous pourrions le refaire, si besoin était...

Mais ce ne serait pas dans l'immédiat. Pour le moment, les habitants de Griffon Blanc avaient deux problèmes à résoudre : finir de bâtir leur cité et l'administrer...

Puis il leur faudrait apprendre à vivre dans une nouvelle forme de société.

Je peux m'occuper des plans de bataille pour repousser d'éventuels ennemis, si Dragon se charge de gérer la ville, pensa Skan. *La fine équipe. Comme au bon vieux temps. Avec Gesten pour nous remettre à notre place.*

— Je te propose un marché : laisse-moi m'occuper de l'organisation de la délégation permanente qui doit venir ici, dit Ambredragon. Et si tout se passe sans heurts… Eh bien, nous conclurons que tu avais raison : mes talents conviennent à l'administration d'une cité.

— Tope là !

Les gens s'en remettent déjà à lui. J'ai vu Judeth et les Argents. Quant aux Haighlei… Ils sont époustouflés par le nombre de personnages qu'il est capable d'incarner.

— Je dois rester ici pour aider Voile Argenté à se trouver un remplaçant, continua le *kestra'chern*, une lueur amusée dans le regard. Nous sommes d'accord sur un point : je serais un choix désastreux. Leyuet ne pourrait pas se confier à un individu qu'il pense béni des dieux.

» Voile Argenté veut bien d'un *kestra'chern* de Griffon Blanc, si je le recommande. J'ai pensé à Jessamine. Elle est compétente et très différente de Voile Argenté… Ça empêchera les gens de les comparer.

Skan soupira de soulagement quand il comprit qu'Ambredragon, contrairement à ce qu'il avait craint, ne songeait pas à remplacer son ancien professeur. Après tout, il était le meilleur *kestra'chern* qu'il connaisse. Et Bichehivernale aurait fait un excellent ambassadeur.

Ç'aurait été une façon tout à fait logique d'employer leurs talents respectifs.

Mais je veux qu'il rentre à Griffon Blanc ! pensa Skan, têtu. *Nous formons une bonne équipe et j'ai besoin de lui.*

Il ne doit pas seulement devenir administrateur de notre cité, mais prendre la succession de Ventlion. Les Kaled'a'in ne sont plus ce qu'ils étaient, ils sont bien davantage. Et

Ventlion agit toujours comme s'ils n'étaient qu'un clan parmi d'autres.

En fait…

Je crois qu'il le sait. C'était déjà dans l'air avant que nous quittions Griffon Blanc. Ventlion a passé beaucoup de temps avec le chaman. Il a dû songer à sa reconversion.

Changer ou stagner. Continuer d'avancer ou mourir. Les sujets d'Urtho se trouvaient toujours face aux mêmes choix.

En acceptant de changer, nous nous élevons… Si Dragon assume ces responsabilités, elles l'aideront à s'élever. Lui aussi stagnait depuis un moment.

Ça le réveillerait et ce ne serait pas seulement bon pour lui, mais aussi pour Bichehivernale.

Comme toujours, elle sera sa partenaire… Tiens, ça, c'est intéressant ! Elle n'avait pas été éduquée pour être la partenaire d'un simple porte-parole des kestra'chern. *Mais d'un administrateur ? Ensemble, avec leurs talents conjugués, ils feront des merveilles !*

— Bichehivernale apprécierait de partager les tâches administratives avec moi, dit Ambredragon, comme s'il réfléchissait à haute voix. Jusqu'à ce que nous venions ici, elle a gâché ses talents. Elle a été formée à gouverner un domaine, pas seulement à tenir une maison…

— Tu vas le faire ! dit Skan, incapable de dissimuler son soulagement et sa joie.

Le *kestra'chern* eut un sourire ironique.

— On dirait que je me suis convaincu moi-même, non ? Eh bien… oui. *Nous* le ferons. À condition que nous réussissions à nous débrouiller ici.

— Parfait !

Skan se recoucha. Tout était bien qui finissait bien… Ou du moins, comme il l'avait souhaité !

Il allait enfin pouvoir redevenir lui-même !

Je ne veux plus stagner. Il faudra que nous trouvions un moyen de travailler avec les Haighlei. Nous ignorons ce qui nous arrivera du Nord. Les griffons devront songer à s'organiser…

Il fit un large sourire à Ambredragon, qui le lui rendit.

Alors, Skandranon Rashkae s'assit, puis se redressa, et sa silhouette vint se découper, comme une statue, sur le ciel bleu.

La vie était belle.

Et son cœur n'avait jamais été aussi plein de lumière.

BRAGELONNE – MILADY, C'EST AUSSI LE CLUB :

Pour recevoir la lettre de Bragelonne – Milady annonçant nos parutions et participer à des rencontres exclusives avec les auteurs et les illustrateurs, rien de plus facile !

Faites-nous parvenir vos noms et coordonnées complètes, ainsi que votre date de naissance, à l'adresse suivante :

Bragelonne
35, rue de la Bienfaisance
75008 Paris

club@bragelonne.fr

Venez aussi visiter nos sites Internet :
http://www.milady.fr
http://www.bragelonne.fr

Vous y trouverez toutes les nouveautés, les couvertures, les biographies des auteurs et des illustrateurs, et même des textes inédits, des interviews, des liens vers d'autres sites de Fantasy et de SF, un forum et bien d'autres surprises !

Achevé d'imprimer en mars 2010
Par CPI Brodard & Taupin - La Flèche (France)
N° d'impression : 57241
Dépôt légal : avril 2010
Imprimé en France
8112 0100-2